Katrin Tempel
Rosmarinträume

PIPER

Zu diesem Buch

Seit Jahrhunderten ruhen zwei Liebende in einer Waldlichtung nahe Eichstätt. Noch im Tod hielten sie aneinander fest. Für Reporterin Anne wird aus dem spektakulären Fund bald mehr als eine Geschichte für ihre Zeitung, denn fortan wird sie jede Nacht von Albträumen geplagt. Sie sucht Hilfe bei einem Therapeuten, um der Ursache für ihre Träume auf den Grund zu gehen. Leider verlaufen die Therapiesitzungen nicht ganz so, wie erhofft, denn sobald Anne in Hypnose versetzt wird, erlebt sie eine unglückliche Liebesgeschichte nach der anderen. Stets spielt ein Mann mit hellblauen Augen und unendlich vielen Ideen für ein besseres Leben eine wichtige Rolle, stets endet die Liebe tragisch, und immer wieder riecht sie dabei Rosmarin – nach alter Überlieferung das Kraut der Erinnerung. Doch die Albträume lassen nicht nach, und Anne gibt auf. Zum nächsten Termin mit dem Therapeuten geht sie mit dem festen Vorsatz, alle weiteren Sitzungen abzusagen. Die Tür öffnet allerdings nicht der Therapeut, sondern ein junger Mann mit hellen wasserblauen Augen …

Katrin Tempel wurde in Düsseldorf geboren und wuchs in München auf. Nach ihrem Geschichtsstudium arbeitete sie als Journalistin, heute ist sie Chefredakteurin der Zeitschrift »LandIdee«. Außerdem schreibt sie Drehbücher und Romane. Unter dem Namen Emma Temple veröffentlicht sie bei Piper weitere Romane. Zuletzt gelangen Katrin Tempel mit »Holunderliebe« und »Mandeljahre« große Publikumserfolge. Sie lebt mit ihrem Mann und der gemeinsamen Tochter in Bad Dürkheim an der Weinstraße.

Katrin Tempel

ROSMARINTRÄUME

Roman

PIPER
München Berlin Zürich

Mehr über unsere Autoren und Bücher:
www.piper.de
Aktuelle Neuigkeiten finden Sie auch auf Facebook, Twitter und YouTube.

Von Katrin Tempel liegen im Piper Verlag vor:
Stillst du noch oder lebst du schon?
Stillen und Chillen
Holunderliebe
Mandeljahre
Rosmarinträume

Von Emma Temple liegen im Piper Verlag vor:
Der Tanz des Maori
Der Gesang des Maori
Im Land des Silberfarns

Originalausgabe
März 2016
© Piper Verlag GmbH, München/Berlin 2016
Dieses Werk wurde vermittelt durch die Autoren- und Projektagentur
Gerd F. Rumler (München)
Umschlaggestaltung: www.buerosued.de
Umschlagabbildung: Anna Verdina/getty images (Himbeeren);
www.buerosued.de (Rosmarin, Lavendel)
Satz: Kösel Media GmbH, Krugzell
Gesetzt aus der Bembo
Druck und Bindung: CPI books GmbH, Leck
Printed in Germany   ISBN 978-3-492-30785-7

Für Georg und Emma

1

Sie umarmten sich zärtlich. Seine Hand lag auf ihrer Hüfte, die Gesichter waren nur wenige Zentimeter voneinander entfernt, die Finger waren ineinander verschlungen. Das Paar lag in einer flachen Grube auf einer Waldlichtung, ein Stück entfernt vom nächsten Weg. Die beiden hätten sich ungestört in die Augen blicken und ihre Zweisamkeit genießen können.

Wenn sie noch Augen gehabt hätten.

Doch dort waren nur leere Höhlen, weiße Knochen, die Zähne zu einem ewigen Grinsen verdammt.

Anne spürte, wie ihr die Gänsehaut über den Rücken kroch. Sie kam sich wie ein ungebetener Gast vor, wie die Augenzeugin eines innigen Moments, der nur den beiden Toten gehörte. Zum Glück war sie nicht allein auf der Lichtung. Ein Rechtsmediziner im Schutzanzug beugte sich kopfschüttelnd über die beiden Skelette in der Grube.

»Kein Fall für die Polizei, wenn ich das richtig sehe. Die sind schon so lange tot, dass auch die Täter garantiert das Zeitliche gesegnet haben. Und ihre Kinder und Kindeskinder auch.« Er lachte auf und nickte in Richtung der beiden Männer, die einige Meter entfernt standen. »Auf jeden Fall haben sie unseren Schatzsuchern einen gründlichen Schrecken eingejagt. Kommt ja nicht so oft vor, dass man alte römische Münzen sucht und dann über zwei echte Leichen stolpert.«

»Werden diese Leute eigentlich oft fündig? So ein Metalldetektor kostet doch sicher eine Stange Geld.« Anne konnte sich nicht vorstellen, warum man als erwachsener Mann an einem wunderbaren Sommertag mit einem solchen Gerät in der Hand durch den Wald rannte.

Der Mediziner zuckte mit den Achseln. »Hier in der Gegend finden die jeden Tag etwas. Natürlich geben sie es nicht ab, sondern behalten ihre ›Schätze‹ für sich. Eichstätt ist schon ewig besiedelt, hier haben sich die Menschen seit der Keltenzeit wohlgefühlt – da ist natürlich so einiges liegen geblieben.«

Der Polizist, der neben Anne stand und ebenfalls in die Grube sah, runzelte die Stirn. »Wenn diese Herrschaften hier historische Leichen sind, dann sollte ich mir wohl besser die beiden Männer und ihre illegalen Funde vorknöpfen. Da kann ich wenigstens so etwas wie ein richtiges Vergehen aufklären und nicht nur ein paar Knochen beim Vermodern zusehen.«

Er klopfte sich seine Uniformjacke ab und wandte sich zum Gehen.

»Halt!«, rief Anne. »Können Sie mir wenigstens noch sagen, was mit den beiden Skeletten jetzt passiert?«

»Ist mir egal«, erklärte der Polizist mürrisch und stapfte durch das hohe Gras zu den beiden Schatzsuchern. Offensichtlich waren sie die lohnenderen Opfer seiner Arbeit.

»Ich rufe jetzt die Archäologen an«, erklärte der Rechtsmediziner, der inzwischen aus der Grube gestiegen war. »Die können dann genauer ihr Alter bestimmen und rauskriegen, aus welchem Jahrhundert sie stammen. Und ich kann einen Bericht schreiben, in dem ich erkläre, warum hier kein Fahndungsbedarf besteht.«

»Und dann?« Anne sah ihn neugierig an. Irgendwo musste es doch noch eine Geschichte hinter den beiden Toten geben.

Der Mediziner holte eine Kamera aus seiner Tasche und lichtete die beiden Skelette aus allen erdenklichen Blickwinkeln ab. »Das entscheiden die Archäologen«, sagte er. »Die schauen, ob das ein bedeutender Fund ist und ob sich das Weitergraben in dieser Grube noch lohnt. Nach meiner Erfahrung ist das aber nur selten der Fall. Dann werden die Knochen in eine Kiste gesteckt und in einem Regal abgestellt. Wahrscheinlich können die beiden froh sein, dass sie das nicht mehr mitkriegen ...«

Anne sah wieder in die Grube. Der Anblick des Paares rührte sie merkwürdig an. »Bleiben sie dann wenigstens zusammen?«

Er schüttelte den Kopf, schulterte seine Tasche und machte sich auf den Weg zu seinem Auto, das er ganz in der Nähe auf einem Waldweg geparkt hatte. »Jetzt sind Sie aber sentimental, junge Frau. Wenn die beiden so lange tot sind, wie ich denke, dann wären sie vor allem glücklich gewesen, in geweihter Erde begraben zu werden. Das war den Leuten vor ein paar hundert Jahren sehr wichtig. Die hatten Angst, dass sie sonst als Wiedergänger herumgeistern oder für ewig im Fegefeuer schmoren. Beides keine schönen Aussichten, erst recht nicht für mittelalterliche Gemüter.«

»Wie lange geben Sie den beiden Toten denn? Sind die wirklich aus dem Mittelalter?« Anne stolperte neben ihm her, um ihm noch ein paar Informationen zu entlocken.

»Keine Ahnung, ob sie wirklich so alt sind. Das müsste

ich genauer untersuchen. Hundert Jahre auf jeden Fall, vielleicht sogar dreihundert oder vierhundert. Wenn Sie mehr drüber wissen wollen, dann rufen Sie doch in den nächsten Tagen mal bei den Archäologen in der Uni an.« Er musterte sie genauer. »Sie sind die Volontärin bei der Donaupost, richtig?«

Anne lächelte. »Seit dem 1. Mai nicht mehr. Ich bin jetzt Redakteurin in der Lokalredaktion.« Sie zückte ihre neue Visitenkarte und überreichte sie voller Stolz.

Der Mediziner sah sich die Karte an. »Anne Thalmeyer. Dann gratuliere ich zu Ihrem neuen Job. Wir werden uns sicher öfter begegnen.« Er steckte die Karte achtlos in seine Hosentasche und winkte zum Abschied.

Anne sah ihm hinterher. Seine Glückwünsche klangen in ihren Ohren nicht ganz echt. Hielt er die Stelle bei der Donaupost womöglich für keine gute Sache? Immerhin hatte sie mit ihren erst vierundzwanzig Jahren einen Festvertrag ergattert und wurde nach Tarif bezahlt. Das hatten nur wenige ihrer Mitstudenten geschafft.

Sie lief die wenigen Schritte zurück zu dem mit gelben Bändern markierten Fundort. Zum ersten Mal an diesem Nachmittag stand sie allein an der Grube mit den beiden Skeletten. Sie trat nahe an den Rand und spähte noch einmal hinunter. Täuschte sie sich, oder umklammerte die eine knöcherne Hand einen Gegenstand? Mit der Handykamera zoomte sie die Hand heran. Vielleicht konnte sie ja später auf dem Bildschirm ausmachen, was das war. Sie drückte noch einige Mal auf den Auslöser.

Dann sah sie sich suchend nach dem Polizisten um. Aber der sprach jetzt aufgeregt mit den Schatzsuchern, die am späten Vormittag die beiden Toten gefunden und bei der Polizei gemeldet hatten. Offensichtlich hatten die schweren Gewitter der letzten Tage die Knochen aus dem Erdreich freigespült. So reimte sie sich das zumindest aus den knappen Aussagen der Männer zusammen.

Die Sonne sank tiefer zwischen den Bäumen. Es wurde Zeit, in die Redaktion zurückzukehren. Der zufällige Fund der Skelette war dem Chef der Lokalredaktion sicher eine längere Geschichte wert. So viel passierte in Eichstätt an einem durchschnittlichen Dienstag wie diesem schließlich nicht. Widerwillig machte sie sich auf den Rückweg. Zu gerne hätte sie noch zugesehen, was ein Archäologe mit den beiden Skeletten anstellte. Wurden sie einfach nur für ihren letzten Transport ins Archiv eingepackt? Oder passierte noch etwas hier vor Ort?

Sie nahm ihre Tasche und ging durch das unwegsame Gelände zurück zu ihrem Auto. Ihre Gedanken eilten voraus, und sie überlegte schon, wie sie den Artikel anfangen könnte. Vielleicht mit einem Zitat des Rechtsmediziners? Oder doch lieber mit einer Beschreibung, wie die beiden Toten gefunden worden waren?

Anne liebte ihren Beruf. Schreiben, das war ihre Begabung, das hatte sie seit den ersten Artikeln gewusst, die sie für die Schülerzeitung verfasst hatte. Die Welt als Reporterin zu bereisen, mit einer Sonnenbrille im Haar und den wildesten Geschichten auf der Spur – so hatte sie in der Abiturzeitung ihre Zukunft beschrieben. Die Stelle bei der Donaupost war nur der erste Schritt in die richtige Richtung. Davon war sie überzeugt.

Sie setzte sich ans Steuer des klapprigen Golf, der als Dienstfahrzeug der Redakteure diente, und das schon einige Jahre, wenn nicht gar Jahrzehnte. Doch die Rostlöcher waren ihr egal. Er brachte sie überallhin – was ihr mit dem eigenen Fahrrad schwergefallen wäre.

Schwungvoll fuhr sie den schmalen Waldweg entlang, als ihr ein anderes Auto entgegenkam. Nur wenige Zentimeter voneinander entfernt kamen die beiden Fahrzeuge zum Stehen. Anne forderte den Fahrer des anderen Wagens wild gestikulierend auf, zurück in Richtung Straße zu fahren, aber der reagierte nicht.

Entnervt sprang sie aus dem Auto. »Können oder wollen Sie nicht rückwärtsfahren? Ich habe zu arbeiten.«

Der Fahrer sah sie aus freundlichen grauen Augen überrascht an. »Ich auch. Und ich muss schnell zu meinem Arbeitsplatz, bevor es dunkel wird. Die Ausweichstelle ist doch nur ein paar Meter hinter Ihrem Auto – das geht viel schneller, als wenn ich durch den halben Wald rückwärts bis zur Straße fahre. Meinen Sie nicht?«

Seine Freundlichkeit nahm Anne den Wind aus den Segeln. »Wollen Sie zu den beiden Skeletten?«, fragte sie neugierig.

Der Mann nickte. »Und wie gesagt: Es ist eilig. Wenn die Knochen vor der Nacht nicht geschützt werden, dann wird die Grabungsstelle womöglich verwüstet.«

»Wer würde denn so was machen?« Jetzt war sie wirklich überrascht.

»Tiere.« Seine Stimme wurde ungeduldig. »Es gibt jede Menge kleine und große Nager, die gern einen Knochen verschleppen oder zerbeißen. Wenn Sie also jetzt die Güte hätten, ein kleines Stück zurückzufahren?«

Verlegen zückte Anne zum zweiten Mal an diesem Tag ihre Visitenkarte. »Ich bin Redakteurin bei der Donaupost und soll über den Skelettfund schreiben ...«

Er nahm die Karte an sich, ohne einen Blick darauf zu werfen. »Schön. Dürfte ich jetzt bitte ...?«

Anne sprang ins Auto und holperte rückwärts über den engen Waldweg. Es dauerte ein Weilchen, bis sie einen Platz zum Ausweichen fand und den Archäologen vorbeilassen konnte. Erst jetzt fiel ihr auf, dass sie ihn gar nicht nach seinem Namen gefragt hatte. Ein Fehler, aber wahrscheinlich war das auch nicht so wichtig. Wen interessierte schon, welcher Archäologe sich jetzt mit den Knochen beschäftigte?

So schnell es ging, machte sie sich zum zweiten Mal auf den Weg. Es wurde Zeit, dass sie ihren Artikel schrieb.

2

»Die Liebenden?« Gerhard Kuhn sah seine jüngste Redakteurin stirnrunzelnd an. »Gehst du da nicht ein bisschen weit? Bloß weil sie gemeinsam in einer Grube liegen, heißt das noch lange nicht, dass sie auch zusammen durchs Leben gegangen sind.«

Anne lächelte verlegen. »Ich fand, sie sahen so aus. So, als ob sie sich immer noch im Arm halten würden.« Sie deutete auf das Bild. »Das wird auch jeder Leser so sehen. Außerdem werden die beiden nicht widersprechen oder uns wegen der Verletzung ihrer Privatsphäre verklagen.«

»Na, vielleicht hast du recht. So kriegst du wenigstens ein bisschen Gefühl in so eine dröge Geschichte über alte Knochen.« Er runzelte die Stirn. »Aber dann kannst du das nicht einfach so stehen lassen. Eine Liebesgeschichte muss immer auch ein Happy End haben. Mach doch jetzt eine kürzere Geschichte über den Skelettfund – und dann kümmerst du dich um die Geschichte dahinter. Wie lange liegen die da? Gibt es noch mehr Tote? Woran sind die Menschen gestorben? Liegen die Wälder entlang der Altmühl voller Skelette, und jeder Spaziergänger muss fürchten, dass er über solche Knochen stolpert? Schau einfach, was du alles herausfinden kannst. Vielleicht wird das ja eine schöne Sommergeschichte für eine komplette Seite.« Er lächelte ihr aufmunternd zu. »Dann leg mal los! Ist sonst alles in Ordnung bei dir?«

Anne nickte nur und sah ihn etwas überrascht an. »Klar, was sollte nicht in Ordnung sein?«

»Na ja – so ein Haus will ja auch betreut werden.«

Sie winkte ab. »Es ist doch nur ein kleines Häuschen. Meinen größten Kampf führe ich im Garten gegen wuchernde Brombeeren und Schnecken, die mein bisschen Gemüse noch mehr lieben als ich. Aber ansonsten ist alles tadellos, es gibt keinen Grund zur Klage. Mach dir keine Sorgen.«

Damit verschwand sie etwas übereilt aus dem Zimmer des Chefredakteurs. Er war ein Freund ihrer Eltern gewesen, die vor drei Jahren bei einem Verkehrsunfall ums Leben gekommen waren. Ständig machte er sich Sorgen, dass sie allein nicht zurechtkäme und dass das Hexenhäuschen an der Altmühl eines Tages zusammenbrechen würde, während sie halb verhungert in der Küche saß. Oder so ähnlich. Bis heute war sie sich nicht sicher, ob er ihr das Volontariat nur wegen des tragischen Tods ihrer Eltern gegeben hatte – oder weil er von ihrem Talent überzeugt war. Und jetzt auch noch der Festvertrag: Wollte Kuhn sie gut versorgt wissen?

Doch es hatte keinen Sinn, immer wieder über die gleichen Fragen nachzugrübeln. Stattdessen änderte sie im Redaktionssystem die letzten Kleinigkeiten im Artikel über die beiden Liebenden, loggte sich dann aus und machte sich mit dem Fahrrad auf den Weg in ihr Häuschen, das unweit des Zentrums direkt am Fluss lag. Es war umgeben von einer Hecke und hohen Bäumen. Keiner der Besucher des Freibades auf der Insel gegenüber vermutete, dass hier jemand wohnte. Das Grundstück war schon so lange in Familienbesitz, dass es keine Urkunden mehr über den Kauf gab. Vor etwas mehr als hundert Jahren hatte ihr Urgroßvater das kleine Haus darauf bauen lassen. Im Erdgeschoss gab es einen großen Raum und eine geräumige Küche, im oberen Stockwerk zwei Zimmer und das Bad. Das war alles. Offensichtlich hatte er nur einen kleinen Zufluchtsort für sich und vielleicht auch noch für seine Frau gebaut. Für Kinder war in diesem kleinen Häuschen wirklich kein Platz. Oder höchstens für eines: Anne hatte den Verdacht, dass sie nur deswegen ein Einzelkind war, weil ihre Eltern lediglich ein Kinderzimmer hatten.

Doch an diesem Abend hatte Anne keinen Blick für die schöne Lage ihres Elternhauses. Stattdessen schob sie das Fahrrad in den kleinen Schuppen, der von Johannisbeersträuchern umgeben war. Gähnend erhob sich unter einem der Sträucher die braune Mischlingshündin, die früher ihrer Mutter gehört hatte. Tinka streckte sich ausgiebig und kam dann freundlich schwanzwedelnd zu ihrem jungen Frauchen, um sich ein wenig streicheln zu lassen.

Dann öffnete Anne die Haustür, die sie im letzten Sommer leuchtend blau gestrichen hatte, und stand bald darauf in der Küche. Helles Holz, Kräuter auf der Fensterbank und Sonnenflecken auf den Fliesen. Sie ließ sich für einen kurzen Augenblick auf einen der alten Küchenstühle fallen und schloss die Augen.

Um sie sofort wieder zu öffnen. In ihre Hand hatte sich eine feuchte Hundeschnauze geschoben. Tinka wartete immer den ganzen Tag geduldig im Garten auf sie, aber jetzt forderte sie ihr Recht. Und es gab keinen Grund, einfach hier herumzusitzen und der alten Standuhr beim

Ticken zuzuhören. Mit einem kleinen Seufzer ging Anne ins Badezimmer, schlüpfte aus ihren Kleidern und zog ihre alte Laufhose und ein T-Shirt an. Dann schlüpfte sie in die leuchtend gelben Schuhe. Sie warf einen letzten Blick in den Spiegel und war zufrieden mit dem, was sie da sah.

Kurz geschnittene, leuchtend rote Locken und dunkle Augen. Gebräunte Haut, die verriet, dass sie sich viel draußen aufhielt, und ein Haufen Sommersprossen, die sich unregelmäßig über ihr Gesicht und ihre Arme verteilten.

Anne lächelte ihrem Spiegelbild aufmunternd zu und stöpselte die Kopfhörer in die Ohren, bevor sie sich auf ihre übliche Abendrunde begab. Eine halbe Stunde lief sie jeden Tag nach der Arbeit, egal ob es Winter oder Sommer war – das war sie Tinka schuldig, die schwanzwedelnd neben ihr herlief.

Sie erinnerte sich an den Tag, an dem sie mit dem Laufen angefangen hatte: Es war der Abend nach der Beerdigung ihrer Eltern gewesen. Sie war nach der Trauerfeier nach Hause gekommen und hatte wie gelähmt auf einem der Stühle gesessen.

Sport war damals ihre Rettung gewesen – und Tinka der Ansporn. Vermutlich waren deren Vorfahren ausdauernde Jagdhunde gewesen, die sich mit einem Leben als Schoßhund nur schwer anfreunden konnten.

Wie jeden Tag bog sie von der Westenstraße auf den Ulrichsteig ein und rannte bergauf. Die Musik in ihren Ohren gab den Rhythmus vor, und sie spürte, wie ihr Herz unter der Anstrengung immer schneller schlug. Ob sie im Herbst wirklich den Halbmarathon wagen sollte?

Fit genug dafür war sie auf jeden Fall. Sie steigerte das Tempo, als der Weg allmählich ebener wurde.

Erst unter der Dusche fielen ihr wieder die beiden Skelette ein. Der Rechtsmediziner hatte sich nicht einmal darauf festgelegt, dass es wirklich ein Mann und eine Frau waren. Vielleicht würde man herausfinden, dass es sich um zwei Frauen oder zwei Männer handelte? Um Mutter und Tochter? Einen Neffen und seinen Onkel? Womöglich war es ein lesbisches oder schwules Pärchen, dachte Anne lächelnd. Dann würde die Sache sicher noch richtig Schlagzeilen machen. Aber es war seltsam: Sie war sich eigentlich vollkommen sicher, dass es ein Mann und eine Frau waren.

Anne rubbelte sich die Haare trocken und wickelte sich in das Handtuch, bevor sie zum Kühlschrank lief. Stirnrunzelnd musterte sie den Inhalt. Welker Salat, ein vertrocknetes Käsestück und eine halb leere Dose mit Oliven.

»Ich glaube, du musst dein Hundefutter mit mir teilen, Tinka«, murmelte sie. »Oder du isst dein Hundefutter und begleitest mich anschließend in den Supermarkt. Was ist dir lieber?«

Tinka legte den Kopf ein wenig schief und sah sie aufmerksam an. Wie so oft hatte Anne das Gefühl, dass die Hündin sie ziemlich gut verstand.

Eine Stunde später teilte sie sich den Schinken gerecht mit Tinka, während sie das Brot ganz alleine aufessen durfte. Den vertrockneten Käse und den welken Salat hatte sie auf den Komposthaufen geworfen. Vielleicht erbarmten sich ja die Schnecken oder wenigstens eine Maus der Reste.

Dann setzte Anne sich unter ihren Lieblingsplatz im Garten. Ein alter Schaukelstuhl stand unter einem ausladenden Apfelbaum. Von hier aus konnte man durch die Bäume hindurch den Fluss glitzern sehen. Sein Rauschen beruhigte auch den aufgeregtesten Gedanken. Mit der einen Hand kraulte Anne gedankenverloren ihre Hündin hinter den Ohren, in der anderen hielt sie ihre Teetasse. Sie erinnerte sich, dass sie als Kind eines Sommers ein kleines Zelt unter dem Apfelbaum aufschlagen durfte. Nachts hörte sie den Fluss und die Tiere, die im nächtlichen Garten herumschlichen. Als ihre Mutter nach dem Ende der Sommerferien darauf bestanden hatte, das Zelt wieder abzubauen, war Anne untröstlich gewesen. Wenn es nach ihr gegangen wäre, dann hätte sie den Rest ihres Lebens an genau diesem Platz unter dem Baum verbracht. Sie erinnerte sich noch genau, wie ihre Mutter gelächelt und ihr liebevoll über die Wange gestreichelt hatte. »Du wirst eines Tages aus Eichstätt hinaus in die große weite Welt wollen, Anne. Und dann wirst du deinen Apfelbaum vergessen. Das ist häufig so mit den Dingen, die einem als Kind wichtig sind. Warte nur ab, bis du groß bist ...«

Jetzt war sie groß, verdiente ihr eigenes Geld und saß immer noch am liebsten unter diesem Baum und sah nach oben in die Zweige oder auf den stetig fließenden Fluss. Ihre Mutter hatte sich geirrt: Manche Dinge änderten sich einfach nie.

Es war schon weit nach Mitternacht, als sie endlich aufstand und sich auf den Weg in ihr Bett machte.

3

Mühsam schleppte sie sich durch eine enge Gasse, auf der Unrat und Fäkalien lagen. Hinter ihr johlten ein paar zerrissene Gestalten. Anscheinend waren sie hinter jemandem her, der schreckliches Unrecht begangen hatte. Und diesen Menschen wollten sie töten. Jetzt.
Es dauerte einen Augenblick, bis ihr klar wurde, dass sie diejenige war, um die es hier ging. Sie hatte die Regeln dieser Leute verletzt und sollte jetzt mit ihrem Leben bezahlen. Verzweifelt versuchte sie, ihre Beine schneller zu bewegen, aber sie schienen in dem stinkenden Dreck der Straße festzukleben, ließen sich kaum noch vom Boden lösen. Schweiß lief ihr die Schläfen hinab, während sie unter Aufbietung der letzten Kräfte ein Bein vor das andere setzte. Warum nur war sie so schwerfällig? Sonst rannte sie den Menschen doch einfach davon – aber dieses Mal wollten ihre Beine den verzweifelten Befehlen nicht gehorchen.
Sie spürte, wie ihr die Sinne schwanden, und schloss die Augen, während sie sich in den Dreck sinken ließ. Ihre Verfolger waren ganz nahe und johlten auf, als sie sie endlich erwischt hatten. Schon spürte sie die ersten Fäuste und Tritte, dann wurde alles um sie herum dunkel.

Schweißnass fuhr Anne in ihrem Bett auf und sah sich panisch um. Der digitale Wecker auf dem Nachttisch zeigte 1:14 Uhr und verriet ihr, dass sie nur eine knappe Stunde geschlafen hatte. Irgendwo vor dem Fenster schrie ein Käuzchen, dann war es wieder still, und sie hörte nur ihren eigenen hektischen Herzschlag.

Um sich zu beruhigen, stand sie auf und holte sich ein Glas Milch aus dem Kühlschrank. Beunruhigt sah sie aus dem Fenster. Was für ein Albtraum! Ihre Verfolger hatten ausgesehen, als wären sie geradewegs der Hölle entstiegen. Kopfschüttelnd ging sie wieder zurück in ihr Bett. »Ich habe einfach eine zu lebhafte Fantasie«, sagte sie, um sich selbst zu beruhigen. Sie wunderte sich, wie unsicher und zaghaft ihre Stimme klang.

Es dauerte lange, bis sie wieder einschlafen konnte. Sobald sie die Augen schloss, tauchten die Fantasiegestalten erneut auf, verfolgten sie und machten ihr Angst. Vor dem Fenster begannen schon die ersten Vögel zu singen, als sie endlich in einen tiefen und traumlosen Schlaf fiel.

Sie hatte das Gefühl, eben erst eingeschlummert zu sein, als der Wecker sie zum nächsten Arbeitstag rief. In der Helligkeit des frühen Morgens kam ihr die Nacht wie ein Schatten vor, an den sie sich kaum erinnerte. Zum Frühstück machte sie sich ein Müsli mit frischen Früchten und eine große Tasse Kaffee. Tinka bekam ein wenig Trockenfutter in ihren Napf und durfte hinaus in den Garten. Genüsslich trank Anne den ersten Schluck und warf einen Blick in ihre Zeitung.

Auf der ersten Seite des Lokalteils suchte sie vergeblich nach der Geschichte von den beiden Skeletten. Offensichtlich hatte ihr Chefredakteur die Story doch nicht so aufregend gefunden und an den prominenten Platz lieber einen Artikel über den Erzieherinnenmangel in den Kindertagesstätten gesetzt. Lebende waren wichtiger als Tote. Vor allem dann, wenn niemand um die Toten trauerte.

Erst drei Seiten später fand sie ihren Text, der zu einer einspaltigen Meldung zusammengestrichen worden war.

Enttäuscht machte Anne einen kurzen Morgenspaziergang mit Tinka und machte sich dann auf den Weg in die Redaktion. Hier wartete gleich die nächste Überraschung auf sie. An ihrem Schreibtisch saß ein Mann. Ein sehr junger, sehr gut aussehender Mann.

»Hallo, ich bin Fynn!« Er streckte ihr die Hand entgegen und drückte so fest zu, als wollte er ihr all seine Kraft beweisen.

»Ich bin der neue Volontär. Dein Nachfolger sozusagen.« Er senkte seine Stimme ein wenig und bemühte sich etwas zu sehr um einen verschwörerischen Ton. »Wenn du also irgendwelche Tipps hast, was ich am besten tun und was ich unbedingt lassen sollte, dann verrat es mir einfach.«

Anne deutete kühl auf den Platz, an dem er saß. »Fürs Erste reicht es, wenn du dich nicht an meinen Arbeitsplatz setzt und die Finger von meinem Computer lässt. Dann hast du die schlimmsten Fehler für den Anfang schon einmal vermieden.«

»Ich habe nichts angerührt, versprochen! Und die Schubladen habe ich auch nicht geöffnet.«

»Das ist auch gut so. Ich bin nämlich ziemlich ordentlich und räume am Ende des Tages alle Unterlagen in die Schubladen. Damit ist der Schreibtisch allerdings längst nicht zur feindlichen Übernahme freigegeben.«

Anne musterte ihn genauer. Hellblonde Haare, grüngraue Augen, gebräunte Haut und ziemlich groß.

»Was hast du denn bisher schon gemacht?«, fragte sie etwas versöhnlicher, während Fynn seine Tasche, sein Handy und seine Jacke hastig wieder von ihrem Schreibtisch nahm und sich nach einem Schreibtisch umsah, der wirklich frei war.

»Ich war an der Uni und habe ein paar Praktika gemacht. Im Lokaljournalismus kann ich am ehesten etwas für die Zukunft lernen, habe ich mir gedacht. Der Chefredakteur einer Münchner Zeitung hat mir das empfohlen – und sogar in Aussicht gestellt, dass ich nach meinem Volontariat zu ihm zurückkommen darf.«

Er sah Anne so stolz an, dass sie fast Mitleid mit ihm hatte.

»Wenn er dir das nicht schriftlich gegeben hat, dann würde ich mich nicht darauf verlassen«, versuchte sie seine Begeisterung etwas zu dämpfen. »Und jetzt komm erst einmal mit in die Konferenz, vielleicht darfst du ja heute schon etwas schreiben.«

Fragend hob Fynn seine Tasche und seine Jacke auf. »Und wo soll ich mich hinsetzen?«

Herzlos deutete Anne auf den kleinen Schreibtisch in der Ecke, an dem sie zwei Jahre zugebracht hatte. »Volontäre sitzen da. Für einen großen Schreibtisch muss man sich erst mal eine Festanstellung erkämpfen.«

Es folgte ein langweiliger Tag, an dem nichts passierte. Aber auch gar nichts. Nicht einmal der sprichwörtliche Kaninchenzüchterverein wollte ein Jubiläum feiern. In ihrer Verzweiflung rief Anne bei dem Rechtsmediziner an. Vielleicht gab es wenigstens etwas Neues über die beiden Skelette. Oder er konnte ihr den Namen und die Kontaktdaten von dem Archäologen geben, der den Fall übernommen hatte.

Aber auch hier stieß sie nur auf eine genervte Assistentin, die ihr erklärte, dass die beiden Skelette wirklich nicht oben auf der Dringlichkeitsliste stünden. »Es gibt Tote mit Angehörigen, echte Schicksale, verstehen Sie? Die haben ja wohl Vorrang vor den alten Knochen, bei denen wir wahrscheinlich sowieso nichts Neues erfahren.«

Eine gute Journalistin ließ sich so schnell nicht abwimmeln. »Das verstehe ich. Könnten Sie mir trotzdem die Kontaktdaten vom Archäologen geben, der die beiden übernommen hat?«

»Rufen Sie halt im Institut für Archäologie an«, erklärte die Assistentin mit eisiger Stimme. »Das werden Sie ja wohl selber hinkriegen.«

Enttäuscht legte Anne auf und suchte im Internet die entsprechende Nummer heraus. Dort erfuhr sie, dass die Archäologen den Fall gleich an den Kollegen Lukas Marburg vom Historischen Institut weitergegeben hatten. Leider erreichte sie ihn weder unter seiner Privatnummer noch über seinen Anschluss an der Universität. Im Institut meldete sich immerhin ein Anrufbeantworter, dessen Stimme sie vom Vortag wiedererkannte. Freundlich bat Marburg den Anrufer darum, seine Telefonnummer aufs Band zu sprechen, und versprach sich zurückzumelden, »sobald es meine Verpflichtungen zulassen«.

Heute würde sie also nichts mehr in Erfahrung bringen.

An Tagen wie diesen war sie unendlich weit entfernt von ihrem Traumberuf, wie sie ihn sich einst ausgemalt hatte. Keine Spannung, keine Hetze, keine Aufregung, sondern nur lähmende Langeweile. Wenig inspiriert schrieb sie ein paar Polizeiberichte über gestohlene Fahrräder und zu schnelle Autofahrer um.

»Ist es hier immer so tot?«, wollte Fynn von ihr wissen. Er lehnte sich zurück, dehnte sich ausgiebig und ließ seine Finger knacken. Offensichtlich war es ihm egal, dass einige der Kollegen ihn hören konnten.

»Nein«, beruhigte Anne ihn. »Es gibt auch Tage, an denen richtig die Hütte brennt. Und das ist auch gut so, sonst würden wir wahrscheinlich anfangen, selber die Brände zu legen und einzubrechen – nur damit wir auch mal etwas Aufregendes zu berichten haben.« Sie sah ihn neugierig an. »Wie war es denn in München? Große Stadt, große Geschichten?«

»Klar! Das war schon toll. Wenn man das Gefühl hat, auch am großen Rad drehen zu dürfen ... So richtig am Puls des Geschehens.«

»Was war denn deine größte Geschichte?«, wollte Anne wissen.

»Ich war beim FC Bayern, beim Training! Und da habe ich sogar mit dem Trainer gesprochen!« Er platzte fast vor Stolz.

»Echt? Pep Guardiola? Ist der wirklich so nett?« Anne war beeindruckt.

»Na ja – es war nicht der Trainer, sondern der Torwarttrainer. Toni Tapalović. Echte Legende!«

»Puh, von dem habe ich noch nie gehört. Fußball ist nicht so meins. Was hat er denn erzählt?«, wollte Anne wissen. »Lass mich die Geschichte doch mal lesen, die du damals geschrieben hast. Hätte ich ja nie gedacht, dass man in München Praktikanten für so etwas losschickt.«

Verlegen fuhr Fynn sich durch die Haare. »Wurde nie veröffentlicht«, gab er zu. »An dem Tag war wohl was Wichtigeres passiert ...« Er sah auf die Uhr. »Wann ist denn hier Dienstschluss?« Offensichtlich wollte er von seiner etwas missglückten Prahlerei ablenken.

»Kommt immer darauf an, was an Terminen ansteht«, erklärte Anne. »Aber heute ist nichts mehr los, wir können also etwa um sechs gehen.«

»Sollen wir noch was trinken gehen?« Fynn sah sie auffordernd an.

Es konnte nicht schaden, wenn sie sich mit dem Volontär gut stellte, beschloss Anne. »Klar, aber nur für einen kurzen Absacker. Ich möchte noch laufen gehen.«

»Laufen?« Fynn musterte sie unverhohlen. »Das hast du doch gar nicht nötig. Machst du das regelmäßig?«

»Ja. Mein Hund wäre sonst unglücklich. Und es geht ja wohl nicht darum, nur dann Sport zu machen, wenn man es nötig hat, oder?«

Wenig später gingen sie in die kleine Pizzeria um die Ecke. Anne bestellte sich eine Apfelschorle, während Fynn ein »großes, kaltes Bier« orderte. Er sah sie fragend an, als die Kellnerin die Gläser vor ihnen abstellte. »Bist du nicht zu jung, um nur alkoholfreie Sachen zu trinken?«

»Das mache ich ja nur vor dem Laufen. Sport und Alkohol – das verträgt sich einfach nicht. Aber lass dir von mir nicht den Appetit verderben«, sagte sie grinsend.

Nach einem großen Schluck Bier erzählte Fynn ungefragt von seinen Träumen: Er wollte ein Journalist werden, der die ganz großen Skandale aufdeckte. Der in Talkshows eingeladen wurde, weil er als Einziger die Zusammenhänge durchschaute. Ein echter Experte eben. Eichstätt war für ihn wirklich nur ein Zwischenstopp, verordnet von einem Chefredakteur, der den ehrgeizigen Praktikanten erst einmal zwei Jahre in der Provinz sehen wollte.

Ganz nebenher erzählte Fynn von seiner Exfreundin und den Gründen, warum sie nicht mehr zusammen waren. Und von seinen Reisen durch die Welt. Und von seinem Blog, auf dem er regelmäßig ebendieser Welt mitteilte, was er von ihr hielt. Wahrscheinlich war das der Welt ziemlich egal, dachte Anne, sie behielt diese Erkenntnis aber lieber für sich.

Es war schon dunkel, als sie sich endlich von dem ständig redenden Fynn loseisen konnte. Sie winkte ihm zum Abschied zu und radelte schnell nach Hause. Tinka musste heute auf ihren Abendlauf verzichten, es war einfach schon zu dunkel.

Ein kleiner Spaziergang – für mehr reichte es nicht, bevor Anne todmüde ins Bett fiel. Sie lächelte, als sie an den Abend mit Fynn zurückdachte. Es mochte ja sein, dass er etwas zu viel redete. Aber er war eindeutig unterhaltsam. Sie hatte sich an diesem Abend keine einzige Sekunde gelangweilt.

Schreie. Feuer. Menschen mit blutenden Wunden, weinende Kinder und zusammenbrechende Mauern. Sie konnte sich vor dem Elend nicht verstecken, nirgends.

Schweißnass wachte Anne auf, ihr Herz raste und ihre Hände waren zu so festen Fäusten geballt, dass es schmerzte, sie wieder zu öffnen. Sie zwang sich, ruhiger zu atmen und den friedlichen Geräuschen der Nacht zu lauschen, der Eule und dem Fluss. Aber es half nichts. Jedes Mal, wenn sie die Augen schloss, tauchten wieder diese grauen Gestalten auf, die sie verfolgten und an ihrer Kleidung zerrten. Sie bedrohten sie mit erhobenen Händen und schrien auf sie ein.

Es war noch lange vor der Morgendämmerung, als sie endlich aufgab und in den Garten ging. Vielleicht würde ihr Platz unter dem Apfelbaum dafür sorgen, dass sie ein klein wenig Frieden fand. Was war nur mit ihr los? Ihr ganzes Leben hatte sie noch keinen Albtraum gehabt – zumindest konnte sie sich nicht daran erinnern. Und jetzt quälten sie schon die zweite Nacht in Folge diese Bilder von Tod und Schrecken. Am schlimmsten war, dass sie in ihren Träumen dem Grauen nicht ausweichen konnte, sondern ihm hilflos ausgesetzt war. Hatte das etwas zu bedeuten?

Den ganzen Tag kämpfte sie mit lähmender Müdigkeit. Sie quälte sich durch ein langweiliges Interview mit einem jungen Uniprofessor, der etwas über sein Spezialgebiet erzählen sollte – irgendetwas mit einem völlig neuen Ansatz in Sachen Wirtschaftswissenschaften. Dabei wurde sie den Verdacht nicht los, dass die Langeweile allein ihrer Müdigkeit geschuldet war. Ihr fielen einfach keine tollen Fragen ein, da half auch kein Espresso. Ihren Vorsatz, Lukas Marburg noch einmal anzurufen, vergaß sie an diesem Nachmittag vor lauter Müdigkeit.

Der einzige Lichtblick war Fynn, der sich kurz vor der Mittagspause unbekümmert auf ihren Schreibtisch setzte.

»Na, bist du gestern wirklich noch gelaufen?«

Anne schüttelte den Kopf. »Nein. Im Dunkeln stolpere ich nur über die Steine und Äste im Wald. Außerdem finde ich es unheimlich. Als Frau alleine im Wald ... Ich will nicht für Schlagzeilen sorgen, sondern sie lieber selbst schreiben.«

Fynn lachte. »Das beruhigt mich. Ich dachte schon, du

bist Superwoman. Kein Alkohol, Sport, Bilderbuchkarriere ...«

Abwehrend hob Anne die Hände. »So aufregend ist das auch wieder nicht. Und ich habe gestern schon gesagt, dass ich nicht generell jedes Bier ablehne. Nur wenn ich noch Sport mache – und das hatte ich gestern wirklich vor –, bin ich ein bisschen vernünftig.«

»Und was machst du jetzt? Hast du einen Tipp für hungrige Volontäre in der Mittagspause?«

Lächelnd fuhr Anne ihren Computer herunter. »Dann komm doch mal mit. Ich zeige dir den besten Mittagstisch der Stadt. Du musst allerdings eine Schwäche für das Essen hier haben. Ein klein wenig fleischlastig ist das nämlich schon ...«

»Fleisch ist gesund!«, verkündete Fynn, schnappte seine Jacke und folgte ihr.

Mit seinem unbekümmerten Erzählen lenkte er Anne in der nächsten Stunde zumindest von ihren Erinnerungen an die nächtlichen Albträume ab. Er schien ehrlich an ihr interessiert zu sein und fragte sie immer wieder nach ihrer Zeit als Volontärin bei der Donaupost.

»Was war denn deine schönste Reportage? Und wann hat der Chef beschlossen, dass er dich nach dem Volontariat behalten will?«

»Keine Ahnung, wann er das beschlossen hat. Vielleicht schon bevor ich angefangen habe. Er war mit meinen Eltern befreundet, weißt du.«

»Wieso denn ›war‹?« Fynn sah sie mit hochgezogenen Augenbrauen an.

»Ist eine lange Geschichte«, winkte Anne ab. »Aber meine beste Geschichte in den beiden Jahren, an die erinnere ich mich immer noch. Das war der Tag, an dem der Chef mich in einen Kindergarten geschickt hat, wo eine Spende oder so gefeiert werden sollte. Dabei ist mir ein kleines Mädchen aufgefallen. Dunkle Haare, dunkle Augen, saß schüchtern in der Ecke. Ich habe sie angesprochen, und sie konnte genügend Deutsch, um mir ihre Geschichte zu erzählen: von ihrer Flucht aus Syrien, ihrer Ankunft in einem Lager, wie es ihrer Familie heute geht … Das war meine schönste Geschichte.« Anne sah auf ihre Uhr. »Und jetzt wird es Zeit, dass wir in die Redaktion zurückgehen. Ich möchte doch nicht den Volontär von der Einhaltung der Arbeitszeiten abhalten!«

Gemeinsam gingen sie zurück in die Redaktionsräume, und jeder machte sich an seinem Schreibtisch wieder an die Arbeit. Innerhalb weniger Minuten spürte Anne, wie die lähmende Müdigkeit zurückkehrte. Sie sehnte sich nur noch nach ihrem Bett.

Trotzdem zog sie sich nach der Arbeit entschlossen ihre Laufsachen an. Wenn sie nur müde genug war, dann würden die Geister der Nacht sicherlich fernbleiben. An diesem Abend reichten ihr die üblichen dreißig Minuten nicht. Sie rannte eine komplette Stunde und ging im Anschluss noch ins Freibad. Dort kraulte sie zehn Bahnen und duschte anschließend eiskalt.

Zum Abendessen – Tomaten mit Mozzarella – trank sie ein Weißbier. Hopfen sollte schließlich beruhigend wirken. Und Alkohol sedierte. Als sie ihren Kopf aufs Kissen legte, war sie fest überzeugt, dass die grauen Zombies heute keine Chance haben würden.

Sie musste sie einfach besiegt haben.

Ein friedlicher Wald, sie ging summend hindurch. Vögel sangen, und in den Blumen suchten Bienen nach Nektar. Es roch nach Harz und frischem Gras. Plötzlich sprang hinter einem Baum ein hellblonder Mann hervor, der in der rechten Hand eine Axt hielt. Er packte sie am Arm und riss sie zu Boden. Mit seinem schlechten Atem näherte er sich ihrem Gesicht, während er grob nach ihrer Brust griff. Als sie sich wehrte, fing er an, sie zu würgen. Sie bekam keine Luft mehr, und ihr wurde schwarz vor Augen ...

Nach Luft japsend wachte sie auf. Mit weit aufgerissenen Augen starrte sie in die Dunkelheit. Was war das? Welche Geister suchten sie so hartnäckig heim? Es konnte doch nicht sein, dass sie gar keine Ruhe mehr finden konnte?

Sie wagte nicht, sich wieder hinzulegen. Heute Nacht nicht. Stattdessen stand sie auf und schaltete ihren Laptop ein. Den Rest der Nacht lenkte sie sich mit einem Spiel ab, in dem es darum ging, bunte Bälle in Dreierpakete zu sortieren, damit sie explodierten. Genau das, was sie brauchte: Eine etwas dämliche Beschäftigung, bei der sie der Schlaf nicht übermannte.

Als es hell wurde, brannten ihr die Augen, und sie erschrak über ihr Spiegelbild: Tiefe Ringe unter den rot geäderten Augen, die Haut war so blass, dass die Sommersprossen dunkel leuchteten. Weder die kalte Dusche noch der Morgenkaffee taten ihre Wirkung. Zum Glück war heute Freitag. Wenn sie noch diesen einen Tag durchhielt, war Wochenende und sie konnte sich endlich erholen.

Auf ihrem Schreibtisch fand sie einen Zettel, den offensichtlich die Redaktionsassistentin geschrieben hatte. »Lukas Marburg bittet um Rückruf!« Dahinter hatte sie eine Handynummer gekritzelt. Der Historiker, den sie auf dem Anrufbeantworter um einen Rückruf gebeten hatte – und auf den sie dann keinen weiteren Gedanken verschwendet hatte.

Sie griff nach dem Telefon und wählte die Nummer. Der Wissenschaftler meldete sich schon nach dem zweiten Klingelton mit einem freundlichen: »Hallo!«

»Grüß Gott. Ich bin Anne Thalmeyer ...«

»Richtig, die junge Redakteurin von der Donaupost. Wenn ich Sie richtig verstanden habe, dann wollen Sie wissen, was ich mit den beiden Skeletten gemacht habe.«

»Ganz genau.«

»Dann kommen Sie doch einfach an den Fundort. Da kann ich Ihnen alles genau erklären. Vielleicht ist das ja spannend für Ihre Leser?«

»Vielen Dank! Bin schon unterwegs!«

Anne packte ihre Sachen und stand auf.

»Was hast du denn vor?«, erkundigte sich Fynn neugierig.

»Nur nachsehen, ob aus meinen Skeletten noch eine richtige Geschichte wird. Nichts für einen echten Starreporter aus der großen Stadt«, konterte sie grinsend, schnappte sich den Golfschlüssel und verschwand.

4

Zum Glück hatte es seit vergangenem Dienstag nicht geregnet. Der Waldweg war trocken und ließ sich leicht befahren. Anne parkte ihren Wagen neben dem von Marburg. In dem hohen Gras hatte sich bereits ein erkennbarer Pfad zur Fundstelle gebildet, dem sie nun folgte.

Auf der Lichtung blieb sie wie angewurzelt stehen. Hier hatte sich in den letzten paar Tagen so ziemlich alles verändert. Über die Grube war ein weißes Zeltdach gespannt, das die Fundstätte wohl vor Regen schützen sollte. Oder die Wissenschaftler vor der Sonne.

Neugierig trat sie näher.

In der Grube hockten ein Mann und eine Frau, die in ihre Arbeit vertieft waren. Mit kleinen Pinseln streichelten sie über die bleichen Knochen. Es sah fast zärtlich aus.

»Guten Tag!«, rief Anne, um auf sich aufmerksam zu machen.

Der Kopf des Mannes flog herum, er sah einen Moment verwirrt aus, bevor er sie erkannte und sich ein wenig ächzend erhob. »So schnell habe ich gar nicht mit Ihnen gerechnet«, erklärte er entschuldigend. »Aber schön, dass Sie da sind!«

»Ich muss mich bedanken«, sagte Anne. »Nett, dass Sie mich zurückgerufen haben, obwohl Sie so viel zu tun haben.« Neugierig versuchte sie an ihm vorbei in die Grube zu sehen. »Was machen Sie denn gerade?«

»Wir legen die Knochen vollständig frei. Damit wir dabei nichts zerstören und auch nichts übersehen, machen wir das mit Spaten und Pinsel.«

»Das ist doch unglaublich zeitaufwendig! Es würde viel schneller gehen, wenn Sie die Knochen einfach einpacken und dann in Ihrem Institut untersuchen würden!«

»Das mag sein. Aber schneller ist nicht immer besser. Zum einen sind die Knochen nicht komplett freigelegt. Wir müssen also noch Reste aus dem Erdreich befreien. Und dazu kommt natürlich unsere Hoffnung, dass es noch irgendwelche Beigaben in diesem Grab gibt, die uns verraten, aus welcher Zeit die Toten stammen und ob wir auf weitere Funde hoffen können.«

»Und? Haben Sie schon solche Grabbeigaben entdeckt?« Anne sah ihn gespannt an.

»Leider nein. Ich habe auch wenig Hoffnung, ehrlich gesagt. Das sieht nicht nach einem ordentlichen Grab aus. Eher nach einem hastigen Verscharren.«

»Sie haben nichts gefunden? Überhaupt nichts? Und dafür sitzen Sie tagelang im Wald?«

Der Wissenschaftler lächelte nachsichtig. »Geduld und Ausdauer sind die wichtigsten Eigenschaften, die man als Historiker oder Archäologe mitbringen muss. Es ist ganz normal, dass wir stundenlang im Dreck buddeln, ohne auch nur eine einzige Sache zu finden. Und dann, von der einen Sekunde auf die andere, kann sich alles ändern. Plötzlich hat man ein Schmuckstück, eine Münze oder ein Messer in der Hand und kann rekonstruieren, wo die Toten herkommen und was passiert sein könnte. Es ist wie ein Puzzle, dem das entscheidende Stück gefehlt hat: Alles liegt vor einem, man muss es nur finden.«

»Aber Sie können doch nie wissen, ob Sie wirklich alle Puzzleteile haben! Es könnte doch auch sein, dass da einfach … nichts ist. Oder?«

Er lachte leise auf. Es klang fast, als würde er sich über Annes Frage ein klein wenig lustig machen. »Na ja. Es ist vielleicht ein Puzzle für Erwachsene. Manche Teile muss man sich dazudenken. Aus einem einzigen Teil kann ja auch eine ganze Welt entstehen, wenn man nur lange genug nachdenkt und arbeitet.«

»Und?« Anne machte eine Handbewegung in Richtung der beiden Skelette. »Haben Sie für diese beiden schon so ein Puzzleteil gefunden?«

Ein bedauerndes Kopfschütteln war die Antwort.

»Leider nein. Ich hege inzwischen den Verdacht, dass es sich um zwei recht arme Gestalten handelt. Bis jetzt habe ich nicht einmal einen Knopf gefunden. Oder eine Gürtelschnalle. Aber ich bin mir sicher, das wird sich noch ändern!«

»Sein Optimismus ist legendär«, ertönte eine weibliche Stimme aus der Grube. Eine sehr dünne, blonde Frau mit einem langen Zopf kletterte aus der Grube, streckte sich und griff nach einer Wasserflasche, die neben einem der Zeltstangen stand. Sie streckte Anne die andere Hand entgegen. »Hallo, ich bin Lisa Blendin, wissenschaftliche Hilfskraft bei Professor Marburg.«

»Sie sind Professor?« Anne sah den Wissenschaftler ungläubig an. Er hatte ein überraschend junges Gesicht, auch wenn seine aschblonden Haare an der Stirn schon zurückwichen. Zu einem ausgewaschenen T-Shirt trug er eine Jeans, die etwas formlos herunterhing.

Marburg schien ihren Blick richtig zu deuten und lächelte verlegen. »Nun, es hat wenig Sinn, bei einer Grabung einen Anzug zu tragen.«

»Ehrlich gesagt sieht er nicht viel anders aus, wenn er im Institut ist. Dafür ist er in seinem Fachgebiet ein Ass. Ich bin wirklich froh, dass ich die Stelle bei ihm ergattert habe.« Lisas Gesicht leuchtete vor Begeisterung.

»Was ist denn Ihr genaues Fachgebiet?«, erkundigte sich Anne.

»Als Historiker habe ich mich vor allem auf unsere Region spezialisiert, Lokalhistoriker wäre vielleicht eine treffende Bezeichnung. Archäologie habe ich früher mal im Nebenfach studiert. Deshalb haben die Kollegen von der Archäologie nach dem Anruf der Rechtsmedizin den Fall gleich an mich weitergegeben. Es war ja schon relativ schnell klar, dass das kein spektakulärer Fund ist.« Er sah auf seine Uhr. »Ich möchte nicht unhöflich erscheinen, aber ich würde heute gern noch etwas weiterkommen. Haben Sie auch Fragen zum Fund, die ich beantworten kann?«

»Waren die beiden wirklich ein Paar?«, platzte Anne heraus. »Ich habe das in meinem Artikel behauptet, weil ich fand, dass die beiden so liebevoll nebeneinanderlagen. Aber ich bin mir natürlich nicht sicher ...«

»Keine Sorge.« Der Professor grinste. »Das sind wirklich Mann und Frau, Sie haben die Geste der beiden ganz richtig gedeutet. Inzwischen gehe ich davon aus, dass es keine klassische Grabstätte war, sondern dass die beiden hier vor Ort gestorben sind und dann eher nachlässig mit Erde bedeckt wurden. Es ist ein Wunder, dass die Knochen sich so lange erhalten haben.«

»Was schätzen Sie? Wie lange liegen die Knochen schon hier?«

»Wahrscheinlich vierhundert Jahre. Aber um das genauer sagen zu können, müsste ich wenigstens ein Artefakt finden. Und das ist bisher nicht geschehen. Deswegen bleibt uns nur die Arbeit mit dem Pinselchen ...«

»Rufen Sie mich an, wenn Sie etwas finden? Oder darf ich Sie anrufen?« Bittend sah ihn Anne an.

»Aber gerne. Wir sind doch froh, wenn sich die Medien für mittelalterliche Geschichte interessieren. Wir haben ja den Ruf, etwas staubig zu sein ...« Er lächelte verlegen, sah an sich herunter und fügte hinzu: »Wenn ich mir das recht überlege, dann vielleicht nicht ganz zu Unrecht.«

Anne verließ die beiden Wissenschaftler, die weiter nach den Spuren einer vergangenen Zeit suchten. Mit kleinen Pinseln und großer Hingabe für jedes Detail.

Es war also wirklich ein Paar, das hier lag. Sie hatte richtig vermutet. Erst jetzt bemerkte sie, dass sie diese Erkenntnis nicht überraschte. Sie war sich einfach sicher gewesen – ohne erklären zu können, warum.

Nach den vielen warmen Tagen roch es hier im Wald nach trockener Erde. Doch auf einmal stieg Anne ein merkwürdig vertrauter Duft in die Nase. Sie sah sich suchend um und erkannte direkt neben einem knorrigen Baum einen kleinen Strauch. Neugierig trat sie näher und staunte. Rosmarin gehörte eigentlich nicht zu den heimischen Gewächsen. Irgendjemand musste ihn gepflanzt haben. Aber warum sollte jemand ein Küchenkraut an einer Stelle aussetzen, wo es wahrscheinlich im nächsten Winter sterben würde?

Kopfschüttelnd ging Anne weiter zu ihrem Auto. Von ausgesetzten Hunden hörte man häufiger. Ausgesetzte Küchenkräuter waren etwas Neues.

Auf dem Weg zurück in die Redaktion fiel ihr Blick auf das große rote A einer Apotheke. Ohne lange nachzudenken steuerte sie den Golf an den Straßenrand.

»Ich brauche etwas zum Schlafen«, erklärte sie. »Etwas, das wirkt!«

Die Apothekerin sah Anne mitleidig an. »Alles, was richtig wirkt, ist verschreibungspflichtig. Das ist auch gut so. Manche Schlafmittel machen süchtig, die kann man nicht einfach einwerfen wie Smarties. Ich kann Ihnen nur leichte Mittel anbieten.«

»Besser als nichts«, meinte Anne seufzend. »Was ist denn nach Ihrer Erfahrung das Wirksamste in Ihrem Sortiment?«

Die Frau griff hinter sich und erzählte etwas von pflanzlichen, gut verträglichen Wirkstoffen. Und dass sie sich keine Wunder erhoffen sollte.

Anne kaufte sich trotzdem eine Packung der empfohlenen Tabletten.

Die Apothekerin sollte recht behalten. Es passierte kein Wunder. Wieder suchten sie Bilder von Verzweiflung, Hass und Hunger heim. Wieder wurde sie von grauen Gestalten verfolgt und von unsäglichem Fäkaliengestank gequält.

Würgend wachte Anne nach nur einer halben Stunde Schlaf auf. Offensichtlich waren die Pillen aus der Apotheke vollkommen wirkungslos. Entnervt wanderte sie durch das Haus, streichelte Tinka und nahm sie schließlich mit auf einen langen nächtlichen Spaziergang. Als sie zurückkamen, funkelten immer noch die Sterne über dem kleinen Haus – aber der Horizont verfärbte sich schon. Bald würde der neue Tag anbrechen. Ein Tag, an dem sie wahrscheinlich noch müder sein würde als am Tag zuvor. Der einzige Lichtblick: Es war ein Samstag. Sie konnte sich nach einem kleinen Frühstück unter ihren Apfelbaum legen und ein bisschen dösen. Wer weiß, vielleicht waren die grauen Gestalten ja lichtscheu?

Eine große Tasse Milchkaffee, ein Brötchen und zwei Stunden später breitete sie eine Decke unter dem Baum aus und streckte sich aus. Sie blinzelte in die Blätter und hoffte, dass die Geister der Nacht sie jetzt in Ruhe lassen würden ...

Hand in Hand mit einem Mann lief sie durch eine Stadt. Die Sonne schien auf sein dunkles Haar, und er hielt sie so fest, als wollte er sie nie wieder loslassen. Noch nie hatte sie in ihrem Leben so eine tiefe, rückhaltlose Freude empfunden. Sie lachte ihn an, wollte ihm sagen, dass sie sich niemals trennen würden. Ihm von den Kindern erzählen, die sie bekommen würden, und von ihrer Liebe, die niemals aufhören würde. Doch noch bevor sie auch nur den Mund öffnen konnte, wurde der Himmel mit einem Mal dunkel, Rauchwolken zogen auf, und aus dem lichten Sommerwald wurde eine enge Stadt mit grauen Wänden. Das Feuer bedrängte sie von allen Seiten – überall standen Flammenwände. Sie drückten sich aneinander, er versuchte sie zu schützen, aber es gab keinen Ausweg mehr.

Schluchzend wachte sie auf. Tinka lag an ihrer Seite, so als wollte sie sie trösten. Einen Moment lang glaubte Anne noch, die Flammen auf der Haut zu spüren, erst dann siegte die Realität. Sie lag auf einer Decke im kühlen Gras, die laue Luft des Frühsommers streichelte ihre Haut, die Sonne schien durch die Zweige ihres Apfelbaumes.

Auch der helle Tag hatte ihre Albträume nicht vertrieben.

Sie setzte sich auf und atmete tief durch. So sehr hatte sie auf dieses Wochenende gehofft, auf die heilende Wirkung des Sonnenlichts – doch es hatte sie kein bisschen erlöst.

Langsam ging sie in ihre Küche und machte sich einen Tee aus Kamille, Minze und Melisse. Die Kräuter stammten aus dem Garten, gesammelt und getrocknet im Sommer vor drei Jahren. Sabine Thalmeyer hatte ihr großes Kräuterbeet gehegt und gepflegt. Dort hatte sie stets die Blätter für ihre Heiltees gezupft und anschließend getrocknet.

Während ihrer gesamten Kindheit hatte Anne bei jedem Wehwehchen einen Tee von ihrer Mutter bekommen. Seit drei Jahren standen die Dosen nun schon unangetastet im Küchenschrank. Anne hatte keine Ahnung von der Wirkung, sie wusste auch nicht, ob ihre Auswahl beruhigend und schlaffördernd war. Außerdem lag der Verdacht nahe, dass die Wirkstoffe keine drei Jahre überdauerten. Aber sie hatte das Gefühl, dass ihr jetzt nur noch ihre Mutter helfen könnte. Das mochte ein kindlicher Aberglaube sein, aber wahrscheinlich hatte schon damals eher das Ritual der mütterlichen Heiltees gewirkt als die Kräuter aus dem sonnigen Beet.

Anne beschloss, sich mit der dampfenden Tasse wieder auf ihre Decke zu setzen, den Fluss zu betrachten und darauf zu warten, dass sie endlich zur Ruhe kam.

Sie atmete den aromatischen Duft der Kräuter ein, doch in ihre Seele kehrte kein Frieden ein. Die Traumbilder der letzten Woche tauchten immer wieder so klar auf, als wären sie real. Anne fühlte sich, als wäre sie das Opfer einer Katastrophe – dabei hatte sie nichts Schlimmes erlebt. Im Gegenteil: Die letzte Arbeitswoche war so ruhig und entspannt gewesen wie schon lange nicht mehr.

Seufzend blies Anne auf den heißen Tee und sah sich in ihrem Garten um. Zu viele Brombeeren, zu hohes Gras, vor allem das Beet ihrer Mutter sah verwildert aus. Sie hatte es seit drei Jahren nicht angerührt. Jetzt stand sie auf und sah es sich genauer an. Der Salbei hatte allen Witterungen getrotzt. Er sah zwar etwas holzig aus, einige Zweige waren vertrocknet – aber er lebte. Vorsichtig befreite sie ihn von den dürren Blättern. Der Lavendel hingegen war vertrocknet. Sie erinnerte sich, dass ihre Mutter ihn jeden Herbst ausgegraben und ins Haus gebracht hatte. Der Lavendel hatte Annes Missachtung nicht überlebt. Thymian und Rosmarin hingegen sahen ganz passabel aus, der Rest des Beetes beherbergte nur noch Unkraut und wild wuchernde Minze.

Anne lächelte leise. Ihre Mutter hatte immer geschimpft, dass diese Minze mehr wucherte als jedes andere Kraut im Garten. »Die schlägt sogar den Löwenzahn!«, hatte sie behauptet. Sie hatte recht behalten: Jetzt gehörte der Minze bestimmt die Hälfte des Beetes.

Entschlossen verschwand Anne in dem kleinen Schuppen, suchte nach den alten Gartenhandschuhen ihrer Mutter, der Gartenschere und der kleinen Hacke. Das Werkzeug war kein Problem – aber sie fand keine Handschuhe. Einen Moment lang sah Anne sich suchend um, dann fiel ihr ein, dass ihre Mutter bei der Gartenarbeit keine Handschuhe getragen hatte. »Ich muss die Erde berühren, dann bin ich geerdet«, hatte sie immer gesagt.

Anne lächelte. Ihre Mutter war sich mit dieser Weisheit so sicher gewesen – dann wollte sie das einfach auch ausprobieren.

Beherzt fing sie an. Gräser und Kräuter, die sie nicht kannte, mussten raus, genau wie ein großer Teil der Minze. Hier zupfte sie allerdings die Blätter von den Stängeln und legte sie auf ein Tuch in die Sonne. Pfefferminztee war schließlich auch dann eine feine Sache, wenn man keine Ahnung von Kräutern hatte.

Die Sonne stand hoch am Himmel, als Anne befriedigt auf ein ordentliches Kräuterbeet sah. Sie würde im Gartencenter nach Ersatz für diejenigen Kräuter Ausschau halten, die ihrer mangelnden Pflege der letzten Jahre zum Opfer gefallen waren.

Voller Tatendrang sah sie sich um. Bei den Brombeeren waren eindeutig Gartenhandschuhe angesagt. Vielleicht gab es doch welche im Gartenschuppen? Selbst ihre erdverbundene Mutter hatte ganz bestimmt keinen Spaß an zerschundenen, zerkratzten Fingern gehabt. Tatsächlich stieß sie in einer Schublade des Schuppens auf lederne Handschuhe in ihrer Größe. Fast andächtig schlüpfte sie hinein. Sie waren durch die Hände ihrer Mutter vorgeformt und fühlten sich wie eine zweite Haut an.

Voller Elan begann Anne mit der Rodung der stacheligen Gesellen, die sich in jeder Ecke ihres Gartens breitgemacht hatten. Den gesamten Nachmittag schnitt sie Zweige ab, grub Wurzeln aus dem weichen Erdreich und befreite die schönen Ziersträucher aus dem Klammergriff der Brombeerranken. Hin und wieder hatte sie die Brombeeren fast im Verdacht, ein Eigenleben zu führen: Die jungen Zweige griffen nach ihr und hielten sie fest – und sobald sie sich befreien wollte, verhakten sie sich in ihrer Haut und hinterließen hässliche Kratzer.

Trotzdem fühlte sie sich am Abend auf eine wunderbare Art und Weise erschöpft und glücklich. Sie nahm ein langes Bad und ging mit schmerzenden Muskeln ins Bett. Egal, wie viel Sport sie machte: Gartenarbeit beanspruchte offenbar völlig andere Teile des Körpers. Noch dazu hatte sie – trotz der Handschuhe – große Blasen an den Händen.

Ihre größte Hoffnung wurde allerdings nicht erfüllt.

Obwohl sie vor Müdigkeit fast nicht mehr aus den Augen sehen konnte, wachte sie nach nur einer Stunde wieder auf. Schweißnass, den Tränen nah und vom Entsetzen geschüttelt. Ihre Gespenster ließen sich von ein bisschen Gartenarbeit und einem Tee mit Melisse nicht vertreiben.

Den Sonntag verbrachte Anne apathisch im Garten und sah sich an, was sie am Tag vorher geleistet hatte. In der Nacht zum Montag fand sie nur eine Stunde Schlaf, denn ihre Albträume sorgten dafür, dass sie immer wieder aufwachte. Bei jedem Aufwachen war sie noch erschöpfter und verzweifelter als zuvor. Nach nur fünf Tagen ohne Schlaf begriff sie, dass Schlafentzug in der Tat eine Folter war. Allerdings hatte sie keine Ahnung, wer ihr Folterknecht sein mochte und mit welchem Vergehen sie diese grausame Behandlung wohl verdient hatte.

Am nächsten Morgen meldete sie sich in der Redaktion krank und ging zu ihrem Hausarzt. Dr. Wenner kannte Anne seit ihrer Kindheit und sah sie erschrocken an. »Liebes Kind, was ist denn mit Ihnen los? Sie müssen mehr schlafen! Ich weiß ja, dass Sie in einem Alter sind, in dem das ganze Wochenende eine einzige Party ist – aber Sie sollten trotzdem darauf achten, ausreichend zu schlafen.« Sein faltiges Gesicht wurde noch besorgter. »Oder haben Sie womöglich ein Problem mit irgendwelchen Drogen? Ich kann helfen!«

Anne winkte ab. »Keine Sorge, ich bin weder auf zu vielen Partys, noch nehme ich irgendwelche Drogen, die über ein Glas Wein oder Bier hinausgehen. Aber ich habe Albträume, die mich einfach nicht mehr schlafen lassen.« Sie spürte, wie ihr die Tränen kamen.

»Seit wann denn, Anne?« Er sah sie mitfühlend an.

»Erst seit Mitte letzter Woche. Es hat ganz plötzlich angefangen. Inzwischen wache ich immer nach einer knappen Stunde Schlaf auf und kann einfach nicht mehr einschlafen. Ich kann schon nicht mehr geradeaus denken! Können Sie mir nicht helfen?« Bittend sah sie ihn an. »Ich kann nicht mehr!«

»Und Sie sind sich ganz sicher, dass es keinen äußeren Anlass für diese Träume gibt? Ärger in der Arbeit? Angst in Ihrem einsamen Häuschen? Vielleicht Sorge um Ihre Zukunft? Womöglich haben Sie als Journalistin irgendwas Schlimmes mit angesehen, einen Unfall zum Beispiel. So etwas kann durchaus ein Trauma auslösen.« Er sah sie forschend an.

Anne schüttelte nur den Kopf. »Das habe ich mir selber schon überlegt. Aber ich lebe seit drei Jahren allein im Haus, warum sollte ich das jetzt plötzlich als bedrohlich empfinden? Und ich habe eine feste Stelle als Redakteurin – warum sollte ich mir Sorgen machen? Ich war weder bei einem Flugzeugabsturz noch bei einer Schießerei dabei. Ich bin Reporterin in Eichstätt, da passiert nichts Spannenderes als höchstens mal eine Prügelei unter Studenten und ein bisschen Korruption. Nein, ich kann keinen Grund finden, warum meine Fantasie mit einem Mal jede Nacht Amok läuft.« Sie versuchte zu lächeln, aber es wirkte wenig überzeugend. »Ich habe ja nicht einmal einen ordentlichen Gruselfilm gesehen, der meine Träume rechtfertigen würde. Ich mag so was nicht. Weder als Traum noch als Film.«

Der Arzt griff nach seinem Rezeptblock. »Ich schreibe Ihnen ein Schlafmittel auf, damit Sie wenigstens mal wieder durchschlafen, Anne. Aber wenn Ihre Träume nicht aufhören, dann brauchen Sie eine andere Hilfe als meine. Haben Sie schon einmal über einen Psychotherapeuten nachgedacht? Der kommt vielleicht der Ursache für Ihre Träume auf die Spur.«

»Ein Seelenklempner? Bloß das nicht. Ich möchte meine Abgründe lieber unentdeckt lassen.« Ihre Stimme klang etwas heftiger, als sie es eigentlich geplant hatte.

Sie spürte, dass der Blick des Arztes einige Augenblicke zu lang auf ihr ruhte. Dann zuckte er mit den Achseln. »Das ist Ihre Entscheidung. Aber wenn ich Ihnen einen Rat geben darf: Suchen Sie nach der Ursache für Ihre Träume. Ihr Unterbewusstsein will Ihnen irgendetwas sagen. Meistens ist es besser, darauf zu hören und sich damit auseinanderzusetzen. Sonst lassen Ihre Geister Sie nicht mehr los.«

»Aber ich habe das noch nie gehabt! Ich schlafe seit meinem ersten Geburtstag durch. Es kann doch nicht sein, dass ich von einem Tag auf den anderen verlerne, wie man ruhig und entspannt schläft.«

»Doch, das kann passieren. Irgendein Ereignis löst eine Erinnerung aus, die lange verschüttet war ... Aber vielleicht haben Sie ja Glück, und meine Tabletten helfen Ihnen, Ihren normalen Schlafrhythmus wiederzufinden.«

Anne steckte das Rezept in ihre Handtasche und erhob sich. »Das hoffe ich auch. Gibt es irgendetwas, das ich beachten müsste?«

»Nehmen Sie die Tabletten nicht länger als eine Woche. Und wenn sie nicht wirken, dann dürfen Sie die Dosis nicht einfach erhöhen. Doppelt so viel hilft in diesem Fall nicht doppelt so gut, sondern schadet nur der Gesundheit. Kommen Sie wieder, wenn es nicht besser wird. Versprechen Sie mir das?«

Er sah sie lange und ernst an.

»Versprochen.« Anne nickte und verabschiedete sich.

Die kleine, runde Tablette nahm sie nach ihrem üblichen Abendlauf mit Tinka. Eine bleierne Müdigkeit überkam sie innerhalb von Minuten, und sie ging erleichtert ins Bett. Jetzt würde sie endlich mal wieder eine Nacht lang schlafen – und morgen konnte sie bestimmt wieder klar denken.

Die Flammen kamen schnell näher, während sie in einer Ecke ihrer kleinen Küche kauerte. Der Tisch, an dem sie so viele glückliche Stunden verbracht hatte, brannte schon lichterloh, und sie konnte die Hitze der Flammen auf ihren Wangen spüren. Voller Panik sah sie sich um. Irgendwo musste es doch einen Ausweg geben! Aber es gab keine Tür und kein Fenster in diesem Raum. Sie war gefangen. Gemeinsam mit dem alles versengenden Feuer.

Atemlos wachte Anne auf. Das Gefühl, dass ihre Haut brannte, konnte sie noch einige Sekunden lang nicht abschütteln. Erst langsam kam sie wieder in der Realität an. Ein Blick auf den Wecker verriet ihr, dass es schon vier Uhr morgens war. Immerhin, mithilfe der Schlaftablette hatte sie drei oder vier Stunden länger traumlos geschlafen als in den letzten Nächten.

Die Träume selbst hatten die Tabletten allerdings nicht beseitigt. Die Bilder waren immer anders, das Grauen zeigte sich fast in jedem Traum in einer neuen Variation.

Seufzend stand Anne auf, duschte und zog sich an. Dann ging sie mit einer Tasse Pfefferminztee in der Hand nach draußen und hockte sich unter ihren Baum.

Tinka setzte sich ruhig neben sie und legte ihr die Schnauze aufs Knie. Geistesabwesend kraulte Anne sie hinter den Ohren. Wie friedlich sich hier alles anfühlte!

»Vielleicht hat der alte Wenner ja doch recht«, murmelte sie leise. »Ich muss der Sache auf den Grund gehen. Auch wenn ich mir keinen Grund für solche Träume vorstellen kann. Aber so kann es nicht weitergehen.«

Die Sonne glitzerte schon hell auf dem Fluss, als sie endlich aufstand. »Komm, wir holen frische Semmeln, Tinka. Und dann rufe ich bei Dr. Wenner an. Hat ja keinen Sinn, sich noch eine Woche zu quälen.«

5

Die Grube war leer. Nur das zertrampelte Gras deutete darauf hin, dass hier in den letzten Tagen Menschen gearbeitet hatten. Das Zelt und die Tische, Taschen und Kästen waren allesamt weg, die Abdrücke im weichen Boden konnte sie nur noch schwach erkennen.

Einen Augenblick lang stand Anne wie angewurzelt da und ließ ihren Blick über die Waldlichtung schweifen, die jetzt wieder ruhig und friedlich im Sonnenlicht lag. Es hätte sie nicht gewundert, wenn jetzt auch noch ein Reh äsend auf die Grasfläche gekommen wäre.

Es war dämlich gewesen, ohne eine Ankündigung oder ein Telefonat herzukommen. Natürlich konnte ein Wissenschaftler wie Lukas Marburg nicht wochenlang im Wald ein paar alte Knochen freilegen. Nach getaner Arbeit hatte er seine Utensilien zusammengepackt und war wieder in sein Büro am Institut verschwunden. Wie es aussah, war niemand an tiefergehenden Grabungen interessiert gewesen.

Nachdenklich stieg sie in die flache Grube, in der jahrhundertelang die beiden Toten gelegen hatten. Sie kniete sich hin und strich mit der Hand über die feuchte Erde, die aus tieferen Schichten stammte und schwach nach modernden Blättern roch. Ein kleiner Käfer flüchtete vor ihrer Berührung.

Sie lächelte über sich selbst, als sie wieder aufstand. Die

Erde erzählte keine Geschichte über die Skelette und gab bei Berührung auch nicht auf magische Weise ihre Geheimnisse preis. So etwas passierte nur in Fantasyfilmen.

Allmählich werde ich wunderlich, dachte sie. Ich versuche, mit dem Erdreich zu reden. Wird Zeit, dass ich wieder ausreichend Schlaf bekomme.

In der Tasche ihrer Jacke fingerte sie nach der Visitenkarte, die ihr Dr. Wenner früher am Tag überreicht hatte. »Von diesem Seeger habe ich nur Gutes gehört«, hatte er gesagt. »Er hat schon einigen von meinen Patienten bei ähnlichen Problemen geholfen.«

Offensichtlich hatte er ihr nicht zugetraut, selbst einen Termin mit Seeger zu vereinbaren, oder er hatte befürchtet, dass sie doch noch einen Rückzieher machen würde. Auf jeden Fall hatte er gleich für den späten Nachmittag einen Termin für Anne ausgemacht.

Auf dem Weg zum Psychotherapeuten war sie allerdings kurz entschlossen zur Fundstelle gefahren. Sie wollte wenigstens noch einmal die Grube sehen, bevor sie versuchte zu verstehen, warum sie seit dem Auftauchen der harmlosen Skelette plötzlich so verstörende Träume hatte. Das Geschehen hier konnte doch keinen Einfluss auf ihre Träume haben. Oder doch?

Aber hier im Wald gab es ganz bestimmt keine Antwort für sie. Langsam drehte sie sich um und ging zurück zu ihrem Fahrrad, mit dem sie heute gekommen war. Es wurde Zeit, über den holprigen Weg zurück in die Stadt zu fahren.

Ihr Blick fiel auf den Rosmarin, der ihr schon bei ihrem letzten Besuch aufgefallen war. Er stand immer noch an seinem Platz, die kleinen Blüten leuchteten bläulich. Vielleicht sollte sie die Pflanze in ihren Garten holen? Offensichtlich war es ein robustes Exemplar, sicher sehr viel gesünder als die Kräuter aus dem Gartencenter. Sie nahm sich vor, möglichst bald mit einer Schaufel herzukommen.

Die Adresse des Therapeuten war leicht zu finden: Er hatte seine Praxis direkt an der Spitalbrücke über die Altmühl. Auf den letzten Metern schob sie ihr Fahrrad. Nicht zum ersten Mal fiel ihr Blick auf den Käfig, der hier über dem Wasser hing. Mit der sogenannten Prelle wurden angeblich betrügerische Bäcker zur Strafe in den Fluss getaucht, wobei man ihren Tod wohl billigend in Kauf genommen hatte. Anne war sich ziemlich sicher, dass es sich bei diesem Korb um einen Nachbau handelte, aber es war eine echte Attraktion für Touristen, die ein bisschen mittelalterlichen Grusel brauchten. Einem Freund gegenüber hatte sie ihre Heimatstadt mal als eine Art Disneyland für Mittelalterfreaks bezeichnet.

Die Tür zur Praxis des Psychotherapeuten war nur angelehnt, und Anne trat ein. Die Räumlichkeiten erwiesen sich als modern, freundlich und nichtssagend. Helle Möbel, bunte Kunstdrucke an den Wänden und im Wartezimmer die üblichen unbequemen Sitze und die Ecke mit abgegriffenen Kinderbüchern und klebrigem Spielzeug.

Anne setzte sich einen Augenblick hin, griff nach einer Klatschzeitschrift, um sich abzulenken, und merkte dann, dass sie die Geschichten von irgendwelchen Models und Fußballspielern nicht interessierten. Sie war nervös. Was mochte sie bei dem Therapeuten nur erwarten? Beim Zahnarzt war es eindeutig entspannter.

Nur wenige Minuten später kam ein Mann ins Wartezimmer und streckte ihr lächelnd die Hand entgegen. »Mein Name ist Thomas Seeger. Sie sind heute das erste Mal bei mir?«

Anne nickte. Während sie ihm ins Behandlungszimmer folgte, sah sie sich verwirrt um. »Haben Sie keine Sprechstundenhilfe?«

»Doch, aber die ist nur an drei Vormittagen in der Woche bei mir. Ansonsten kann ich alles selber bewältigen. Meine Patienten haben Termine im Stundentakt, echte Notfälle sind selten – das ist also durchaus machbar.« Er setzte sich hinter einen modernen Schreibtisch mit viel Glas, deutete auf einen Stuhl gegenüber und sah sie neugierig an. »Aber Sie sind wahrscheinlich nicht hier, um mit mir über meine Praxisführung zu diskutieren. Ihr Hausarzt hat angedeutet, dass Sie gravierende Schlafstörungen haben.«

»So kann man es nennen«, sagte Anne. »Erst seit einer Woche, dafür aber so massiv, dass ich überhaupt nicht mehr schlafen kann. Die Schlaftabletten von Herrn Dr. Wenner haben mir leider auch nicht geholfen. Damit schlafe ich zwar ein paar Stunden länger, danach wecken mich diese Träume aber genauso wie sonst auch. Mit dem einzigen Unterschied, dass ich mich noch schlechter und noch müder fühle. Ich kann so nicht ordentlich arbeiten.«

»Ja, wenn man unausgeschlafen ist, fällt es oft schwer, auch nur einen einzigen klaren Gedanken zu fassen«, stimmte ihr der Therapeut zu. Er hatte dunkelbraunes Haar mit hohen Geheimratsecken und freundliche, graublaue Augen, sein Aussehen war aber so durchschnittlich, dass sie ihn vermutlich nicht erkennen würde, wenn er ihr auf der Straße begegnete. »Haben Sie denn eine Idee, was diese Träume ausgelöst haben könnte?«, fuhr er fort. »Und würden Sie mir die Träume bitte genauer beschreiben?«

»Ich habe eine Reportage über den Fund von zwei Skeletten gemacht«, erklärte Anne bereitwillig. Nicht ohne Stolz fügte sie hinzu: »Ich bin nämlich Redakteurin bei der Donaupost. Diese Recherche war nichts Besonderes – es war schnell klar, dass die beiden Toten seit Jahrhunderten dort liegen. Kein Verbrechen unserer Zeit. Kein Blut, nichts Unheimliches.« Sie dachte einen Moment nach. »Doch noch in der gleichen Nacht ging es los: unheimliche Gestalten, Feuer, Waffen, Vergewaltigung … Ich glaube, ich habe in den vergangenen Nächten jede Art von Bedrohung und Tod erlebt, den die Menschheit sich im Laufe der Jahrtausende ausgedacht hat. Wenn ich aufwache, kann ich nicht mehr einschlafen – ich habe zu viel Angst, dass die Träume von vorne losgehen. Und genau das passiert auch, wenn ich doch wieder einschlafe. Es geht weiter, wie ein Fortsetzungsroman. Oder es kommt ein noch schlimmeres Szenario. Also habe ich angefangen, mit meinem Hund Nachtspaziergänge zu machen. Oder Computerspiele zu spielen, die mich von meiner Müdigkeit ablenken.«

»Sehen Sie irgendwelche Filme, die Ihre Fantasie in diese Richtung anregen würden?« Er sah sie aufmerksam an.

»Nein. Ich sehe kaum fern und nur ganz selten irgendwelche Filme. Aus beruflichen Gründen muss ich mir natürlich Nachrichten anschauen, ansonsten mache ich in meiner Freizeit viel lieber Sport. Ich laufe, ich schwimme, ich fahre viel Fahrrad. Auch hier keine aufregenden Extremsportarten.« Sie breitete ihre Hände aus und lächelte. »Das ist meine Geschichte. Können Sie mir helfen?«

Ein leises Lachen war die Antwort. »Leider kann ich keine Tablette aus der Tasche zaubern, die mit einem Mal alle Probleme oder in Ihrem Fall alle Träume löscht. Wir müssen der Ursache dieser Träume auf die Schliche kommen. Haben Sie denn schon eine Idee?«

Nachdenklich sah Anne auf ihre Hände. Dann schüttelte sie den Kopf. »Nein. Ich habe mir schon alles Mögliche überlegt, aber ich hatte eine glückliche Kindheit ohne besondere Vorkommnisse. Als meine Eltern starben, war ich schon erwachsen. Ich habe keine Gewaltfantasien, keine unterdrückten Sehnsüchte oder unerfüllten Wünsche, zumindest keine ungewöhnlichen. Ruhm und Reichtum und so. Dazu die große Liebe. Völlig normal.« Anne lachte, und der Therapeut stimmte ein.

»Diese Wünsche führen normalerweise nicht zu ernsthaften Störungen, da haben Sie recht.« Dann wurde er wieder ernst. »Kann es ein frühkindliches Trauma geben, eines, an das Sie sich vielleicht nicht erinnern?«

»Wenn ich mich nicht daran erinnere, kann ich diese Frage kaum beantworten, oder?«

»Ja, sicher. Aber es könnte doch Verwandte geben, die Ihnen auf Nachfrage etwas von einem Erdbeben, einem Unfall oder einem Brand erzählen würden. Könnten Sie da mal nachforschen?«

Bedauernd schüttelte Anne wieder den Kopf. »Leider nein. Meine Eltern sind vor drei Jahren gestorben. Und Großeltern, Tanten oder Ähnliches sind bei mir nicht zu finden. Ich bin ziemlich allein auf dieser Welt, habe das aber bisher kaum als Manko empfunden.«

»Es müsste doch Freunde Ihrer Eltern geben?« Er sah sie mit gerunzelter Stirn an.

»Das schon, doch da möchte ich eigentlich nicht nachfragen. Mein Chef war eng mit ihnen befreundet – aber ich möchte ihm wirklich nicht von meinen Schlafproblemen erzählen. Er hat mich ja eben erst fest angestellt, da möchte ich ihm nicht das Gefühl geben, er hätte eine falsche Entscheidung getroffen. Wissen Sie, ich befürchte ohnehin, dass er mir die Stelle nur gegeben hat, weil er sich dazu verpflichtet fühlt, und nicht wegen meines Talents.«

»Und es gibt keine anderen Freunde?«

»Da müsste ich mal nachforschen«, erwiderte Anne. »Gibt es denn keinen anderen Weg, wie ich an meine verschütteten Kindheitserinnerungen gelangen kann? Nur für den Fall, dass ich nicht fündig werde.«

»Ja, sicher, die gibt es. Der Weg ist allerdings ziemlich umstritten, und viele Wissenschaftler halten ihn für kompletten Humbug. Ich bin mir selbst nicht ganz sicher, was ich davon halten soll ...« Seine Stimme klang zögernd.

»Sie klingen, als wollten Sie mir eine verbotene Droge anbieten. Was haben Sie denn Geheimnisvolles vor?« Neugierig sah sie ihn an.

»Hypnose. Hypnotherapie ist schon seit 2006 wissenschaftlich anerkannt – sie wird in der Medizin bei Schmerzpatienten eingesetzt, aber auch beim Zahnarzt oder zur Unterstützung von Narkosen. Man kann das Ganze aber auch für eine Rückführung einsetzen. Dabei wird der Patient per Hypnose oder Trance zu seinen ersten Erinnerungen zurückbegleitet. Bei Ihnen könnten wir so der Ursache für das plötzliche Auftauchen solch vehementer Albträume näherkommen. Manche Wissenschaftler behaupten zwar, dass alles, was bei so einer Rückführung an die

Oberfläche kommt, wieder nur der Fantasie entsprungen ist. Ich glaube jedoch, dass es keine Rolle spielt, ob Erinnerungen wahr oder nur erfunden sind – solange wir daran *glauben*, dass sie der Wirklichkeit entstammen, haben sie einen Einfluss auf unser Wohlbefinden.« Er sah sie an. »Vielleicht wäre es das Experiment wert. Wollen Sie es versuchen?«

»Was habe ich schon zu verlieren?«, meinte Anne. »Mein Verdacht ist zwar, dass wir einer sehr langweiligen, durchschnittlich glücklichen Kindheit auf die Schliche kommen. Aber wenn da mehr sein sollte als nur ein wenig verschütteter Kakao oder verlorene Murmeln, können wir gerne loslegen.« Sie lachte auf. »Vielleicht erfahre ich so, dass ich als Zweijährige ein Grab mit Skeletten gesehen habe, was ich später mit allen möglichen Schauergeschichten in Verbindung gebracht habe?«

»Das wäre eine Möglichkeit«, entgegnete der Therapeut. »Aber vielleicht fällt Ihnen bis zu unserem nächsten Termin ja ein weiterer Freund Ihrer Eltern ein, der Ihnen etwas erzählen kann. So wird das Bild etwas runder.«

»Das mache ich«, versprach Anne. »Wann soll ich wiederkommen?«

Seeger warf einen Blick auf seinen Terminkalender. »Wir könnten uns am Freitagnachmittag wieder treffen. Passt das bei Ihnen?«

»Je früher, desto besser. Hauptsache, ich kann wieder schlafen. Am besten eine ganze Nacht, ganz ohne Albträume. Das ist doch nicht zu viel verlangt, oder?«

»Nein, Frau Thalmeyer, das ist nicht zu viel verlangt.« Der Therapeut erhob sich, um sich von ihr zu verabschieden.

Auf dem Heimweg dachte Anne darüber nach, wie sie weitere Freunde ihrer Eltern ausfindig machen könnte. Denn wenn sie ehrlich war, konnte sie sich beim besten Willen nicht vorstellen, dass so etwas wie eine Hypnose bei ihr funktionieren könnte. Musste man dafür nicht wenigstens eine kleine spirituelle Ader haben? Ein bisschen Neugier auf das Unterbewusstsein? Die fehlte ihr nämlich vollständig. Solange sie denken konnte, hatte sie sich lieber an Fakten und handfeste Berechnungen gehalten.

6

»Anne?« Die gepflegte Dame mit dem Pagenkopf sah sie ungläubig an. »Wie groß du geworden bist!«

Verlegen fuhr Anne sich durch die roten Locken. »Tut mir leid, dass ich Sie so überfalle ...«

»Kindchen, du musst mich doch nicht siezen! Dann fühle ich mich ja erst richtig alt! Nenn mich einfach Bettina, in Ordnung?«

Sie winkte Anne in ihre geräumige Küche, in der schon eine Tasse mit dampfendem Milchkaffee auf sie wartete. Bettina war die einzige Freundin ihrer Eltern gewesen, die Anne noch ausfindig machen konnte. Sie hatte sich am Telefon sofort zu einem schnellen Treffen bereit erklärt.

»Wie geht es dir denn? Was machst du inzwischen?«

Anne berichtete kurz von ihrer Arbeit und erzählte, dass sie noch immer mit Tinka im Häuschen ihrer Eltern lebte. Doch schon bald kam sie zum eigentlichen Grund ihres Besuchs. »Was mich hertreibt, ist die Frage nach Dingen, die vor etwa zwanzig Jahren passiert sind. Hast du meine Eltern da schon gekannt?«

Bettina nickte. »Sicher, wir waren schon seit dem Studium befreundet. Wolf und Sabine waren immer das ideale Paar – das hat sich wohl nie geändert.« Sie legte ihre Stirn in Falten. »Mir ist allerdings nicht klar, was da vor zwanzig Jahren passiert sein soll.«

»Der Punkt ist der: Ich werde seit einiger Zeit von wilden Träumen geplagt, die mir den Schlaf rauben«, erklärte Anne. »Ein Therapeut hat mir jetzt erklärt, dass es etwas mit nicht verarbeiteten Ereignissen meiner frühen Kindheit zu tun haben könnte. Ein Unfall, ein Brand – irgendetwas. Leider kann ich meine Eltern nicht mehr befragen, deswegen habe ich dich angerufen ... Vielleicht erinnerst du dich an etwas? Es kann auch eine Kleinigkeit sein!«

»Ach, Kindchen, das ist so lange her.« Bettina sah nachdenklich in ihre Tasse, als ob sie in ihr die richtige Antwort finden könnte. »Im Nachhinein kommt es mir so vor, als wären wir immer nur glücklich gewesen. Ich kann mich ja nicht einmal an verregnete Sommer erinnern – und ich bin mir sicher, dass es die damals auch gegeben haben muss.«

Sie schwieg ein Weilchen, dann schüttelte sie erneut den Kopf. »Nein, ich fürchte, ich kann dir nicht helfen. Außer aufgeschlagenen Knien und Dramen um verlorene Plüschtiere fällt mir nichts Negatives aus deiner Kindheit ein. Du warst immer auf dem höchsten Baum, zu weit draußen auf dem See, unterwegs mit den wildesten Jungs und hast einen Aufstand gemacht, wenn du ein Kleid anziehen solltest. Aber das wirst du selber wissen.«

Seufzend rührte Anne in ihrem Kaffee. »Genau das habe ich auch zu diesem Therapeuten gesagt. Ich denke, ich hatte eine glückliche Kindheit und richtig tolle Eltern. Das ist schön, aber erklärt meine Träume nicht einmal annähernd.«

»Nun ...« Bettina zögerte, dann schien sie sich einen Ruck zu geben. »Deine Eltern waren wunderbar, da hast du recht. Aber sie hatten wohl auch ihre Probleme miteinander. Kein Wunder, sie kannten sich schon seit ihrer Studienzeit, als sie noch sehr jung waren. Als du unterwegs warst, haben sie geheiratet – das war sicher nicht so geplant. Sie waren ja auch die Ersten in unserem Freundeskreis, die ein Kind hatten. Wir anderen hatten alle die große Freiheit im Kopf – und Wolf und Sabine mussten über Windeln nachdenken. Aber ich denke, sie haben ihre Probleme in den Griff bekommen. Und ein wenig Streitigkeiten zwischen den Eltern führen ja normalerweise kaum zu Albträumen, oder?«

Anne schüttelte den Kopf. Dieser Besuch führte sie nicht weiter, und von Unstimmigkeiten zwischen ihren Eltern wollte sie eigentlich nichts wissen. Noch eine weitere Stunde führte sie höflichen Small Talk mit Bettina, erfuhr ein paar lustige Anekdoten aus der Studentenzeit ihrer Eltern – und war keinen Deut schlauer, als sie an diesem Abend ins Bett fiel und darauf hoffte, dass der Traum in dieser Nacht nicht allzu brutal ausfallen würde.

Eine Hoffnung, die sich nicht erfüllen sollte. Dieses Mal träumte sie von einer Menschenmenge, die Steine nach ihr warf.

Nicht, um sie zu verletzen. Die Menge wollte ihren Tod.

7

Thomas Seeger öffnete die Tür zu seiner Praxis dieses Mal selber.

»Ich habe Sie schon erwartet.« Er winkte sie in sein Behandlungszimmer und deutete auf einen bequemen Stuhl. »Wenn Sie es sich nicht anders überlegt haben, dann würde ich gerne sofort loslegen. Oder haben Sie doch noch Freunde Ihrer Eltern gefunden, die Ihnen weiterhelfen konnten?«

»Leider nicht. Offensichtlich waren meine Eltern im Großen und Ganzen glücklich miteinander. Den Eindruck hatten zumindest ihre Bekannten. Da gibt es nirgends einen Anhaltspunkt für irgendein Trauma ... Wir können also loslegen.« Sie lächelte nervös. »Auch wenn ich nicht recht daran glauben mag, dass mein Unterbewusstsein irgendwelche düsteren oder abgründigen Geheimnisse vor mir verbirgt. Ich verstehe mich eigentlich ganz gut mit mir selbst.«

»Das werden wir sehen«, beruhigte sie der Therapeut. Er hob seinen Finger. »Könnten Sie diesem Finger mit den Augen folgen und auf meine Worte hören?«

Anne nickte, sah den Finger an und kam sich dabei ein wenig lächerlich vor. Die einzige Erkenntnis, die sie dabei gewann, war, dass dieser Therapeut sich ein bisschen mehr um seine Nagelhäute kümmern sollte ...

Sie stocherte in dem lustlos schwelenden Feuer.
»Es will einfach nicht richtig brennen!«, beklagte sie sich und merkte selber, wie zittrig und klein ihre Stimme klang. »Kannst du nicht noch mehr Holz holen, Gregor?«
Der Junge an ihrer Seite sah sich suchend um. »Ich habe in den letzten Wochen alles gesammelt, was in der näheren Umgebung herumlag. Es wird Zeit, dass wir einen neuen Weideplatz für die Ziegen finden.«
Sie waren beide zwölf, höchstens dreizehn. Gregors dunkelbraune Haare waren zerzaust und standen in alle Richtungen ab. Anne hingegen trug ihre roten Haare in zwei langen Zöpfen, die ihr über den Rücken fielen.
Ihre kindliche Stimme klang fremd, als sie wütend erwiderte: »Dann musst du eben ein paar Meter weiter gehen. Irgendwo gibt es schon Holz, du bist nur zu faul, es zu suchen.«
»Immer sitzt du nur da und schimpfst«, konterte Gregor zornig. »Du könntest auch mal selber losziehen. Ich bin mir sicher, du würdest das eine oder andere Holzstück finden.«
Anne zog ihren Wollmantel mit den vielen bunten Bändern enger um ihre Schultern. »Ich will nicht weg vom Feuer«, bekannte sie. »Mir ist jetzt schon kalt.«
Sie sah auf und musterte die blasse Sonne am Himmel, die verschleiert wirkte wie an einem milden Wintertag. Doch es war keineswegs Winter, sondern die Zeit der Sommersonnenwende, in der sich Mensch und Tier mittags gewöhnlich in den kühlen Schatten der Bäume begaben. Aber in diesem Jahr war alles anders. Es wurde nicht warm. Nicht am Morgen, nicht am Mittag und auch nicht am Abend.
Die Ziegen fanden sehr viel weniger zu fressen als noch im Vorjahr, das Gras war kraftlos und wuchs nur niedrig. Einige der Tiere gaben schon so früh im Jahr keine Milch mehr. Noch schlimmer sah es auf

den Feldern aus. Die Gerste wollte nicht richtig wachsen, es waren nur wenige schwache Pflanzen aus der Saat hervorgegangen.
Die mächtige Sonne entzog den Menschen ihre Liebe, ihre Wärme und ihr Licht.
Anne hatte Angst. Sie zog ihre Wadenwickel etwas fester und sah in die beinahe erloschene Glut, bis Gregor ihr einen Arm voller Äste an die Feuerstelle warf.
»Da hast du dein Holz«, murrte er und setzte sich wieder neben sie. Schweigend sah er zu, wie sie das Feuer anschürte, bis es wieder munter vor sich hin brannte.
»Warum bist du so ängstlich?«, fragte er schließlich. »Du wirst sehen: Es dauert nicht mehr lange, bis es wieder heller wird. Die Sonne hat sich noch nie von uns Menschen abgewandt und uns verlassen. Warum sollte sie es jetzt tun? Du musst Vertrauen zu ihrer Kraft haben!«
»Was, wenn es sich nicht mehr ändert?« Anne wischte sich mit dem Handrücken die laufende Nase. »Woher willst du wissen, dass sie sich nicht von uns abgewandt hat? Es könnte doch auch sein, dass es nie wieder gut wird.« Sie zeigte zu den Ziegen, die eng aneinandergedrückt unter einem nahen Busch standen. »Hast du die Tiere schon einmal so gesehen? Ich noch nicht. Und ich bin mir sicher, dass es eine Strafe sein soll! Ganz bestimmt!«
»Wer sollte uns denn bestrafen? Gott etwa? Und vor allem: Für was? Wir haben doch niemanden gereizt oder etwas gemacht, um den Zorn Gottes auf uns zu lenken.«
Schweigend sah Anne zur Sonne empor. »Doch«, erklärte sie leise. »Wir beten einen neuen Gott an. Einen Gott des Verzeihens und der Liebe. Für ihn haben wir unseren alten Glauben verraten. Unsere Götter fanden die Feuer in ihren Tempeln verwaist. Es gab keine Opfer und keine Gebete mehr. Wir haben sie einfach ersetzt durch einen Gott, der uns besser gefallen hat und keine Opfer

von uns fordert. Wir sind den einfachen Weg gegangen. Kein Wunder, dass sie sich das nicht gefallen lassen. Die blasse Sonne ist nur der Anfang.«
»Blödsinn. Es ist eine Laune der Natur wie der Regen. Oder eine Prüfung des gütigen, liebenden Gottes. Er will uns auf die Probe stellen und sehen, ob wir ihn beim ersten Regen schon wieder in Zweifel stellen.« Gregor erwärmte sich für seinen Gedanken, und seine hellen Augen fingen an zu funkeln. »Es wäre doch viel zu einfach, wenn wir ihn nur ein bisschen anbeten müssten, damit uns alle Sünden verziehen werden. Wenigstens einmal muss Gott sehen, dass wir es ernst mit ihm meinen.«
Missmutig schüttelte Anne ihren Kopf. »Nein. Es ist der Zorn der alten Götter. Und es wird alles noch schlimmer werden. Das haben auch meine Eltern gesagt. Sie fürchten, dass die Sonne sich ganz versteckt und nie wiederkommt. Das haben sie gesagt, ich habe es gehört.«
»Und woher wollen deine Eltern das wissen? Sie haben doch auch keine besondere Beziehung zu Göttern. Meistens haben sie nicht einmal Ahnung von dem, was den ganzen Tag auf der Erde geschieht. Woher sollen sie dann wissen, was im Himmel vor sich geht?«
»Willst du etwas gegen meine Eltern sagen?« Anne sprang auf und funkelte ihren Freund wütend an. »Dann kannst du heute ganz allein auf die Tiere aufpassen. Ach nein, du bist ja nicht allein, du hast ja deinen liebenden Gott ...«
Sie rannte in Richtung der kleinen Siedlung davon. Das trockene Schluchzen blieb ihr in der Kehle stecken, während sie über abgestorbene Bäume und Äste stolperte. Sie hörte nicht, dass Gregor nach ihr rief und sie darum bat, ihn nicht allein zurückzulassen. Anne wollte nur noch zu ihren Eltern, in die Sicherheit ihrer kleinen Hütte und in die Arme ihrer Mutter.

Verwirrt sah Anne sich um. Der Raum mit den hellen Holzmöbeln, die Palme in der Ecke, das Regal mit den Büchern.

Thomas Seeger, der in seinem Stuhl neben ihr saß und sie fragend ansah.

»Und? Was haben Sie gesehen?«

Enttäuscht rieb Anne sich die schmerzenden Schläfen. »Nichts von Bedeutung. Oder zumindest nichts, was mit meiner Situation zu tun hätte. Sind die Kopfschmerzen nach so einer Hypnose normal?«

»Ja, das kann leider vorkommen. Aber erzählen Sie, was haben Sie genau gesehen?«

»Eine Geschichte von zwei streitenden Teenagern, die sich über das Wetter in die Wolle bekommen haben. Ein Lagerfeuer und Ziegen. Unbequeme, kratzige Kleidung und ein ziemlich kalter Tag. So eine Art ländliche Idylle, aber irgendwie ohne Spaßfaktor. Ich habe keine Ahnung, woher ich diesen Jungen kennen sollte oder warum ich den in meine Träume eingebaut habe.« Sie stand auf und streckte sich. »Wie lange war ich in dieser Hypnose? Immerhin hatte ich keine Albträume …«

»Sie haben auch nicht geschlafen«, erklärte der Therapeut. »Hypnose ist etwas anderes. Sie waren wach, hatten aber Zugang zu Erinnerungen, die sonst hinter irgendwelchen Türen des Gehirns verborgen sind.«

Während er redete, wanderte Anne durch das Zimmer. Sie hatte das Bedürfnis, sich zu bewegen, und wollte keine Sekunde mehr stillsitzen.

Mit einem Mal blieb sie wie angewurzelt stehen und griff nach einem gerahmten Bild, das auf dem Regal stand. Es zeigte zwei Jungen, die beide in die Kamera lachten.

»Wer ist das?«, fragte sie anklagend und deutete auf den dunkelhaarigen der beiden. »Genau das ist der Junge, den ich in meinem Traum gesehen habe. Wahrscheinlich habe ich beim Hereinkommen das Bild gesehen – und dann habe ich ihn einfach in meinen Traum unter Hypnose eingebaut. Von wegen ein Tor in mein Unterbewusstsein! Diese Hypnose hat anscheinend dafür gesorgt, dass ich meiner Fantasie mal wieder freien Lauf gelassen habe. Ich glaube, es gibt für alles eine vernünftige Erklärung. Das Übersinnliche hat keine Chance bei mir!«

»Eigentlich ist das nicht möglich«, murmelte Thomas Seeger und nahm ihr den Bilderrahmen aus der Hand. »Das Bild zeigt meinen Bruder und mich als Kinder. Ich bin da ungefähr siebzehn, er muss also dreizehn sein.«

»Ihr Bruder?« Erst jetzt erkannte sie Thomas Seeger in seiner jüngeren Version mit üppigen Haaren, faltenloser Haut und ohne die Spuren eines Lebens.

»Ja, das ist Joris. Sie werden ihn noch kennenlernen. Er lebt mit in meiner Wohnung und platzt normalerweise immer dann in die Praxis, wenn es völlig unpassend ist.«

Er schüttelte noch einmal den Kopf, während er das Bild in das Regal zurückstellte. »Das ist mir wirklich noch nie passiert. Aber vielleicht sind Sie als Reporterin ja auch besonders geschult, ganz bestimmte Dinge wahrzunehmen, die andere Menschen einfach nicht sehen. Das ist die einzige Erklärung, die mir einfällt. Auch wenn das in der Fachliteratur bisher so nicht beschrieben worden ist.«

»Und was bedeutet das jetzt?«, unterbrach Anne ihn bei seinem lauten Nachdenken.

»Wir können nur hoffen, dass wir beim nächsten Mal

ein besseres Ergebnis bekommen. Eines, das nicht durch solch äußere Einflüsse beeinflusst wird.«

Anne schlüpfte in ihre Jeansjacke und reichte ihm die Hand. »Gut, dann bin ich nächsten Freitag wieder da und hoffe, dass ich bis dahin wenigstens hin und wieder ein wenig Schlaf finden kann.« Sie seufzte. »Ich fürchte, dafür haben Sie keinen Tipp?«

»Doch. Probieren Sie es mit Baldriantee. Es dauert etwa vierzehn Tage, bis er anfängt zu wirken. Im Zusammenspiel mit dem Sport sollte das eigentlich dafür sorgen, dass Sie wenigstens die erste Hälfte der Nacht gut schlafen können.«

»Richtig tröstlich klingt das nicht«, bemerkte Anne, »aber wenn mir nichts anderes übrig bleibt, werde ich eben an die Kraft der Kräuter glauben.«

Mit dem für sie so typischen energischen Schritt verließ sie seine Praxis. Sie sah nicht, dass Thomas Seeger sich noch einmal über seine Aufzeichnungen beugte und mit nachdenklichem Blick ein Fachbuch aus dem Regal nahm.

8

Die Geister der Nacht verließen Anne auch im Verlauf der nächsten Woche nicht. Trotzdem trank sie tapfer ihren Baldriantee und saß nachts unter ihrem Baum und sah auf den Fluss. Manchmal erwachte sie schon kurz nach Mitternacht, es gab aber auch Nächte, in denen sie erst kurz vor dem Morgengrauen von den schrecklichen Bildern in ihrem Kopf geweckt wurde.

Sie beschloss, bis zu ihrem nächsten Termin bei Thomas Seeger nicht allzu viel darüber nachzudenken. In der Redaktion beschränkten sich die männlichen Kollegen beim Anblick ihrer Augenringe auf ein paar geschmacklose Witze, die sich allesamt darum drehten, dass ihr neuer Freund ihr wohl keine einzige Sekunde Schlaf gönnte. Anne ließ sie in ihrem Glauben und lächelte mühsam mit. Das war leichter, als die Sache mit den Albträumen zu erklären.

Fynn stellte ihr mit mitleidiger Miene einen Kaffee auf den Tisch. »Was ist denn wirklich mit dir los?«, fragte er leise.

Anne winkte ab. »Ich schlafe seit ein paar Tagen ziemlich schlecht, das ist alles. Ich bin mir sicher, das gibt sich wieder, aber im Moment wache ich jeden Morgen wie gerädert auf.«

»Schon mal mit Baldrian probiert? Meine Mutter schwört auf das Zeug … Sie sagt, unter Baldrianeinfluss schläft sie ein, sobald ihr Kopf das Kissen berührt.«

Anne lachte. »Klar habe ich das! Mir wächst es bald aus den Ohren, aber ich fürchte, ich bin immun dagegen. Alle anderen Hausmittelchen habe ich schon ausprobiert: Ich bin Weltmeisterin im Schäfchenzählen, ich kann Milch mit Honig schon nicht mehr sehen, und Sport mache ich sowieso. Alles Humbug, was man da an Tipps im Internet findet! Außerdem ist das Einschlafen nicht das Problem.«

»Sondern?«

»Ich wache zu früh wieder auf.« Sie zögerte. Sollte sie Fynn wirklich von ihren Träumen erzählen? Was, wenn er das bei nächster Gelegenheit als lustige Anekdote zum Besten gab?

»Aber das muss doch einen Grund haben?« Er sah sie mitfühlend an.

»Ich habe blöde Träume. Wenn ich einen Film draus machen würde, dann wäre der sicher erst ab achtzehn freigegeben. Klingt aber lustiger, als es ist ...« Ihr Lächeln sah gezwungen aus.

»Sex oder Gewalt?«, fragte Fynn. In seinen Augenwinkeln bildeten sich Lachfältchen.

»Gewalt. Ich glaube, ein Splattermovie ist ein Dreck gegen meine Fantasie. Auch wenn ich mir so etwas noch nie angesehen habe ...«

»Da hast du auch nichts verpasst. Jungs schauen so etwas, ist eine Art Mutprobe. Wenn du danach komische Träume hast, weißt du wenigstens, woher sie kommen.« Er fuhr sich durch seine kurzen Haare. »Kann ich dir irgendwie helfen? Also nicht nur mit Kaffee? Ich könnte dir die eine oder andere Geschichte abnehmen. Einem Volontär scheint niemand etwas zuzutrauen. Dabei kann ich bestimmt schon sehr viel mehr, als nur über gestohlene Fahrräder zu schreiben!«

Anne hatte beobachtet, dass Fynn sich wie eine Klette an den Chefredakteur gehängt und in einem fort Reportagen angeboten hatte, die er schreiben wollte. Leider schien Kuhn der Meinung zu sein, dass ein Volontär zunächst nur Polizeiberichte umschreiben sollte. Damit bremste er ihn natürlich aus. Sie war zu müde, um sich für Fynn einzusetzen – und eigentlich war sie auch der Meinung, dass er auf keinen Fall von Anfang an als vollwertiges Redaktionsmitglied gelten dürfte.

Deswegen lächelte sie ihn nur dankbar an. »Lieb von dir, aber die Reportagen werden nun einmal von Kuhn oder dem Ressortleiter verteilt. Da möchte ich mich lieber nicht einmischen oder dir etwas abtreten, was sie mir gegeben haben. So lange bin ich schließlich auch noch nicht dabei …«

Fynn nickte und sah einen kurzen Moment lang ungehalten aus. Anne konnte sich des Verdachts nicht erwehren, dass seine Nettigkeit nur damit zusammenhing, dass er eben doch noch an spannendere Reportagen herankommen wollte – und sein Mitleid nur die Hintertür dafür gewesen war.

Doch sie verdrängte den Gedanken gleich wieder. Ihr fehlte im Moment die Energie, um sich auch noch mit Fynn zu beschäftigen. Stattdessen konzentrierte sie sich auf ihre Geschichte über die beiden Skelette.

Am Dienstag beschloss sie, Lukas Marburg in der Uni zu besuchen. Als einstige Studentin kannte sie sich hier gut aus – in seinem Institut war sie allerdings noch nie gewesen.

Er schien sich tatsächlich über ihren Besuch im Büro ebenso zu freuen wie über ihr Auftauchen im Wald vor zehn Tagen. Eine Spur zu begeistert und zu lange schüttelte er ihr die Hand. Dann deutete er auf einen wackligen Besucherstuhl. »Was kann ich für Sie tun? Sind Sie immer noch hinter den beiden Skeletten her?«

»Ja, und ich war auch noch einmal draußen im Wald, aber da haben Sie offensichtlich schon alles zusammengepackt. Ich vermute, dass Sie nicht weiter nach dazugehörigen Funden suchen werden?«

»Stimmt.« Zwischen den Fingern der rechten Hand ließ Marburg eine Münze kreisen – und Anne konnte nicht anders, als dieser Mini-Akrobatik fasziniert zuzusehen. Der Professor bemerkte ihren Blick und hörte für einen Augenblick auf. »Das ist ein blöder Tick von mir«, gestand er verlegen. »Achten Sie bitte nicht darauf.«

»Das werde ich nicht«, versprach Anne, doch sie konnte ihren Blick nicht von der Münze lassen, als er sie wieder kreisen ließ.

»Meine Hauptaufgabe als Lokalhistoriker ist nicht das Graben. Ich bin ja dieses Mal wie gesagt nur eingesprungen, weil es schnell klar war, dass wir hier keinen sehr bedeutenden Fund vor uns haben.«

»Was heißt denn nicht bedeutend? Immerhin waren es doch gleich zwei Skelette?« Sie sah ihn fragend an.

»Für den Laien mag das ungewöhnlich klingen. Doppelbestattungen kommen gar nicht so selten vor. Das war zeitsparend für die Leute damals. In diesem Fall kommt hinzu, dass es ja wohl gar keine ordentliche Bestattung war. Die beiden wurden offensichtlich in großer Eile in einer Grube verscharrt. Darauf deutet die mangelnde

Tiefe des Grabes hin. Es ist ein Wunder, dass es durch all die Jahrhunderte unversehrt geblieben ist. Normalerweise hätten die wilden Tiere sie schon nach ein paar Tagen wieder ausgegraben.«

Er sah sie auffordernd an, als würde er auf weitere Fragen warten.

Während er im Wald ein ausgeleiertes T-Shirt getragen hatte, achtete er im Institut offensichtlich auf förmlichere Kleidung. Sein weißes Hemd, das er heute trug, hatte allerdings das Frühstück nicht ganz schadlos überstanden: Ein Fleck aus Eigelb zierte die Vorderseite. Anne erwog einen Augenblick lang, ihn darauf aufmerksam zu machen – dann konzentrierte sie sich doch lieber auf die Fakten.

»Wie lange liegen die beiden denn schon dort? Haben Sie eine Ahnung, wann sie verscharrt wurden?«

»Mein Tipp sind etwa vierhundert Jahre. Ich versuche das noch etwas zu präzisieren – wir haben immerhin noch die Reste der Schuhe gefunden.« Er spielte weiter gedankenverloren mit seiner Münze. »Außerdem hat das Mädchen einen Strauß aus Rosmarinzweigen in seiner Hand gehabt. Ich bin mir noch nicht ganz sicher, was das zu bedeuten hat. Bräute trugen oft einen Strauß aus Rosmarin. Man legte ihn aber auch zu Neugeborenen in die Wiege, um sie vor allem Bösen zu schützen.«

Anne zückte ihr Handy und rief die Bilder von dem Grab auf, die sie bei ihrem ersten Besuch gemacht hatte. Sie fand die Aufnahmen von der Hand auf Anhieb und reichte sie dem Wissenschaftler: »Ist das der Strauß mit dem Rosmarin?«

Er nickte. »Wir haben noch Nadeln und einen Teil des

Zweiges gefunden. Wenn Rosmarin sehr harzig ist, bleibt er recht gut erhalten.«

»Das Paar könnte also gerade geheiratet haben?« Jetzt wurde die Geschichte spannend.

Langsam nickte Marburg. »Es waren damals wilde Zeiten. Womöglich war eine Hochzeit geplant – und die Verlobten wurden durch irgendein Ereignis gestört. Oder es gab einen anderen Grund. Wie gesagt: Man hat Rosmarin in die Wiegen gelegt ...«

»Ja, aber es gab gar kein Baby an der Fundstätte, oder doch?«

»Ich bin mir nicht sicher, ob das Baby schon auf der Welt war«, erklärte Marburg. »Die Knöchelchen sind mir erst aufgefallen, als wir die Skelette für den Transport fertig gemacht haben. Neugeborene haben ja sehr weiche, knorpelige Knochen – da ist nach so vielen Jahren natürlich kaum noch etwas vorhanden. Zum Glück sind der Schädelknochen und ein paar Teile des Beckens erhalten, die schon besser ausgebildet waren. Um also Ihre Frage zu beantworten: Ja, es sieht so aus, als ob es einen Säugling gab. Entweder war die Frau hochschwanger, als sie ums Leben kam. Oder sie trug ein Neugeborenes mit sich. Ich denke, das lässt sich nicht mehr mit Sicherheit sagen.« Sein Gesicht sah bedauernd aus.

»So etwas können Sie beurteilen?« Anne sah den Historiker bewundernd an.

Er ließ die Münze schneller kreisen. »Nein«, bekannte er verlegen. »Ich habe meinen Kollegen aus der Rechtsmedizin gefragt. Mit dem Erhaltungsgrad von Säuglingsknochen nach vierhundert Jahren habe ich wirklich keine Erfahrung. Schon der Fund der Fragmente war ein ziemlicher Glücksfall. Es hätte nicht viel gefehlt, und ich hätte sie liegen lassen und als kleine Steinchen abgetan. Sehen ja nicht sehr viel anders aus.«

»Und konnte der Mediziner etwas zur Todesursache sagen? Die junge Frau kann ja nicht bei der Geburt gestorben sein, sonst hätte ihr Mann nicht direkt daneben gelegen.« Gespannt rutschte sie auf ihrem Stuhl herum. »Das ist doch fast wie ein uralter Kriminalfall, finden Sie nicht?«

Er hob abwehrend die Hände. »Eigentlich nicht. Wir können keinen Täter mehr finden – und wenn, dann ist er schon sehr lange tot. Und vor vierhundert Jahren waren in Europa unruhige Zeiten.«

»Wie alt waren die beiden?« Jetzt wollte Anne alles wissen. Die Sache mit dem Neugeborenen berührte sie tiefer, als sie zugeben wollte.

»Das kann der Rechtsmediziner beantworten. Wenn ich das richtig gesehen habe, waren sie noch keine zwanzig. Aber ich bin da wirklich kein Fachmann – ich könnte eher anhand der Beigaben im Grab etwas sagen.«

Langsam nickte Anne. »Ich verstehe. Kann ich Sie in ein paar Tagen anrufen und noch einmal nachfragen, ob sich etwas Neues ergeben hat?«

Marburg nickte. »Aber selbstverständlich! Wann immer Sie etwas wissen wollen! Ich bin ja nur froh, wenn sich die Presse für meine Forschung interessiert. Wissen Sie, in Eichstätt haben seit Jahrtausenden Menschen gesiedelt. Die meisten Touristen sehen nur die Überbleibsel aus dem Mittelalter und der Barockzeit, dabei hat diese Gegend sehr viel mehr zu bieten – allein die Zeit der Kelten ist unendlich aufregend ...«

Er sah fast so aus, als wollte er ihr jetzt sofort einen kurzen Abriss über die letzten Jahrtausende in Eichstätt geben. Anne stand etwas überhastet auf.

»Ich muss dann wieder in die Redaktion. Vielen Dank für Ihre Mühe!« Sie deutete auf den Fleck an seinem Hemd. »Sie haben da übrigens noch einen Rest von Ihrem Frühstücksei. Nur für den Fall, dass Sie heute noch Ihren Studenten begegnen sollten.«

Verlegen und etwas hektisch wischte der Professor an seinem Hemd herum und murmelte etwas Unverständliches. Dann reichte er ihr die Hand. »Melden Sie sich einfach, wenn ich Ihnen weiterhelfen kann.«

»Das werde ich tun«, erwiderte sie. Dann ging sie wirklich, bevor er ihr doch noch die Geschichte der Kelten in Eichstätt aufdrängte.

Auf dem Weg in die Redaktion dachte sie über den Professor nach. Er schien wirklich in seiner Arbeit aufzugehen. Offensichtlich wollte er möglichst viel über Eichstätt und seine Geschichte loswerden. Eigentlich ganz praktisch für den Fall, dass sie bei einer ihrer Reportagen einen geschichtlichen Hintergrund benötigte.

Diese Geschichte von dem Skelettpaar war es auf jeden Fall wert, dass sie dranblieb. Bestimmt fanden die Leser die Geschichte von dem Baby genauso herzergreifend wie sie selbst ...

9

Zum dritten Mal drückte sie auf den Klingelknopf neben dem Praxisschild von Thomas Seeger. Sie war nervös. Vielleicht brachte die heutige Hypnose ja endlich den Durchbruch?

Die Tür öffnete diesmal ein dunkelhaariger Mann, dessen Haare in alle Richtungen abstanden. Seine auffällig hellblauen Augen musterten sie neugierig. Anne erkannte ihn sofort von dem Kinderbild.

»Sie müssen Joris Seeger sein!«, meinte sie lächelnd.

»Richtig. Und wer sind Sie?«

»Anne Thalmeyer. Ich habe einen Termin bei Ihrem Bruder.«

»Der ist leider noch unterwegs, müsste aber jede Minute zurück sein. Kommen Sie doch herein.« Er ging voraus ins Behandlungszimmer, das sie bereits kannte.

»Kann ich Ihnen irgendetwas anbieten? Tee, Kaffee, Wasser …«

»Ein Kaffee wäre wunderbar!«, erklärte Anne.

Kurz darauf hörte sie aus einem der Zimmer das unverwechselbare Geräusch von Kaffeebohnen, die gemahlen wurden. Nur wenig später hatte sie eine dampfende Tasse Kaffee in der Hand.

»Thomas hat angerufen«, erklärte ihr Gastgeber, während er sich ungezwungen auf die Tischkante im Behandlungszimmer setzte. »Derzeit steht er noch im Stau, aber er ist in etwa zehn Minuten hier. Er hat mich gebeten, ihn zu entschuldigen und Sie ein bisschen zu unterhalten.« Er sah sie neugierig an. »Wie haben Sie mich eigentlich erkannt?«

Mit einem Achselzucken deutete Anne auf das Kinderbild im Regal. »Ich habe ein ganz gutes Gedächtnis für Gesichter. Und Sie haben sich seit Ihrer Kindheit nicht grundsätzlich verändert.«

Er sah das Bild an. »Wirklich nicht? Ich war immer der Meinung, meine Größe, der Bartwuchs und die tiefe Stimme wären eine ganz gute Tarnung ...«

Sie musste lachen. »Das mag sein. Die Haare scheinen sich aber in den letzten Jahrzehnten immer noch nicht auf eine Richtung geeinigt zu haben. Und die Augen haben sich nicht verändert. Da hilft so ein Dreitagebart wirklich nicht ...«

»Was machen Sie denn beruflich? Nutzen Sie Ihre Beobachtungsgabe auch?« Offensichtlich kannte er keine Hemmungen, wenn es darum ging, die Patienten seines Bruders auszuhorchen. Aber er wirkte dabei ehrlich interessiert und alles andere als aufdringlich.

»Nicht wirklich. Ich bin Redakteurin und schreibe Reportagen, aber eigentlich habe ich diesen Beruf gewählt, weil ich gut schreiben kann. Nicht wegen meiner Fähigkeit, Menschen wiederzuerkennen. Das sorgt nur dafür, dass ich ziemlich selten nachfragen muss, wie jemand heißt. Sonst taugt diese Gabe eigentlich zu nichts.«

»Journalistin?« Er wirkte elektrisiert. »Hier bei der Post?«

Als Anne nickte, redete er weiter. »Ich habe da etwas für Sie, das vielleicht einen Artikel wert wäre. Ich arbeite mit Phytotherapie. Wissen Sie, was das ist?«

»Pflanzenheilkunde, oder?« Allmählich war sie doch ein wenig genervt. Sie wollte ihre nächste Therapiesitzung hinter sich bringen und nicht darüber diskutieren, was Pflanzen alles konnten. Oder sich eine angeblich spannende Recherche über ein todlangweiliges Thema aufschwatzen lassen. Aber Joris ließ sich nicht mehr bremsen.

»Wissen Sie, ich bin der festen Überzeugung, dass wir die Fähigkeiten und die Möglichkeiten von Pflanzen nur zu einem winzigen Teil ausnutzen. Sie haben noch sehr viel mehr zu bieten, als wir ahnen – auch für schwerwiegende Erkrankungen.«

Er hatte sich so weit vorgebeugt, dass sein Gesicht nicht weit von ihrem entfernt war. Seine hellen Augen leuchteten vor Begeisterung.

»Kräuter gegen Krebs, Multiple Sklerose oder Knochenbrüche? Das bezweifle ich doch sehr.« Sie sah ihn mit hochgezogenen Augenbrauen an.

»Viele Menschen trinken Pfefferminztee gegen Erkältungen oder Fencheltee bei Bauchweh – aber ansonsten werden Kräuter häufig unterschätzt. Ich will versuchen, die pflanzlichen Wirkstoffe so weit zu verstehen und zu konzentrieren, dass daraus ein richtiges Medikament entstehen kann.«

»Ich trinke seit einer Woche literweise Baldriantee und kann noch immer keine Wirkung spüren«, erklärte Anne. »Verzeihen Sie also, wenn mein Enthusiasmus etwas gedämpft ist.«

»Man muss nur etwas länger warten«, entgegnete Joris Seeger. »Phytotherapie verlangt manchmal etwas Geduld, ist dann aber ebenso wirksam wie die Schulmedizin.«

Nun war Annes Neugier geweckt. »Und gegen oder für was soll Ihr Medikament wirken?«

»Demenz. Das ist doch die Geißel unserer Zeit. Wir haben eine Heerschar von alten Menschen, deren Hirn den Dienst quittiert. Wäre es nicht ein Segen, wenn es da ein wirksames Mittel gäbe?«

»Das ist wohl wahr.« Nachdenklich trank Anne einen Schluck Kaffee. »Aber wie wahrscheinlich ist das denn? Die Hersteller dieser Ginkgo-Präparate behaupten doch auch, dass sie die Gedächtnisleistung verbessern. Wenn ich das richtig im Kopf habe, dann hilft Ginkgo aber nur den Herstellern. Um genau zu sein, deren Konten. Oder liege ich da falsch?«

»Nein, nein, das sind die richtig schwarzen Schafe meiner Branche. Dabei ist der Ansatz richtig – aber sie haben lieber aufgehört zu forschen und einen wirkungslosen Stoff auf den Markt geschmissen. Dabei hätten sie die Forschung weiterbetreiben sollen. Ich für meinen Teil gebe nicht so schnell auf – ich will etwas finden, das die Leistung eines Gehirns messbar verbessert. Ich glaube, dass es möglich ist. Man darf nur nicht zu früh mit seinen Bemühungen nachlassen und sich mit mittelmäßigen Ergebnissen zufriedengeben. Und das werde ich nicht!« Mit einem Mal sah er sehr entschlossen aus – und wirkte dabei ganz und gar nicht wie ein Traumtänzer mit unerreichbaren Zielen.

»Was mischen Sie denn in Ihren Kräutertrunk hinein?«

»Viele verschiedene Kräuter, zum Teil richtige Allerweltspflanzen aus der Küche ...«

»Schnittlauch? Petersilie? Meinen Sie das mit Küchenpflanzen?«

»Vielleicht nicht gerade Schnittlauch. Aber Rosmarin hat zum Beispiel eine tragende Rolle – und den finden Sie nun wirklich in jedem Supermarkt.« Er rieb seine Finger gegeneinander, als hätte er ein Kraut dazwischen, dessen Duft er überprüfen wollte. »Es ist doch unglaublich, dass die Menschen jahrhundertelang immer wieder von Rosmarin als dem Kraut der Erinnerung gesprochen haben – und dass dieses Wissen dann einfach verloren gegangen ist. Offenbar ist aber doch etwas dran. Die alten Namen geben häufig einen Hinweis, welchen Nutzen so ein Kraut haben kann. Wussten Sie, dass die Schafgarbe jahrhundertelang als das ›Soldatenkraut‹ galt? Kein Wunder, es stillt große Blutungen und hat damit bestimmt mehr als einem Soldaten das Leben gerettet. Und Augentrost und Lungenkraut tragen ihren Verwendungszweck ja geradezu im Namen ...« Die Haare standen ihm wie elektrisiert vom Kopf.

»Ich tue etwas für mein Gehirn, wenn ich einen Lammbraten mit Rosmarinsauce esse?«, hakte Anne ein wenig spöttisch nach.

»Wenn Sie fünfzig Liter der Sauce trinken würden, wäre vielleicht ein winziger Effekt bemerkbar«, erklärte Joris Seeger. »Ich verwende natürlich nicht einfach ein Küchenkraut, mische daraus einen Trank und behaupte, dass ich damit die Demenztherapie für immer verändere. Die Wirkstoffe müssen konzentriert und so verarbeitet werden, dass die medizinisch relevanten Wirkstoffe in gleichbleibender Konzentration auftauchen. Das ist in einer Sauce zum Lamm eher nicht der Fall.« Er grinste sie an, und Anne bemerkte ein verräterisches Funkeln in seinen Augen. »Obwohl ich Sie zu gern zu einem Test einladen würde. Zu einem Essen, bei dem wir die Wirksamkeit verschiedener Kräuter ausprobieren, meine ich.« Mit einem Schlag war seine wissenschaftliche Ernsthaftigkeit verflogen.

Anne lachte auf. »Das war immerhin eine der originellsten Einladungen, die ich seit Langem gehört habe.«

»Viel wichtiger wäre es mir aber wirklich, wenn ich Ihnen mehr von meiner Forschung erzählen dürfte. Ich bin mir ganz sicher, dass ich kurz vor dem Durchbruch stehe und dann ein wirklich wirksames Mittel erstellen kann. Stellen Sie sich das nur vor: Das wäre eine Sensation! Der Menschheit wäre geholfen!«

Durch seinen schnellen Wechsel zwischen Flirt und Ernsthaftigkeit, zwischen Witz und Mission wurde Anne fast schwindelig.

»Für welche Firma arbeiten Sie denn?«

»Kein Labor, keine große Pharmafirma. Ich arbeite hier bei meinem Bruder im Keller. Es sind ja nur Kräuter, ich hantiere also nicht mit hochgiftigen Wirkstoffen. Da benötige ich auch kein Hochsicherheitslabor.«

Anne schüttelte den Kopf. »Wenn ich ehrlich bin, kann ich mir nicht vorstellen, dass Sie das in einem Kellerraum hinkriegen. Da haben sich doch schon ganz andere Köpfe Gedanken gemacht und sind auf keinen grünen Zweig gekommen ...«

»Sie sind alle von falschen Voraussetzungen ausgegangen. Alle haben sie geglaubt, dass man die Natur möglichst weit verfremden muss, um sie sich untertan zu machen. Das Gegenteil ist aber der Fall: Je mehr wir die Natur ans Werk lassen, desto größer wird auch unser Erfolg sein.«

»Es fällt mir schwer, das auch nur im Ansatz zu glauben«, erklärte Anne. »Wenn es so wäre, dann hätte man längst davon gehört. Das wäre doch eine Sensation!«

»Sehe ich so aus, als ob ...«, setzte Joris Seeger zu einer Antwort an.

In dieser Sekunde war ein Schlüssel zu hören, der sich im Schloss drehte. Augenblicke später stand Thomas Seeger im Raum und lächelte Anne entschuldigend an.

»Ich sehe, Sie haben die Bekanntschaft meines kleinen Bruders gemacht. Ich hoffe, er hat Sie nicht zu sehr mit seinen wilden Ideen belästigt. Er hat da eine Neigung, hin und wieder wildfremden Menschen von seinen sogenannten Forschungen zu erzählen ...« Er klang dabei so herablassend, dass Anne sich unwillkürlich ärgerte.

»Ich hatte nicht den Eindruck, dass es sich um Hirngespinste handelt«, begann sie.

»Ein Mittel gegen Demenz? Aus Kräutern? Mein Bruder ist ein Träumer, glauben Sie mir«, erklärte Thomas Seeger in einem Ton, der keinen Widerspruch zuließ. Er sah seinen Bruder an. »Joris, könntest du mich jetzt bitte mit Frau Thalmeyer alleine lassen? Wir haben einen Termin.«

Joris Seeger öffnete den Mund, um noch etwas zu sagen. Dann sackten seine Schultern fast unmerklich nach vorne, und er verließ den Raum mit einem resignierten Winken. »Wenn Sie noch etwas wissen wollen, melden Sie sich doch. Sie können mich über meinen Bruder problemlos erreichen. Und die Sache mit dem Lammbraten sollten wir vielleicht wirklich angehen ...«

Damit schlug die Tür hinter ihm zu. Anne sah ihren Therapeuten kopfschüttelnd an. »Warum sind Sie nur so grob? Es könnte doch immerhin sein, dass er da einer tollen Sache auf der Spur ist. Ich meine, Sie arbeiten mit Hypnose. Das ist doch fast das Gleiche wie ein Kräutertee, oder?«

»Immerhin wird meine Methode von den Kassen anerkannt. Das ist doch ein gewaltiger Unterschied zu den Hirngespinsten meines Bruders«, erklärte Thomas Seeger mit einer merkwürdig gepressten Stimme. »Und solange er auf meine Kosten in meinem Haus lebt, steht es wohl außer Frage, wer von uns beiden das tauglichere Lebensmodell verfolgt. Wenn er dereinst mit dem Nobelpreis nach Hause kommt, dann will ich gerne aufhören, seine Ideen als Hirngespinste zu bezeichnen!«

»Sie halten nicht viel von Ihrem Bruder?« Sie konnte sich mit ihren Fragen nicht beherrschen, jetzt war ihre Neugier geweckt.

»Nein. Wenn er etwas taugen würde, dann würde er nicht bei mir im Haus leben und meinen Kühlschrank leer essen. So einfach ist das.« Eine Ader an seiner Schläfe pochte. Offensichtlich war ihm dieses Thema nicht recht – und Anne beschloss, lieber nicht weiterzubohren. Außerdem hatte sie jetzt wirklich etwas anderes vor.

»Und wie vermeiden wir, dass ich wieder Ihren Bruder in meine sogenannten Erinnerungen einbaue?«, fragte sie. »Jetzt, wo ich mich mit ihm unterhalten habe, ist doch die Gefahr sehr viel größer?«

»Eigentlich sollte das gar nicht passieren. Ich habe keine Ahnung, was da los war«, erwiderte der Therapeut. »Ich habe die Fachliteratur durchforstet, aber es gibt bisher, soweit ich sehe, keinen Bericht von einem Echo des soeben Durchlebten unter Hypnose.« Er sah das fragende

Gesicht von Anne. »Was immer da passiert sein mag ... ich bin mir sicher, dass wir dieses Mal Ihren schlechten Träumen besser auf die Spur kommen. Sollen wir anfangen?«

Zögernd nickte Anne. Ihr war die Sache nach dem letzten Mal eigentlich noch unheimlicher als zuvor. Sie konnte noch immer die Angst spüren, die sie in Gestalt des kleinen Mädchens das letzte Mal empfunden hatte.

10

Mit gewissem Widerwillen sah sie auf den Finger des Therapeuten und konzentrierte sich auf seine eintönige Stimme. Alles war besser, als weiter diese Träume zu ertragen ...

Ihre Hände fuhren durch die zarten, fedrigen Blätter eines aromatisch riechenden Krautes. Sie wählten die gesunden Spitzen und knipsten sie mit einer schnellen und geübten Bewegung ab. Es waren keine jungen Hände mehr, die Haut hatte Flecken und auch kleine Narben.
»Wozu dient dieses Kraut?« Eine junge Stimme. Anne sah auf und blickte direkt in die fragenden Augen der Novizin.
Anne lächelte und strich über die Zweige, woraufhin der unverwechselbare Geruch aufstieg. »Die Eberraute habe so mannigfaltige Vorzüge wie Blätter, sagte einst Walahfrid Strabo, als er festlegte, welche Pflanzen in den Garten eines Klosters sollen – und welche nicht. Die Eberraute war für ihn unverzichtbar. Sie hilft bei schlimmer Atemnot, sie vertreibt Würmer aus dem Gedärm, und die Männer hoffen, dass sie die Glatze wieder in wallendes Haar verwandelt. Das halte ich persönlich allerdings für einen Glauben, der sich durch meine Beobachtung nicht bestätigt hat.«
Anne lächelte die Novizin an. »Die Eberraute wird aber auch Jungfernleid genannt. Halte dich also besser fern von ihr.«
Die Augen des Mädchens blitzten vor Neugier. »Jungfernleid? Wie soll so ein zartes Kraut denn Leid hervorrufen?«

»Nun, wenn ein Mann ein Büschel davon an deinen Gürtel steckt, ohne dass du es merkst, dann wirst du in großer Liebe zu ihm entbrennen und alles tun, was er von dir verlangt. Leider ist diese Liebe nicht von langer Dauer und schlägt bald ins Gegenteil um. So beginnt das Leid der Jungfer...«

»Dann halte ich mich lieber fern von diesem üblen Kraut!«, sagte das Mädchen ernsthaft.

»Du kannst die Eberraute auch einfach nutzen, indem du während der Gottesdienste ein Zweiglein unter deine Nase hältst. Angeblich vertreibt sie die Müdigkeit, was bei der einen oder anderen Predigt womöglich nützlich sein könnte.«

Die beiden brachen in Gelächter aus. Sie wussten durchaus, auf welche Person Anne gerade anspielte.

Dann wandten sie sich dem nächsten Beet zu. Hohe Pflanzen mit silbrigen Blättern.

»Das ist der Beifuß«, erklärte Anne.

»Den kenne ich«, sagte das Mädchen. »Bei fettem Essen erleichtert er die Verdauung.« Sie zog eine leichte Grimasse. »Auch wenn ich bisher nur selten fettes Essen genossen habe.«

»So geht es vielen Frauen in unserem Kloster«, stimmte Anne ihr zu. »Die wenigsten kommen hierher, weil sie den Reichtum ihrer Familien nicht mehr ertragen können, ganz im Gegenteil...«

Sie knipste geschickt die Triebe des Beifußes mit den geschlossenen Blüten ab. »Dieses Kraut hilft aber nicht nur bei Völlerei, sondern ganz generell allen, die ihre Nahrung nur schwer verdauen können...«

»Woher wisst Ihr das nur alles?« Bewundernd sah das Mädchen Anne an. »Ihr kennt wirklich jedes Kraut und alle seine Wirkungen...«

»Wenn du so viele Jahre im Kloster verbracht hättest wie ich, dann würde dir das auch leichtfallen. Es gibt nicht allzu vieles, *das uns vom Lernen ablenkt. Wenn eine von uns krank wird, ist es gut, die Kraft der Kräuter zu kennen. Nach dem Bader will man schließlich nicht schicken, der verschlimmert die Leiden in der Mehrzahl der Fälle.«*

»Und er lässt uns immer nur zur Ader.« Die Novizin schüttelte sich.

»Genau deswegen pflegen wir lieber unser Kräuterbeet.«

»Darf ich Euch etwas fragen?« Das Mädchen sah die ältere Nonne gespannt an.

»Natürlich – wenn es nicht nur Klatsch über andere Schwestern ist.«

»Wie lange seid Ihr schon hier? Ihr wirkt so gelassen und immer freundlich. Dauert es lange, bis man diese Geisteshaltung erlangt?«

Anne lächelte. »Fällt es dir denn so schwer, hinter diesen Mauern zu sein? Hier ist es sicher und friedlich, das kann auch schön sein. Und dem Seelenfrieden ist es ganz bestimmt dienlich, wenn man sich von der Welt fernhält.«

»Sicher und friedlich bedeutet aber auch Langeweile ohne Hoffnung, dass sich jemals etwas ändert!«, platzte es aus dem Mädchen heraus. »Hier kann ein Jahrhundert vergehen wie ein Tag, man wird es nur daran merken, dass das eigene Leben dahingeht und verwelkt wie eine Blume. Eine Blume, die nie gepflückt wurde.«

»Wer will schon Veränderung? Es ist doch gut so, wie es ist. Gottes großer Plan sorgt dafür, dass es uns allen wohlergeht. Wir stehen hier unter seinem besonderen Schutz.« Anne lächelte das junge Mädchen an. »Es ist doch schön zu wissen, dass uns die Mauern dieses Klosters vor den großen Stürmen sicher bewahren.«

»Habt Ihr Euch niemals danach gesehnt, ein anderes Leben zu

führen? Eines, bei dem Ihr nicht schon jetzt den Ablauf bis zu Eurem letzten Atemzug wisst?« Ihre Stimme klang drängend.
Beruhigend legte Anne ihre Hand auf die der Novizin. »Keine von uns wurde mit großer Gelassenheit geboren. Um diese Geisteshaltung muss man jeden Tag kämpfen. Man erreicht sie nur, wenn man in Gebet und Kontemplation darum bittet.« Sie lachte leise. »Auch Arbeit hilft dabei, den unruhigen Geist zu beruhigen.«
»Und Ihr habt Euch dann einfach mit diesem Leben abgefunden? So, als gäbe es kein Leben da draußen, das auf einen wartet?«
Anne stellte fest, dass ihre Worte die Novizin nicht beruhigt hatten. Sie erinnerte an ein Tier, das seinen Käfig einfach nicht ertragen konnte. Als Kind hatte Anne einen Fuchs in einer Falle gesehen, der sich die eigene Pfote abgebissen hatte, um seine Freiheit wiederzuerlangen. Genau so kam ihr in diesem Augenblick das Mädchen vor. Wie alt mochte sie sein? Dreizehn oder vierzehn Jahre hatte sie bei ihrer Familie gelebt, seit einem Jahr nun war sie hier in der Gemeinschaft der Schwestern.
»Vielleicht solltest du mit der Mutter Oberin über deine Gedanken sprechen?«, schlug sie vor – obwohl sie sofort wusste, dass die humorlose Oberin ganz bestimmt kein Verständnis haben würde.
Die Novizin schüttelte den Kopf. »Die versteht nicht, wovon ich rede. Bei Euch habe ich ein anderes Gefühl … Ich glaube, Ihr wart einmal anders. Ähnlich wie ich.«
Anne erinnerte sich an ihre ersten Tage und Wochen im Kloster. Die Novizin hatte recht. Auch sie hatte sich damals gefragt, wie man ein ganzes Leben hinter diesen Mauern verbringen konnte. Aber ganz allmählich hatte sie sich diese Frage einfach nicht mehr gestellt. Ihre Lebensaufgabe bestand darin, diesen Kräutergarten zu hegen und die Wirkungen der einzelnen Pflanzen zu

erforschen. Es war besser, nicht über die vielen anderen Möglichkeiten im Leben nachzusinnen.

»Wir alle sind anders, wenn wir jung sind. Und wir lernen, dass wir an den Ketten, die wir in unserem Leben spüren, besser nicht reißen sollten. Das sorgt nur für wunde Stellen, die niemand lindern kann, und dann spüren wir die Grenzen unseres Daseins nur noch schmerzhafter.« Doch sie merkte, dass ihre Worte für das junge Mädchen neben ihr hohl und leer klangen.

Eine Weile arbeiteten sie schweigend nebeneinander. Dann murmelte die Novizin: »Ich bleibe nicht hier. Das ertrage ich nicht. Da lebe ich lieber als Magd, arbeite hart und suche mir mein eigenes Glück. Ich gehe.«

Einen Augenblick dachte Anne darüber nach, die Kleine zu rügen und der Oberin von ihrem geplanten Ungehorsam zu erzählen. Dann grub sie einfach ihre Hände tiefer in das Erdreich des Beetes. Was war denn schon falsch daran, seinen Gefühlen zu folgen? Sie selbst hätte es niemals geschafft, etwas anderes als das zu tun, was von ihr erwartet wurde.

In diesem Augenblick hörte sie von der Pforte her ein feines Glöckchen. Es kündigte das Kommen eines Pilgers an. Fast immer wollten sie das begehrte Öl der Walburga. Anne stand auf und raffte ihr Gewand, um den Besucher nach seinem Begehren zu fragen. Sie nickte der Novizin zu. »Wir können uns nachher weiter unterhalten. Der Schritt, den du planst, will wohl überlegt sein. Du kannst ihn nicht mehr rückgängig machen, auch wenn du es dir irgendwann wünschen solltest.«

Das Mädchen nickte nur – aber Anne war sich nicht sicher, ob sie nicht vielleicht schon in dieser Nacht ihre Habseligkeiten packen und sich durch die Pforte davonstehlen würde.

Das Glöckchen klingelte erneut, dieses Mal länger. Anne eilte zur Pforte, die für die Ordensschwestern den einzigen Kontakt zur

Außenwelt darstellte. Ein Mann wartete auf sie. Er stand mit dem Rücken zu ihr und drehte sich ungeduldig um, als er ihre Schritte auf dem Steinboden hörte.

»Seid mir gegrüßt, Schwester!«, begrüßte er sie. »Ich hoffe, Ihr könnt mir helfen und mir ein wenig von Eurem Walburgisöl geben. Meiner Mutter geht es sehr schlecht, und sie ist der Meinung, dass sie nur das heilige Öl retten kann.«

Anne holte eine Phiole mit dem begehrten Öl und reichte sie wortlos und mit gesenktem Blick dem Mann. Die Ordensregeln verboten ihr den direkten Blickkontakt oder gar das Wechseln eines Wortes.

So sah sie nur seine kräftigen Hände, in denen das kleine Gefäß fast vollständig verschwand. Doch statt sich mit einem Dank umzudrehen und sie wieder alleine zu lassen, betrachtete er das Behältnis eine Weile.

»Ist es wahr, was man sich erzählt? Dass dieses Öl direkt aus den Gebeinen der heiligen Walburga tropft?« Seine Stimme verriet seine großen Zweifel.

Anne nickte nur. Sie nahm das Gebot des Schweigens sehr ernst. Für diesen Mann war das Nicken offensichtlich Antwort genug, denn er redete weiter. »Es fällt mir schwer, an die wundersame Heilkraft zu glauben. Was kann dieses Öl meiner Mutter mehr geben als nur den Glauben an eine Heilung?«

Langsam hob Anne ihren Blick. Gewöhnlich stellten die Pilger, die an die Pforte des Klosters kamen und einige Tropfen des begehrten Öls erhielten, die Heilkraft nicht infrage. Ihre Augen trafen auf einen Mann mit energischen Gesichtszügen und merkwürdig hellen Augen unter einem dichten, dunklen Schopf. Er sah nicht aus wie jemand, der leichtfertig irgendetwas glaubte.

»Ihr wollt wissen, warum ich dann den Weg auf mich nehme, wenn ich doch nicht an die Wirkung glaube?« Er lachte auf. »Wie

schon gesagt, das tue ich nur für meine Mutter. Ich für meinen Teil bin der festen Überzeugung, dass es besser wäre, wenn die Menschen sich regelmäßig die Hände in reinem Wasser wüschen. Und nicht so eng mit ihren Tieren in einem engen Raum zusammenleben würden. Ich denke, dann gäbe es so manche Krankheit nicht. Es würde auch helfen, wenn sie nicht direkt neben ihrem Haus ihre Notdurft verrichten würden ... Aber was rede ich? Ihr seid eine Nonne, die weder eine eigene Meinung haben darf noch den Mund öffnen darf, um auch nur irgendetwas zu sagen. Ich könnte auch mit einer Wand reden.«
Er sah sie genauer an. »Auch wenn ich mich des Gefühls nicht erwehren kann, dass hinter diesen dunklen Augen ein wacher Geist wohnt. Habt Ihr vielleicht eine Idee, wie ich meiner Mutter noch helfen könnte?«
Anne hob fragend eine Augenbraue, um ihn zu ermutigen, doch ein wenig mehr über die Krankheit zu erzählen, und er verstand die winzige Geste richtig.
»Sie hustet und wird immer dünner, egal was ich ihr gebe. Ihr Körper glüht, und gleichzeitig friert sie von innen heraus.«
Ein Weidenrindensud würde diese Frau von ihrem Leid befreien. Einige Honigklümpchen mit Eibisch versetzt. Spitzwegerich. Es wäre ein Leichtes für sie, in der Kammer des Kräutergartens etwas zusammenzustellen.
Und mit einem Mal war ihr das Schweigegebot egal. »Kommt heute nach dem Abendgebet«, murmelte sie. Um sich selber vor weiterem Ungehorsam zu schützen, drehte sie sich um und verschwand in die Apotheke des Klosters, um Sud, Honig und Tinktur zu mischen. Dabei musste sie an den Fremden denken und seine Äußerungen über Sauberkeit und das Walburgisöl. Was, wenn er recht hatte? Es gab zwar zahlreiche Beweise, dass das ölige Wasser, das aus den Knochen der heiligen Walburga tropfte,

tatsächlich Wunder tat. Aber womöglich war ein wenig mehr Sauberkeit auch ein guter Weg, um dafür zu sorgen, dass die Krankheiten ausblieben.

Die Sonne stand schon knapp über dem Horizont, als es erneut an der Pforte läutete. Anne eilte mit ihrem Beutelchen voll Medizin über den Steinboden.

Der Mann sah ihr erwartungsvoll entgegen, und sie zog die einzelnen Mittel aus dem Beutel. »Weidenrindensud gegen das Fieber. Gebt ihr nur einige Tropfen in einem Glas Wasser. Die Eibischklumpen kann sie gegen den Husten nehmen, mehrmals am Tag. Der Spitzwegerich und die Minze sollte sie als Tee zu sich nehmen.« Sie nickte ihm zu. »Ich bete für Eure Mutter.«

Damit wollte sie sich endgültig von ihm abwenden. Für einen einzigen Tag hatte sie nun wahrlich genug Verbotenes getan. Vor der Komplet musste sie einige Ave Marias beten, um ihr Seelenheil zu sichern. Doch der Mann legte ihr die Hand auf den Arm, um sie aufzuhalten.

Sie zuckte zurück. Noch nie hatte sie ein Mann berührt. Nicht, seit sie hinter diese Mauern gekommen war – und damals war sie noch ein kleines Mädchen gewesen.

»Kommt mit mir und helft mir!«, bat er sie. »Ihr könnt mit Eurem Wissen bei uns im Dorf sicher viel bewegen. Was hilft es Euch hier? Ihr könnt Euren Ordensschwestern helfen, ich weiß. Aber das können auch andere. Ich bin mir sicher, dass Ihr nicht die Einzige seid, die über ein solches Wissen zu diesen Kräutern und ihren Geheimnissen verfügt.«

Einen winzigen Augenblick dachte Anne nach. Sie sah ihm kurz in seine hellen Augen und überlegte sich, wie es wäre, ihm zu vertrauen. Einen neuen Weg im Leben einzuschlagen, als Heilkundige eines Dorfes. Aber der Weg in den Himmel wäre ihr versperrt. Der Himmel auf Erden würde dafür sorgen, dass sie die

Hölle in Ewigkeit hatte. Ihr fehlten das Feuer und der Mut, den die kleine Novizin vorhin gezeigt hatte.
Angst kroch in ihr empor. Angst vor den Bildern, die immer wieder beschrieben wurden. Von Feuer und Schmerzen ohne Aussicht auf Linderung. Es durfte einfach nicht sein, dass eine Frau Gottes einfach das Kloster verließ.
Schweigend schüttelte sie den Kopf.
In diesem Moment rief die Glocke zum Abendgebet.
Anne senkte die Augen und huschte in Richtung der Kirche. Hier setzte sie sich an ihren angestammten Platz und faltete die Hände.
Dabei sah sie ständig die hellen Augen des Fremden vor sich, hörte seine tiefe Stimme, dachte an die Kranken in seinem Dorf, die jetzt ohne Hilfe blieben. Oder – schlimmer noch – einem Pfuscher ausgeliefert waren. Hätte sie einfach gehen sollen? Ein anderes Leben beginnen, fernab von Gott, aber näher bei den Menschen, die sie brauchten? Ihre Gedanken kreisten, als wären es aufgescheuchte Blätter im Wind.
Es dauerte ein Weilchen, bis ihr die Lücke in der Reihe der Novizinnen auffiel. Die Schülerin hatte nicht lange gefackelt. Sie hatte ihren verwegenen Plan sofort in die Tat umgesetzt. Anne spürte, wie ein winziges Quäntchen Neid in ihr aufflackerte. Das Mädchen hatte genug Mut aufgebracht, um sein Leben mit beiden Händen zu packen und es nicht mehr loszulassen.
Sie selbst würde morgen wieder beten, ihr Kräuterbeet pflegen und ihr Wissen weitergeben. Und das würde sie tun, bis ihr letztes Stündlein geschlagen hätte. Ein sicheres, gutes Leben, in dem wenig Unvorhergesehenes passieren würde.
Sie schloss die Augen und stimmte in den Gesang ihrer Schwestern mit ein.

11

Sie blinzelte. Erst einmal, dann noch einmal. Statt des Innenraums einer Kirche sah sie plötzlich wieder die Einrichtung der Praxis von Thomas Seeger. Vor ihr saß der Therapeut und blickte sie gespannt an.

»Wie war es? Was haben Sie erlebt?«

Mühselig sammelte Anne die Erinnerungen zusammen. Die Kräuter. Das Beet. Die Novizin. Die Gesänge und das Öl. Der Mann mit den hellen Augen.

Humbug.

»Nichts, was mich irgendwie weiterbringen würde. Ich war eine heilkundige Nonne mit Kräutergarten. Ist ja auch kein Wunder: Ihr Bruder hat mir lange genug von den unglaublichen Wirkkräften der Kräuter erzählt. Offensichtlich habe ich dieses Mal nicht nur Ihren Bruder, sondern auch gleich seine Forschung in meine Träume eingebaut. Das macht nun wirklich keinen Spaß mehr! Diese Hypnosenummer sorgt nur dafür, dass ich ein oder zwei Stunden keinen Albtraum habe. Ich sehe aber nicht, wie mich diese Einsichten weiterbringen sollen. Ich denke, wir sollten mit den Hypnosesitzungen aufhören. Mein Hausarzt soll mir lieber irgendwelche chemischen Hammermedikamente verschreiben. Oder ich betrinke mich. Oder beides.«

Sie hatte sich ordentlich in Rage geredet, aber sie hatte keine Lust mehr auf diesen ungenauen Blödsinn. Sie lechzte nach einer ordentlichen Diagnose mit einer wirksamen Behandlung. Und dann wollte sie ihr Leben einfach so weiterleben wie bisher. Das war doch nicht zu viel verlangt von einem Therapeuten. Oder etwa doch?

Seeger schüttelte den Kopf. »Ich verstehe, dass Sie etwas ungehalten sind. Aber ich kann es mir wirklich nicht erklären. Lassen Sie es uns nächste Woche ein letztes Mal probieren. Wenn wir dann immer noch auf der Stelle treten, dann beenden wir das Ganze. Einverstanden?«

»Darüber muss ich noch nachdenken«, erklärte Anne. »Sie hören von mir, wenn ich mich ein wenig beruhigt habe.«

Immer noch wütend verließ sie die Praxis und hatte weder Augen für die Schönheit des Sommertages noch für die vielen Touristen, die mit einem wohligen Schauer den Käfig über der Altmühl bewunderten.

Sie lief planlos durch die Stadt, bis sie sich in der Nähe des Instituts von Lukas Marburg wiederfand. Kurz entschlossen stattete sie ihm einen Besuch ab. Vielleicht lenkte sie das ja von ihren eigenen Problemen ab.

Als sie nach einem kurzen Klopfen in sein Zimmer trat, sah er erfreut auf. »Das ist ja mal eine schöne Überraschung so kurz vor dem Wochenende. Was führt Sie denn zu mir?«

»Wie immer meine Neugier. Gibt es denn etwas Neues von meinem Pärchen?«

»Sie haben die beiden schon adoptiert, nicht wahr?« Er lachte. »Und Sie haben Glück: Ich habe heute den Bericht bekommen. Die Knochen und die Lage wurden genauer analysiert. Vor allem die Reste vom Schädel, vom Becken und von der Wirbelsäule, die ich gefunden habe. Es handelte sich aller Wahrscheinlichkeit nach um ein ungeborenes Kind. Die Mutter starb kurz vor der Geburt an einem Speer oder einem Pfeil. Das nimmt der Rechtsmediziner zumindest an, nachdem er die Schäden an ihrer Wirbelsäule gesehen hat.«

»Und der Vater?«

»Sie meinen den Mann, von dem wir nicht wissen können, ob er der Vater des Kindes ist?« Er grinste wie jemand, dem ein guter Scherz gelungen war.

»Genau. Es ist immerhin eine gute Hypothese, oder?« Die etwas umständliche Art des Professors störte sie ein bisschen.

»Ihm wurde der Kopf eingeschlagen. Ganz einfach.« Er zuckte mit den Achseln. »Sie können jetzt Ihrer Fantasie freien Lauf lassen. Ob der Mann der Vater des Kindes war oder nur ein mordlustiger Schwede – das werden wir nie erfahren.«

»Schwede? Warum sollte der ihn denn erschlagen?«

»Weil er da war. Wahrscheinlich hat unser Paar – wenn es denn ein Paar war – im Dreißigjährigen Krieg gelebt. Damals waren überall Soldaten, Söldner und Plünderer unterwegs, ganze Landstriche wurden komplett ausgerottet. Der Tod war nichts Besonderes, und das Leben war auch nichts wert. Liebe, Glück, Tod – das hat man damals fast leichter hingenommen als das Wetter.«

»Dabei ist das Wetter doch eigentlich leichter vorhersehbar als das Leben. Es regnet, es scheint die Sonne, es ist kalt, es ist warm … Viel mehr passiert da nicht. Was sollten die Menschen sich da groß wundern?« Sie sah ihn an. »Der Tod ist doch allemal geheimnisvoller.«

Ein Kopfschütteln war die Antwort. »Nein. Den Tod

haben die Menschen damals fast täglich erlebt. Das war weniger geheimnisvoll als die Launen der Natur, die keinem erkennbaren Gesetz folgten. Im Mittelalter gab es sogar mal zwei Jahre, in denen die Sonne nicht mehr schien. Stellen Sie sich das mal vor: Da sie die Zusammenhänge nicht kannten, war das für die Menschen natürlich sehr erschreckend.«

Anne erinnerte sich an die Episode, die sie unter Hypnose erlebt hatte. Die beiden Kinder und die milchige Sonne und die Angst davor, dass die Götter sich für immer abgewandt haben könnten. Sie runzelte die Stirn. »Was meinen Sie damit, dass die Sonne nicht mehr schien?«

»Nun, es gab einen Vulkanausbruch irgendwo in der Nähe des Äquators. Davon hat hier in Europa niemand etwas geahnt. Die Asche hat aber fast zwei Jahre lang dafür gesorgt, dass die Sonne keine Kraft entwickeln konnte. Der Aberglaube muss in dieser Zeit geblüht haben ...«

»Die Menschen haben geglaubt, dass es mit dem christlichen Glauben zusammenhing, den sie gerade erst angenommen hatten, nicht wahr?« Sie sah ihn aufgeregt an.

»Zumindest nehmen wir Historiker das an. Die wenigen Relikte aus dieser Zeit deuten darauf hin. Aber woher wissen Sie das?«

»Ach, ich habe mal was darüber gelesen, oder es gab eine Dokumentation im Fernsehen darüber, an die ich mich gerade erinnert habe. Muss unheimlich sein, wenn die Sonne plötzlich ihre Kraft verliert. Wann war das noch einmal genau?«

»Das war 535 oder 536. Ein Bischof spricht davon, dass achtzehn Monate lang die Sonne nur noch ein Schatten ihrer selbst war. Eher wie ein Mond als wie der helle

Lebensquell, den man sonst kannte. Es folgte eine Hungersnot, die bis 542 dauerte. Die Pest ist nur eine Folge der Mangelernährung, die damals geherrscht haben muss.« Er unterbrach seinen eigenen Redefluss. »Aber das wollen Sie sicher gar nicht so genau wissen, oder? Ich befürchte, dass ich Sie mit meinen staubigen Geschichten langweile ...«

»Ach, mich interessiert einfach alles«, versuchte sie ihn zum Weiterreden zu bringen. »Man weiß einfach nie, wann man solche Fakten mal brauchen kann. Ich glaube, ich entwickele gerade eine gewisse Begeisterung für diese alten Geschichten.«

Einen Augenblick lang herrschte Schweigen zwischen ihnen. Dann erhob sich Anne und wischte verlegen ihre Hände an der Jeans ab. »Es wäre auf jeden Fall supernett, wenn Sie mich anrufen könnten, sobald es etwas Neues über unsere beiden Skelette aus dem Dreißigjährigen Krieg gibt. Tun Sie das?«

»Darauf können Sie sich verlassen«, sagte Lukas Marburg. Er schien immer noch verblüfft über ihr plötzliches Interesse an historischen Fakten.

Während Anne auf die Straße trat, dachte sie weiter an die Geschichte mit der verschwundenen Sonne. Womöglich hatte sie wirklich irgendwann einmal eine Dokumentation über dieses Phänomen gesehen. Warum diese Fakten dann ausgerechnet in einer Hypnose auftauchten, gemischt mit einer Geschichte von zwei Kindern und ein paar wirren Mutmaßungen über den neuen und den alten Glauben, konnte sie sich allerdings nicht zusammenreimen.

Inzwischen dämmerte es schon. Es war Freitagabend, die Straßen füllten sich mit Studenten, die unterwegs zur nächsten Party waren, und Touristen auf der Suche nach einem hübschen Restaurant. Anne dachte kurz an ihre Hündin, die sicher treu im Garten an ihrem angestammten Platz auf sie wartete. Sie hatte Tinka in den letzten Tagen sträflich vernachlässigt. Vor allem die gemeinsamen Laufrunden waren ihr derzeit zu anstrengend.

Langsam machte sie sich auf den Heimweg. Sie sah den Menschen in die glücklichen Gesichter und fühlte sich wie ein Fremdkörper. Wahrscheinlich war sie einfach nur müde. Sie musste sich zusammenreißen, sagte sie sich. Wenn die Albträume nicht verschwanden, dann musste sie wohl lernen, damit zu leben.

Als sie an der Redaktion vorbeikam, sah sie noch Licht hinter einem der Fenster. Neugierig holte sie ihren Schlüssel aus der Tasche und ging die Treppe nach oben in die Redaktionsräume.

Es war Fynn. Er saß an seinem Schreibtisch und schien in irgendwelche Papiere vertieft. Als er aufblickte, legte er die Unterlagen beiläufig zur Seite.

»Hallo, Anne! Wie geht es dir? Es hieß, du seist früher nach Hause gegangen, weil du noch einen Arzttermin hattest?«

»Ja, das stimmt. Aber jetzt geht es mir schon viel besser. Ich wollte kurz noch nach dem Rechten sehen. Nicht, dass hier die Welt zusammenbricht, und ich sitze zu Hause und kriege nichts mit.«

Sie lächelte und setzte sich auf seinen Schreibtisch. »An was arbeitest du denn so spät noch?« Sie versuchte einen Blick auf die Zettel zu erhaschen, die er gerade gelesen hatte, aber sie lagen so, dass die leere Rückseite nach oben zeigte.

Fynn zuckte mit den Schultern. »Nichts Großes. Ich wollte nur ein paar Hintergrundsachen nachlesen. Vielleicht wird daraus ja mal eine echte Geschichte.«

»Du stehst gerade erst am Anfang deines Volontariats, mach mal langsam. Außerdem ist es schwierig, hier in der Stadt den richtig großen Skandal zu finden.« Sie lachte. »Komm, wir gehen lieber noch ein Bier trinken.«

»Gerne.« Fynn räumte die Papiere in seine Schreibtischschublade, stand auf und zog seine Jacke an. »Wo geht's hin?«

Minuten später saßen sie im Adler, einem kleinen Italiener gegenüber der Redaktion, und ließen sich Pizza und Bier schmecken.

»Und du bist die Patentochter des Chefredakteurs?«, wollte Fynn wissen. Er biss ein Stück von seiner Pizza ab.

»Wer sagt denn so etwas?« Entnervt schüttelte Anne den Kopf. »Er ist ein Freund meiner Eltern, das ist alles. Wahrscheinlich denkt er deswegen, dass er sich um mich kümmern muss – aber er ist ganz bestimmt nicht mein Patenonkel.«

»Jetzt werde doch nicht gleich sauer. Ich habe nur gefragt, weil man sich das in der Redaktion erzählt. Und da heißt es, dass du die Patentochter wärst.« Er grinste. »Außerdem ist es doch gut, wenn man solche nützlichen Verbindungen hat. Ich wünschte, ich hätte mehr davon.«

»Aber man sollte doch nicht Karriere machen, bloß weil man zufällig die richtigen Leute kennt.« Sie war tatsächlich empört. »Es sollte doch immer darum gehen, wer der Beste ist. Die beste Schreibe, die tollsten Ideen für Geschichten, die besten Fragen in einem Interview – ich finde, darum sollte es gehen!«

»Du bist ganz schön naiv.« Fynn schob das letzte Stück Pizza in seinen Mund und wischte sich den Mund mit einer Serviette ab, bevor er nach der Kellnerin winkte, um einen Nachtisch zu ordern. »Ich finde, es geht immer und ausschließlich um Beziehungen. Und wenn man welche hat, dann sollte man sie nutzen! Meine Meinung.«

»Und wenn man keine hat? Dann hat man Pech gehabt?« Sie merkte selber, dass sie wütend klang.

»Quatsch. Dann muss ich eben ein bisschen härter arbeiten und den anderen die Chance geben, meine wahren Fähigkeiten zu erkennen.« Er sah bei diesen Sätzen so aus, als sei er sehr stolz über seine selbstgebackene Lebensphilosophie.

»Den anderen die Chance geben?« Anne prustete los. »Wenn man dich so reden hört, klingt es so, als wärest du Gottes Geschenk an den Journalismus.«

»Bin ich doch auch!« Dann senkte er seine Stimme. »Aber jetzt mal ehrlich: Wenn er schon nicht dein Patenonkel ist, dann steht aber trotzdem fest, dass Kuhn dich fördert. Hast du dich nie gefragt, warum?«

»Die Antwort ist ganz einfach: Er war mit meinen Eltern befreundet. Ich verstehe wirklich nicht, warum du immer weiter darauf herumreitest!«

»Loyalität über den Tod hinaus?« Jetzt lachte er. »Wer von uns beiden ist naiv? Ich wette, es steckt mehr dahinter.«

»Ich glaube, du leidest unter Verfolgungswahn. Manchmal sind die Dinge so einfach, wie sie scheinen. Da gibt es kein großes Geheimnis. Nicht einmal ein kleines!«

Fynn sah sich suchend nach der Kellnerin um. »Ich würde noch eins trinken – und du?« Er deutete auf sein leeres Bierglas.

Abwehrend hob Anne ihre Hände. »Bloß nicht. Ich muss nach Hause, meine arme Hündin wartet sicher schon auf mich. Außerdem bin ich müde.«

»Na dann ... ich bleibe noch ein bisschen. Bis Montag dann! Oder hast du diese Woche Sonntagsdienst?«

Anne legte das abgezählte Geld für ihr Bier auf den Tisch und stand auf. »Nein, zum Glück nicht.« Sie winkte ihm zu. »Dann noch einen schönen Abend. Und danke für die Begleitung.«

Auf dem Heimweg dachte sie noch kurz über den jungen Kollegen nach. Fynn war so überzeugt von sich, da hatten Selbstzweifel keinen Platz. Aber warum war er davon überzeugt, dass Kuhn sie bevorzugte? Warum weigerte er sich, an ihr Talent und ihren Fleiß zu glauben?

Sie war froh, als sie zu Hause war. Sie lief mit Tinka ihre übliche Runde und setzte sich dann noch mit einer Tasse Tee in der Hand unter ihren Baum.

War sie langweilig, weil sie an diesem Freitagabend nicht durch die Kneipen zog, sondern lieber mit ihrem Hund im Garten saß? Das mochte sein.

Aber ihr war es egal.

12

Ein Wochenende und drei Nächte voller Albträume später schleppte Anne sich am Montag wieder in die Redaktionskonferenz.

»Was steht für diese Woche an?«

Kuhn sah fragend in die Runde. Der Mann vom Sportressort erzählte etwas von einem Handballspiel und einem Halbmarathon. Anne erinnerte sich daran, dass sie vor ein paar Wochen noch davon geträumt hatte, an so einem Lauf teilzunehmen. Eine Hoffnung, die sie längst begraben hatte. Inzwischen waren ihre abendlichen Läufe immer häufiger zu einem gemütlichen Spaziergang geworden. Sie war abends einfach zu erschöpft, um Sport zu machen.

»Wie sieht es aus, Anne? Traust du dir das zu?«

Kuhn sah sie auffordernd an. Offensichtlich hatte er ihr eine Frage gestellt. Sie hatte nur keine Ahnung, welche.

»Ich ...«, stotterte sie los.

»Wenn Anne das nicht machen will, dann würde ich es gerne versuchen«, funkte in dieser Sekunde Fynn dazwischen. »Ich weiß, ich bin noch ganz neu hier – aber vielleicht ist es ja ganz erfrischend, dass ich die Interna hier in der Stadt noch nicht so genau kenne.«

»Ich fürchte, der Schritt von erfrischend zu dilettantisch wäre zu schnell gemacht«, erklärte der Chefredakteur in einem Ton, der keinen Widerspruch zuließ. »Anne soll heute Nachmittag auf den Termin beim Bürgermeister. Und dabei soll sie ihn gleich auf ein längeres Interview festnageln. Immerhin hat er bald die Hälfte seiner Amtszeit hinter sich, da wird es Zeit, ein erstes Fazit zu ziehen.« Er sah Anne in die Augen. »Und ich möchte nicht, dass er dabei seine üblichen Phrasen drischt, verstehst du mich? Bereite dich gut vor.«

Anne nickte. Termin. Bürgermeister. Vorbereiten. Das konnte ja so schwer nicht sein. Sogar dann, wenn man chronisch übermüdet war.

Der Rest der Konferenz zog an ihr vorüber wie in einem Nebel. Sie bemerkte, dass Fynn verzweifelt versuchte, irgendeine Aufgabe für sich zu gewinnen. Doch leider hatten weder die Kollegen vom Sport noch die von der Politik oder von der Wirtschaft etwas für ihn. Am Ende wurde ihm für diese Woche die Betreuung der Kinderseite übertragen. Anne konnte sich ein leises Feixen nicht verkneifen. Der Spitzenjournalist musste heute offensichtlich sehr kleine Brötchen backen.

Schon im nächsten Moment tat er ihr wieder leid. Es war bitter, wenn man unbedingt eine verantwortungsvolle Aufgabe übernehmen wollte und sich dann mit albernen Rätseln herumschlagen musste.

Etwas später saß Anne mit allen verfügbaren Unterlagen über den Bürgermeister der Stadt an ihrem Schreibtisch. Der Mann war jung, bei den Freien Wählern und hatte ein Podcast. Was gab es noch? Sie überflog alle Artikel, die bisher über ihn geschrieben worden waren, und suchte nach einem Haken, einem Widerspruch, bei dem sie ansetzen konnte.

»Da ist Besuch für Sie!« Eine Kollegin tauchte vor ihrem Schreibtisch auf, einen lächelnden Joris Seeger im Schlepptau. Er schien nicht im Geringsten verlegen zu sein. In der einen Hand hielt er eine Weinflasche, in der anderen eine dicke Mappe. »Ich habe mir gedacht, ich erzähle dir am besten hier in der Redaktion von meinem Projekt.«

»Duzen wir uns?«, fragte Anne etwas überrumpelt.

Aber Joris winkte nur ab. »Wir sind doch viel zu jung für solche Formalitäten. Hast du ein Glas? Oder sollen wir die Flasche lieber später köpfen?«

»Später!«, erklärte Anne entschieden. »Und ich habe im Moment wirklich keine Zeit, ich muss nachher noch …«

Zuhören schien nicht seine Stärke zu sein. Noch während sie redete, zauberte er zwei Gläser aus der Tasche, öffnete die Flasche und schenkte ein. »Zum Wohl!«

»Ich will nichts trinken. Ich habe keine Zeit. Auf Wiedersehen!« Ihre Stimme klang steif. Was bildete sich dieser Mann nur ein?

Aber er lachte immer noch, nahm selber einen Schluck aus seinem Glas. »Jetzt sei mal nicht so steif. Ich dachte, du freust dich, wenn ich dir meine Forschungsunterlagen persönlich vorbeibringe …«

»Ich freue mich tatsächlich, aber du musst es mir ein anderes Mal erklären, heute habe ich wirklich viel zu tun.«

»Alkohol am helllichten Tag? Hältst du das wirklich für eine gute Idee?« Die Stimme ihres Chefredakteurs ließ Anne herumfahren. Mit hochgezogenen Augenbrauen starrte er auf ihren Schreibtisch, auf dem die beiden gefüllten Gläser standen.

»Ein solches Verhalten in der Redaktion verbitte ich mir. Insbesondere wenn du wenig später einen Termin beim Bürgermeister hast. Was soll der denn denken? Dass meine Jungredakteure sich erst einmal Mut antrinken müssen, bevor sie sich auf einen Termin wagen? Eine Fahne bei einem Interview hat noch nie für mehr Vertrauen und Offenheit beim Gesprächspartner gesorgt, das kannst du dir für den Rest deines Berufslebens hinter die Ohren schreiben.«

Hastig griff Joris nach den beiden Gläsern und stieß dabei das eine um. Der Rotwein tropfte vom Schreibtisch auf den Boden und bildete sofort eine kleine Pfütze. »Ihre Redakteurin ist völlig unschuldig. Ich habe sie überfallen, und sie versucht mir seit fünf Minuten klarzumachen, dass ich hier nicht willkommen bin!« Verzweifelt wischte er mit der flachen Hand auf dem Schreibtisch herum, um die Ausbreitung der Weinlache zu verhindern. Ohne Erfolg.

»Du machst alles nur noch schlimmer!«, fauchte sie ihn an und fischte ein paar Taschentücher aus der Schublade. Mit zwei schnellen Bewegungen wischte sie alles auf. »Und jetzt verschwinde! Sofort!«

Etwas überrascht nahm Joris seine beiden Gläser – das volle und das leere – und seine angebrochene Flasche. »Entschuldigung, ich wollte dich nicht in Schwierigkeiten bringen. Ich dachte, das wäre eine tolle Idee ...« Er murmelte weiter Entschuldigungen vor sich hin, während er mit zerknirschtem Gesicht in Richtung Ausgang verschwand.

Kuhn schnaubte verächtlich. »Das will ich nie wieder sehen, hast du mich verstanden? Ich weiß, dass du Probleme hast. Aber Alkohol darf keine Lösung sein!«

»Ich habe doch gar nicht ...«, versuchte Anne sich zu

verteidigen, aber Kuhn hatte sich schon umgedreht und war wieder in sein Zimmer gestürmt. Ihre Verteidigung schien ihn nicht zu interessieren.

»Na, ein Fan?« Fynn grinste sie schräg von der Seite an.

»Kuhn? Wohl kaum!«

»Nein, nein, dein Besuch. Der wirkte doch sehr engagiert – und das alles nur, um mit dir zu reden.« Die Neugier stand Fynn ins Gesicht geschrieben.

Verlegen winkte Anne ab. »Nein. Er will mir nur seine Forschung erklären. Die ist auch wirklich ganz spannend, ich habe nur gerade keine Zeit für ihn.«

Warum nur versuchte sie Joris und seinen Überfall hier in der Redaktion zu verteidigen?

»Gib Bescheid, wenn dir die Sache mit dem Bürgermeister über den Kopf wächst«, sagte Fynn. »Ich kann das gerne für dich übernehmen, kein Problem!«

Kopfschüttelnd wandte Anne sich wieder ihren Unterlagen zu. »Keine Angst, wenn ich dich brauche, werde ich es dich wissen lassen. Bis jetzt ist das meine Sache, in Ordnung?«

Wie ein treuer Hund tauchte Fynn wieder an ihrem Schreibtisch auf, als sie aufstand, um ins Rathaus zu gehen. »Ich habe meine Kinderseite schon fertig – und Kuhn hat gemeint, ich darf dich begleiten. Er meint, ich kann von dir bestimmt einiges lernen.«

»Du kommst mit?« Unwirsch sah sie ihn an. »Ist dir eigentlich gar nichts peinlich?«

»Nein.« Er lächelte harmlos. »Ist doch besser, ich bin mit dir unterwegs, als dass ich hier in der Redaktion Löcher in die Luft starre.«

Sie schulterte den kleinen Lederrucksack, der ihr als

Handtasche diente. »Na dann, komm mit. Gegen Kuhn kann ich ja wohl kaum was sagen. Aber schön im Hintergrund bleiben, okay?«

»Großes Indianerehrenwort«, versicherte er und trabte neben ihr her.

Die Pressekonferenz war vorhersehbar langweilig, und Anne hatte einige Mühe, allen Punkten zu folgen. Wenn sie nur nicht so müde wäre, dann würde ihr einiges leichterfallen ... Es ging um die Ortsumfahrung, die Stromtrasse – keineswegs neue Themen.

Sie zwang sich dazu, Notizen zu machen, damit sie nachher an genau diese Punkte anknüpfen konnte. Und zuckte zusammen, als plötzlich eine bekannte Stimme aus der letzten Reihe erklang.

»Herr Bürgermeister, was können Sie denn konkret für die Ortsumfahrung tun? Wenn es kein Geld gibt, können Sie sich doch dafür einsetzen, solange Sie wollen – es wird nichts passieren. Außerdem habe ich gehört, dass die betroffenen Grundstücksbesitzer nicht bereit sind zu verkaufen.«

Anne fuhr herum. Sie hatte nicht einmal bemerkt, dass Fynn sich nach hinten gesetzt hatte. Noch mehr überraschte sie sein plötzliches Eingreifen.

»Für wen arbeiten Sie denn?«, fragte der Bürgermeister verblüfft.

»Donaupost«, lautete die knappe Antwort. »Fynn Foster.«

Ein kurzes Nicken und Stirnrunzeln, dann folgte eine Antwort über die Schwierigkeiten bei einem so großen Projekt und wie man sie zu bewältigen gedachte. Und dass man sich von Problemen auf keinen Fall abhalten lassen werde.

»Aber es ist doch richtig, dass Sie in Ihren Gestaltungsmöglichkeiten durch Finanzen und die Politik der Landesregierung sehr eingeschränkt sind?«, hakte Fynn nach.

Anne war jetzt hellwach. Am liebsten wäre sie im Erdboden versunken. Sie drehte sich um und warf Fynn einen drohenden Blick zu. Doch leider sah er nicht in ihre Richtung.

Wieder eine Antwort mit Verweis auf Machbarkeitsstudien, Zeitersparnis und Dringlichkeit.

Anne stand auf, setzte sich neben Fynn und zischte in seine Richtung: »Wenn du noch eine einzige Frage stellst, werde ich dafür sorgen, dass du in den nächsten Monaten nur noch die Kinderseite machst, ja? Klappe halten!«

Ein Lächeln war die Antwort. Als der Bürgermeister seine Ausführungen beendet hatte, schob Fynn gleich die nächste Frage hinterher, dieses Mal zum Thema Stromtrasse und Gesundheitsgefährdung und wie man das Ganze abwehren könne.

Der junge Bürgermeister schlug sich ganz wacker, während Fynn Foster sich wie ein kleiner Terrier benahm, der sich hartnäckig in seine Wade verbissen hatte.

Anne kam es vor wie eine Ewigkeit, bis die Konferenz endlich beendet war. Wie geplant ging sie nach vorne, um in einem persönlichen Gespräch einen Termin für ein längeres Interview zu vereinbaren.

»Grüß Gott, mein Name ist Anne Thalmeyer für die Donaupost.«

Die eine Augenbraue des Bürgermeisters wanderte nach oben. »Ich dachte, der junge Mann mit den vielen Fragen arbeitet für Ihre Zeitung?«

»Nein. Das heißt, doch. Er ist unser Volontär. Heute

durfte er mich begleiten und war vielleicht etwas übereifrig. Aber ich würde gerne einen Artikel über Ihre bisherige Amtszeit schreiben und mich dafür mit Ihnen treffen. Ist das möglich?«

»Sicher. Rufen Sie meine Sekretärin an, die macht einen Termin. Und ich möchte bitte wissen, ob Sie wieder einen Volontär mitnehmen. Vor allem dann, wenn es dieser Herr Foster ist.« Damit nickte er ihr zu und verschwand.

Einen Moment stand Anne da wie ein begossener Pudel, dann sammelte sie sich und marschierte in Richtung Ausgang.

Fynn kam lächelnd auf sie zu. »Ich habe mir gedacht, es schadet nicht, wenn ich ein paar Fragen stelle. Hat ja mit deinem Artikel nichts zu tun ...« Er lachte. »Und sonst hätte ich mich auf dieser öden Veranstaltung total gelangweilt.«

»Sag mal, was hat dich denn geritten? Erst ein paar provozierende Fragen stellen, und anschließend darf die liebe Anne beim Bürgermeister gut Wetter machen und um ein exklusives Interview bitten? Und das alles, damit du dich nicht langweilst? Weißt du, was du bist, Fynn? Ein egoistischer Idiot!«

»Du bist aber empfindlich.« Kopfschüttelnd sah er auf sie herunter – und Anne ärgerte sich, dass sie nicht größer war.

»Ich bin nicht empfindlich, ich bin professionell. Für dich ist das alles eine große Spielwiese. Hauptsache, du langweilst dich nicht ...«

Noch als sie die Redaktion betraten, beschimpfte sie ihn. Schon auf dem Flur kam Kuhn mit einem breiten

Grinsen auf sie zu. Genauer gesagt, kam er auf Fynn zu. »Ich habe gehört, was Sie gemacht haben. Das war zwar nicht der Auftrag – aber ich muss sagen: Respekt. Der Kollege, der mich angerufen hat, der hat mir sogar zu unserem Nachwuchstalent gratuliert. Endlich mal ein junger Mensch, der kein Blatt vor den Mund nimmt – das hat er gesagt. Also: Gratuliere zu Ihrem Einstand in der Kommunalpolitik.«

Anne blieb einen Augenblick lang der Mund offen stehen. Was hatte er da eben gesagt?

»Du findest es doch nicht etwa in Ordnung, was er gemacht hat?«, fragte sie schließlich.

»Doch, sicher«, meinte der Chefredakteur. »Es ist doch prima, wenn man etwas Leben in eine fade Pressekonferenz bringt. Du hast ja offensichtlich nichts gesagt. Zumindest ist dem Kollegen nichts aufgefallen.«

»Aber ich habe einen Termin gemacht. So war es doch abgesprochen ...« Sie war verwirrt.

»Na, dafür hättest du ja auch seine Sekretärin anrufen können. Hin und wieder muss man ein bisschen Alarm machen, Mädchen!« Er klopfte Fynn noch einmal auf die Schulter. »Gut gemacht. Sie begleiten Anne weiter bei den Recherchen. Zu zweit bringt ihr vielleicht eine richtig gute Sache auf den Weg.«

Fynn bedachte sie mit einem Blick, der wohl als »Siehst du!« zu deuten war und setzte sich wieder an seinen Schreibtisch.

Anne blieb einen Moment lang bewegungslos stehen. Sie war an einem einzigen Nachmittag von Fynn ausgebootet worden – und wusste immer noch nicht, wie ihr geschah.

13

Ihre Laune wurde keinen Deut besser, als Anne abends die Redaktion verließ und auf der gegenüberliegenden Straßenseite Joris entdeckte. Ganz im Gegenteil. Mit ihm hatte dieser idiotische Nachmittag schließlich angefangen.

»Was machst du hier?«, fuhr sie ihn an. »Hast du für einen einzigen Tag noch nicht genug angerichtet? Mein Chef hält mich jetzt nicht nur für unfähig, sondern auch noch für eine Alkoholikerin. Vielen Dank auch!«

Entschuldigend hob Joris die Hände. »Ich konnte doch nicht ahnen, dass ihr ein derart humorloser und trockener Haufen seid. Ich habe mir einfach nur überlegt, dass es ein bisschen zu sachlich rüberkommen könnte, wenn ich dir einfach meine Forschungsergebnisse und Unterlagen auf den Tisch lege. Es ist doch viel schöner, wenn man bei einem Glas Wein alles erklärt bekommt.«

»Und das Ergebnis ist, dass mich mein Chef jetzt für eine versoffene, pflichtvergessene Redakteurin hält!« Sie schaffte es nicht einmal, richtig sauer auf den jungen Wissenschaftler zu sein, denn mit einem Mal sah Joris ganz zerknirscht aus.

»Ich habe wohl nicht so viel Erfahrung mit den Umgangsformen in einem Büro«, bekannte er. »An der Uni war ich immer nur in einem Team von Studenten – da gab es kaum Regeln. Und wenn es welche gegeben hätte ...«

»Dann wäre es dir egal gewesen. Ich glaube, ich habe das Prinzip verstanden.« Anne sah ihn mit einem schiefen Lächeln an. »Und jetzt?«

Er zeigte ihr einen Plastikbeutel, den er über die Schulter trug. »Ich dachte, ich könnte dir alles noch mal in Ruhe erklären. Ich habe Brot und Käse besorgt. Wein haben wir ja schon. Wir könnten uns einen schönen Platz im Schatten suchen, und ich fange noch einmal von vorn an. Wir könnten einfach so tun, als ob das heute Nachmittag in deiner Redaktion nie passiert wäre.«

Bei so viel Hartnäckigkeit war Annes Widerstand fast gebrochen, aber eben nur fast. »Vergiss es. Erstens bin ich immer noch sauer wegen deines Überfalls. Und zweitens habe ich keine Zeit für dich: Zu Hause wartet nämlich meine Hündin. Ich habe sie in letzter Zeit viel zu sehr vernachlässigt. Es ist an der Zeit, dass ich mein normales Leben wieder aufnehme. Und dazu gehört nun einmal ein Abendspaziergang mit Tinka.«

Erfreut strahlte Joris sie an. »Ich kann das alles in einer knappen halben Stunde erklären – keine Sorge. Deine Tinka kann so lange warten. Die hat doch keine Uhr.«

»Ich will nicht!«, erklärte Anne entschieden. »Deinen Wein nicht und deine Kräuter nicht. Auch nicht deinen Käse oder dein Brot. Tu deinem Bruder damit einen Gefallen – oder von mir aus der ganzen Menschheit, aber lass mich damit in Ruhe.«

»Ich dachte, du hättest Spaß an ein bisschen Genuss ...« Joris sah sie einen Moment lang aus seinen hellen Augen an, und Anne bereute schon fast ihre ruppige Art. Was konnte Joris schon für Fynn und seinen rücksichtslosen Ehrgeiz?

Aber bevor sie noch etwas sagen konnte, war der Moment vorüber.

»Vielleicht habe ich mich aber auch geirrt«, fuhr er fort. »Wir sehen uns sicher wieder – und wenn dich doch interessiert, was ich mache: Du hast ja den Kontakt zu meinem Bruder. Der weiß, wo ich bin. Meistens zumindest.«

Er verschwand, bevor sie sich verabschieden konnte. War er etwa beleidigt? Achselzuckend ging sie nach Hause. Sie hatte im Augenblick wahrlich andere Probleme als einen beleidigten Kräuterforscher. Oder als was auch immer Joris sich bezeichnen mochte. Und trotzdem spürte sie den Rest des Abends ein feines Bedauern, sobald ihre Gedanken zu Joris wanderten. Und das taten sie häufiger, als ihr eigentlich lieb war.

Der nächste Tag brachte wenig Neues. Was auch immer sie an spannenden Aufgaben von Kuhn bekam: Fynn drängte sich unauffällig an ihre Seite und sorgte dafür, dass er die volle Aufmerksamkeit erhielt.

Selbst der Termin mit dem Bürgermeister schien sich auf die nächste Woche zu verschieben – nicht einmal an dieser Stelle konnte sie vor den anderen Redakteuren eine Erfolgsmeldung geben. Mit Mühe verkniff sie sich eine Bemerkung, dass diese Verzögerung sicher mit Fynns respektlosen Fragen zusammenhing.

Wenigstens an der Geschichte mit ihren Skeletten wollte sie allein arbeiten. Und so schlich sie am späten Dienstagnachmittag aus der Redaktion, um Lukas Marburg noch einmal zu treffen. Es konnte doch nicht sein, dass er keine Neuigkeiten für sie hatte. Drei Wochen nach dem Knochenfund sollte doch ein vorläufiges historisches Gutachten vorliegen.

»Leider nicht!«, erklärte Marburg. »Ich muss Ihnen auch die Hoffnung nehmen, dass wir hier noch etwas Aufregendes ans Licht bringen werden. Die beiden Menschen lebten zur Zeit des Dreißigjährigen Krieges, die Frau war schwanger, und beide wurden ermordet. Sehr viel mehr geben die Spuren nicht her, so leid es mir tut.«

»Aber das kann doch nicht alles sein. Vielleicht muss man nur noch einmal genauer hinsehen. Sich ein wenig mehr bemühen.« Sie sah ihn fast flehend an.

»Mit Fleiß und Genauigkeit können Historiker nicht unbedingt interessantere Ergebnisse erzielen. Es gibt Spuren, die werden einfach nicht größer, egal, wie lange man sie anstarrt.« Er zuckte mit den Achseln. »Unsere beiden Toten sind so ein Fall. Nur der Strauß mit dem Rosmarin könnte ein Hinweis darauf sein, dass mehr dahintersteckt, als man auf den ersten Blick ahnt. Es kann aber auch nichts bedeuten ...« Er seufzte. »Ich wünschte, ich könnte Ihnen mehr erzählen. Aber es gibt andere Dinge hier in der Stadt, die es genauso wert sind, dass man ihre Geschichte erzählt. Soll ich Ihnen etwas zeigen?« Er sah auf seine Uhr. »Ich hätte Zeit für einen kleinen Ausflug. Sie sehen aus, als könnten Sie dringend ein wenig Ablenkung von den beiden Skeletten gebrauchen.«

Auch wenn Anne wenig Lust auf einen Ausflug in die Geschichte der Stadt hatte, wollte sie den hilfsbereiten und freundlichen Professor nicht enttäuschen. Sie nickte also und bemühte sich um ein kleines bisschen Begeisterung. »Eine tolle Idee. Wo soll es hingehen?«

»Ins Kloster der heiligen Walburga. Sind Sie dort schon einmal gewesen?« Er sah sie fragend an.

»Als Eichstätterin weiß ich natürlich, wo die Abtei St. Walburg liegt – die Innenansicht der Klosterkirche habe ich aber immer den Touristen überlassen. Mit Heiligen hatte ich es nie so. Meine Eltern auch nicht, und ehrlich gesagt finde ich den Barockstil auch ziemlich scheußlich.« Sie zog eine Grimasse.

»Sie werden sehen, es ist sehr viel spannender, als Sie denken.« Er nahm seine Jacke und machte eine einladende Geste, damit sie ihm folgte.

Anne lief ihm mit wachsendem Widerwillen hinterher. Bei einer Klosterbesichtigung kam sie ihrer saftigen Geschichte über das Paar aus dem Dreißigjährigen Krieg bestimmt keinen Zentimeter näher. Immerhin konnte sie Lukas Marburg ihren guten Willen beweisen.

Es dauerte nicht lange, bis sie vor der Abtei standen. Anne wusste, dass eine der Türen direkt in die zweistöckige Gruft der heiligen Walburga führte. Trotzdem hatte sie noch nie einen Fuß hinter die Mauern gesetzt.

Als sie zum ersten Mal in die Gruftkapelle kam, verschlug es ihr für einen Moment den Atem. Was sie dort sah, überstieg ihr Vorstellungsvermögen. Krücken, in Wachs nachgebildete Arme und Beine sowie unzählige größere und kleinere Bilder sorgten dafür, dass man die eigentliche Wand nicht mehr sehen konnte.

Lukas Marburg war in seinem Element. »Hier sehen Sie die Dankesgaben, die die Geheilten hinterlassen haben. Seit fast tausend Jahren holen sich die Kranken und Gebrechlichen hier das sogenannte Walburgisöl ab und werden als Lohn für ihren Glauben geheilt. Oder vielleicht durch ihren Glauben – ich fürchte, das ist schwer festzustellen.«

»Ich finde es unheimlich hier«, bekannte Anne. Unbehaglich sah sie sich um. »Diese ganzen Körperteile – das sieht doch aus wie ein makabres Kuriositätenkabinett.«

»Dann zeige ich Ihnen erst einmal den Rest des Klosters. Es wird höchste Zeit, dass Sie von Ihrer Heimat mehr kennenlernen als nur die Innenstadt. Sie leben in einem so geschichtsträchtigen Ort und haben kaum eine Ahnung davon.« Er schüttelte den Kopf. »Aber das ist wahrscheinlich ein weltweites Phänomen. Die Sehenswürdigkeiten werden von Touristen und Gästen besucht, selten von den Einheimischen.«

Lukas Marburg deutete lässig auf ein golden und silbern verziertes Türchen. »Dahinter befindet sich der Steinsarkophag mit den Gebeinen der heiligen Walburga. Hier stammt übrigens das Öl her, von dem ich vorhin erzählt habe. Unter dem Steinsarkophag sammelt sich im Winterhalbjahr eine Flüssigkeit, die angeblich aus den Knochen der Heiligen stammt.«

»Dieses Wunderöl tropft tatsächlich aus den Knochen?«

»Na ja, vielleicht ist es auch Kondenswasser, was weiß ich. Was hier wirkt, ist bestimmt der Glaube an die magische Wirkung. Sie wissen doch: Glaube versetzt Berge und kann Krankheiten besiegen.«

Sie nickte nur und folgte ihm durch das Kloster.

Bis sie wie angewurzelt stehen blieb und die terrassenartig angelegten Beete anstarrte. »Das kenne ich!«, rief sie aus. »Das muss der Klostergarten sein!«

»Richtig.« Lukas nickte. »Sie waren also doch schon einmal hier?«

»Nein, das war ...« In letzter Sekunde schluckte Anne herunter, was ihr eigentlich auf der Zunge gelegen hatte. Diese Kräuterbeete hatte sie unter Hypnose gesehen, als sie eine Nonne in einem Klostergarten gewesen war und sich mit einer ungehorsamen Novizin unterhalten hatte. Nur das Kloster selbst war kleiner gewesen und hatte etwas anders ausgesehen.

»Vielleicht habe ich so einen ähnlichen Garten mal auf einem Foto gesehen«, versuchte Anne abzuwiegeln. »Alle Klöster haben doch einen solchen Garten, oder etwa nicht?«

Lukas Marburg nickte. »Zumindest enthielt der St. Gallener Klosterplan, der für alle Benediktinerklöster den Grundriss vorgab, einen Klostergarten.« Er sah sie noch einen Moment lang forschend an und schien dann einen Entschluss zu fassen. »Kommen Sie mit. Im Klosterladen werden Sie noch eine Überraschung erleben.«

Ohne auf ihre Antwort zu warten, ging er vor ihr her in den Laden. Rosenkränze, Postkarten, Kreuze. Sosehr Anne sich auch umsah: Hier gab es nichts, was auch nur im Geringsten überraschend war.

Fragend drehte sie sich zu Marburg um. »Und? Was ist die Überraschung? Dass die Führung in den Barock endlich zu Ende ist? Herzlichen Dank, es war wirklich sehr lehrreich. Aber was hat es mit meinen Skeletten zu tun?«

In diesem Augenblick kam ein blondes Mädchen mit langen Zöpfen in den Laden und wandte sich an die junge Schwester, die an der Kasse stand. »Meine Oma ist krank und meinte, dass es ihr mit dem Walburgisöl sicher besser gehen würde. Könnte ich das bitte haben?«

Fasziniert beobachtete Anne, wie die Ordensschwester

in eine Lade griff und ein kleines Fläschchen zutage förderte. Ein Ritual, gelebt seit einem knappen Jahrtausend – und es kam ihr so unendlich vertraut vor. Sie erinnerte sich an ihre eigene Hand, die genau dieses Öl in einer winzigen Phiole einem Mann überreicht hatte, der wahrscheinlich ebenso wenig daran glaubte wie dieses bezopfte Mädchen. Der ihr erklärt hatte, dass ein wenig mehr Hygiene sicher besser wirkte als dieses Wasser ...

Das Mädchen nahm die kleine Flasche in Empfang, steckte ein Geldstück in eine Spendenbox und verschwand so schnell, wie es gekommen war.

»Es gibt Rituale, die noch immer fest im Volk verankert sind und die ganz sicher auch für unser knochiges Pärchen eine Rolle gespielt haben«, erklärte Lukas Marburg. »Wir wissen, dass sich schon die Menschen im Dreißigjährigen Krieg das Walburgisöl gegen ihre Gebrechen geholt haben. Vielleicht ist ja auch unsere junge Braut ins Kloster gekommen, als sie noch dachte, die morgendliche Übelkeit sei eine Krankheit, bei der ihr die Kräfte der Walburgis beistehen könnten? Ist das nicht eine unglaubliche Vorstellung?«

»Das stimmt«, meinte Anne unkonzentriert. Sie musste die ganze Zeit daran denken, dass sie unter Hypnose offensichtlich einen Ort zusammenfantasiert hatte, von dessen Existenz sie nichts gewusst hatte. Sie konnte doch nicht schon wieder eine Dokumentation dafür verantwortlich machen, die sie in ihrem Unterbewusstsein abgespeichert hatte. Wie viele historische Fernsehdokus schaute sie sich denn an? Oder hatte sie früher einmal in Heimatkunde von diesem Ölwasser gehört? Das war die einzige Möglichkeit, die ihr einfiel.

Lukas Marburg war zu intelligent, um ihre Verwirrung nicht zu bemerken. Er legte ihr die Hand auf den Arm und sah ihr in die Augen. »Was ist denn? Ist Ihnen nicht gut? Der viele Weihrauch kann tatsächlich hin und wieder ganz schön ...«

Etwas unwirsch schüttelte Anne ihn ab. »Alles in Ordnung. Neuerdings schlafe ich nicht so gut. Offensichtlich geht mir das auf den Kreislauf. Bitte entschuldigen Sie, wenn ich etwas abwesend wirke, aber ich muss dringend wieder an die frische Luft! Diese alten Mauern geben mir wirklich den Rest.«

Sie ging, so schnell sie konnte, hinaus auf den Platz. Hier atmete sie tief durch.

Lukas Marburg war hinter ihr hergelaufen und stellte sich neben sie. »Wie gesagt, der Weihrauch kann bei manchen Menschen ein beengendes Gefühl auslösen ...«

»Ich fürchte, ich bin im Moment nicht in der richtigen Verfassung für weitere alte Geschichten. Sonst gern, aber im Augenblick scheine ich zu sensibel für so etwas zu sein.«

»Kein Problem.« Lukas Marburg sah sie eindringlich an. »Für sensiblere Naturen kann so ein Ausflug in die Vergangenheit schon mal verwirrend sein. Obwohl ich Sie irgendwie anders eingeschätzt hätte ...«

»Am besten gehe ich heute mal richtig früh ins Bett«, erklärte Anne. »Noch mal vielen Dank für den Ausflug und die Privatführung! Das nächste Mal bin ich bestimmt aufmerksamer, versprochen!«

Sie winkte ihm zum Abschied zu, bevor er noch etwas sagen konnte. Was sollte er nur von ihr denken? Eine völlig verwirrte Frau, die vom Anblick eines alten Klostergartens in die Flucht geschlagen wurde? Und dann auch noch unhöflich auf seine Sorge reagierte.

Sie ärgerte sich über sich selbst, während sie langsam durch die Altstadt nach Hause lief. Was sollten nur diese plötzlichen, völlig irrationalen Reaktionen? Das passte doch gar nicht zu ihr.

14

Lange vor dem ersten Morgenlicht unternahm Anne ihren Spaziergang mit Tinka. In ihrem Bett warteten nur die Geister, die sie inzwischen viel zu gut kannte. Dann war sie lieber unterwegs und sah sich vom Galgenberg aus den Sonnenaufgang an. Tinka ging brav an ihrer Seite und ließ es sich keine Sekunde anmerken, dass sie diese frühmorgendlichen Spaziergänge merkwürdig fand. Im Gegenteil: Die Hündin schien es zu genießen. Sie rannte voraus und schnüffelte auf der Fährte von irgendwelchen Nachttieren.

Es war hell, als Anne nach Hause kam und versuchte, sich mit einer eiskalten Dusche für den Tag fit zu machen. Sie konnte es sich nicht leisten, müde und abgespannt durch die Redaktion zu laufen.

»Der Termin mit dem Bürgermeister findet jetzt doch schon heute Nachmittag statt!« Die Redaktionsassistentin strahlte Anne so freundlich an, als hätte sie diesen Termin eigenhändig möglich gemacht. »Das Büro des Bürgermeisters hat sich gerade eben gemeldet. Ich kann der Kollegin dort doch sagen, dass das in Ordnung geht, oder?«

»Ja, sicher!« Anne schnappte sich den Zettel mit der Nachricht. Heute um 16:00 Uhr, im Büro des Bürgermeisters.

»Ich habe auch gleich Bescheid gegeben, dass unser Volontär Fynn Foster mit von der Partie ist. Ich hatte nicht das Gefühl, dass er etwas dagegen hat!«

Die Frau strahlte sie weiter an. Anne nickte und zwang sich zu einem fröhlichen »Danke. Das wird mit Fynn bestimmt sehr spannend!«.

Kaum saß sie an ihrem Schreibtisch, tauchte Fynn auf und setzte sich ohne Hemmungen direkt neben ihre Tastatur. »Sollen wir unsere Fragen aufeinander abstimmen? Du gibst die erfahrene Journalistin, ich den jugendlichen Draufgänger? Das könnte richtig spannend werden! So wie in den Krimis – böser und guter Cop und so.«

»Sag mal, hast du schon mal darüber nachgedacht, wie alt ich bin? Die supererfahrene Journalistin kriege ich auch nicht hin: Mein Volontariat ist doch erst seit ein paar Wochen zu Ende, schon vergessen?« Sie sah auf ihren Bildschirm. Vielleicht löste sich dieser lästige Typ einfach in Luft auf, wenn sie ihn nur lange genug ignorierte.

Ihre Hoffnung wurde nicht erfüllt.

»Also, was ist dein Vorschlag für unseren Auftritt beim Bürgermeister?« Es schien so, als hätte Fynn ihr nicht zugehört.

Seufzend schob Anne ihren Schreibtischstuhl nach hinten und wandte sich an Fynn. »Mein Plan ist ganz einfach. Du hältst dich dieses Mal an den ursprünglichen Plan. Du hörst zu, wie ich ein Interview mache, und hältst dabei die Klappe. Meinst du, du schaffst das dieses Mal?« Während sie sprach, sah sie ihm eindringlich in die Augen.

»Aber dann ist doch der ganze Witz dahin. Ich denke, Kuhn hat mich mitgeschickt, damit ich den jungen Wilden gebe. Du bist doch viel zu bieder, um auch nur irgendetwas Ungewöhnliches herauszubringen.«

»Bieder?« Sie spürte, wie die Wut in ihr aufstieg. »Weil ich nicht will, dass du auf meinem Schreibtisch sitzt, findest du mich bieder? Weil rotziges Fragen nicht mein Stil ist, bist du der Meinung, dass du einfach alles darfst? Frechheit siegt – ist das dein Motto?«

So langsam, dass sein Widerwille nicht zu übersehen war, stand Fynn auf und schlenderte zu seinem Schreibtisch zurück. »Schauen wir mal«, murmelte er dabei.

Anne zog es vor, so zu tun, als hätte sie ihn nicht gehört. Anfangs hatte sie seine selbstsichere Art ja irgendwie anziehend gefunden. Jetzt hätte sie Fynn am liebsten auf eine große Reportage in irgendein großes Kriegsgebiet geschickt – eines, von dem er mehrere Jahre nicht zurückkehren konnte und wo er bei dem einen oder anderen Kriegshelden im Gefängnis landete.

Natürlich schämte sie sich sofort für diesen Gedanken. Schließlich wollte sie keinem Menschen etwas Böses wünschen. Könnte Fynn nicht einfach … verschwinden?

Er folgte ihr wie ein treuer Hund, als sie das Büro am Nachmittag verließ. Ein treuer, schweigender Hund.

Der Bürgermeister begrüßte sie und betrachtete neugierig Annes Begleiter. »Na, Sie hatten bei der Pressekonferenz aber viele Fragen!« Seine Stimme klang leicht tadelnd.

Fynn setzte sein freundlichstes Lächeln auf. »Ich habe ja bisher noch nicht so häufig die Gelegenheit gehabt, bei einer Pressekonferenz dabei zu sein. Da wollte ich gleich alle Fragen loswerden, die ich so habe. Ich hoffe, es war Ihnen nicht unangenehm? Dann muss ich mich entschuldigen …«

»Nein, nein, fragen Sie nur. Dafür sind diese Termine ja da. Was haben Sie denn heute auf dem Herzen?« Er sah den Volontär aufmerksam an.

Entsetzt bemerkte Anne, dass ihr Fynn die Zügel aus der Hand genommen hatte, ohne dass sie es bemerkt hatte. Plötzlich schien er das Interview zu führen. Und er zögerte nicht, einen Notizblock aus seiner Tasche zu kramen und nach einem Blick auf einen vollgeschriebenen Zettel mit der ersten Frage loszulegen: »Wie sieht Ihre persönliche Bilanz nach der halben Amtszeit aus?«

Anne spürte, wie ihr heiß wurde. Das war ihre eigene erste Frage. Wie konnte es sein, dass Fynn sich genau dieselbe Frage zurechtgelegt hatte? Und: Warum hatte er überhaupt Fragen vorbereitet?

»Einen Augenblick noch«, fuhr sie dazwischen, bevor der Bürgermeister überhaupt antworten konnte. Sie legte das Aufnahmegerät auf den Tisch. »Sie haben doch sicher nichts dagegen, dass wir das Gespräch aufzeichnen, oder? Dann gibt es später weniger Missverständnisse.«

»Kein Problem«, winkte der Bürgermeister ab. Dann wandte er sich wieder an Fynn und gab ihm eine ausführliche Antwort.

Jetzt wäre der Augenblick, in dem Anne dazwischengehen sollte. Sie sah in ihren Block und hörte, wie Fynn gerade die nächste Frage von ihrer Liste stellte, bei einem Missverständnis nachhakte und dann mit dem Stadtoberen lachend zur nächsten Frage überging.

Sie saß daneben wie ein Schulmädchen, starrte auf ihren eigenen Zettel und konnte vor Wut kaum die Buchstaben erkennen. Es ging um Ortsumfahrungen, Internet und Bürgerbeteiligung, und Fynn fragte immer wieder jugendlich forsch nach irgendwelchen Fachbegriffen.

Sie schüttelte den Kopf und zwang sich, endlich in das Gespräch einzusteigen.

»Was wollen Sie gegen die hohen Wohnungspreise für die Studenten ...«, setzte sie an, aber der Bürgermeister hob kurz die Hand. »Einen Augenblick noch, ich würde gerne den Gedanken mit Ihrem Kollegen zu Ende führen ...«

Während er weiterredete, vermittelte Fynn ihr mit einem kurzen Blick, dass sie sich jetzt bitte nicht einmischen sollte.

Anne war wütend wie selten. »Herr Foster, würden Sie sich jetzt bitte zurückhalten?«, unterbrach sie ihn schließlich und warf dem Bürgermeister einen entschuldigenden Blick zu. »Er ist erst seit wenigen Tagen Volontär bei uns, da sollte er nicht alle Fragen stellen, oder?«

»Aber das ist doch ganz erfrischend«, meinte der Bürgermeister lachend. »Geben Sie dem jungen Mann eine Chance! Außerdem hat er sich doch offensichtlich gut vorbereitet.« Damit wandte er sich wieder Fynn zu und beantwortete gleich die nächste Frage, die wie alle anderen von Annes Liste stammte.

Ihr dritter Vorstoß endete ebenso ergebnislos wie ihre ersten beiden – und nur wenig später kam die Sekretärin herein, deutete etwas theatralisch auf ihre Armbanduhr und erzählte etwas von einem Folgetermin.

Mit einem bedauernden Gesicht sprang der Stadtobere auf, breitete seine Hände aus und erklärte: »Ich hätte mich so gerne weiter mit Ihnen unterhalten. Ihre Fragen haben mir gezeigt, dass Sie im Journalismus eine große Karriere vor sich haben.«

»Vielen Dank, dass Sie auf alles so offen geantwortet haben«, entgegnete Fynn strahlend und sah wieder ganz aus wie der perfekte Schwiegersohn. Dann griff er nach

Annes Diktiergerät, schaltete es aus und steckte es routiniert in die Tasche, während er sich verabschiedete.

Schweigend gingen sie durch die Gänge des Rathauses.

»Du sagst ja gar nichts?«, bemerkte Fynn, als sie auf die Straße traten. Seine Stimme klang so harmlos, als wäre nichts Außergewöhnliches geschehen.

»Was soll ich schon sagen?«, fauchte Anne ihn an. »Du hast alles an dich gerissen und dabei sogar meine Fragen gestellt. Keine Ahnung, wie du da rangekommen bist!«

»Das musst du mir erst einmal nachweisen«, konterte Fynn und grinste sie an. »Wenn du dasitzt wie ein versteinerter Fisch und keinen Ton herausbringst, muss Kuhn doch froh sein, dass ich etwas vorbereitet habe. Meinst du nicht?«

»Du linke Ratte!«, entfuhr es Anne. »Du hast alles an dich gerissen, und ich habe mich bemüht, vor dem Bürgermeister keinen Streit anzufangen. Das hätte doch nur dem Ruf der Zeitung geschadet!«

»Quatsch. Dir ist nichts eingefallen, und heimlich warst du erleichtert, dass ich dir aus der Patsche geholfen habe!« Er lachte. »Jeder weiß doch, dass Anne gerade etwas durch den Wind ist. Gut, dass der kleine Fynn die Kohlen aus dem Feuer geholt hat ...«

Kaum waren sie in der Redaktion angekommen, ging Fynn mit energischem Schritt in Richtung Chefredaktion.

»Du wirst doch nicht etwa ...«

Doch er war schon in Kuhns Büro verschwunden, und Anne blieb nichts anderes übrig als hinterherzurennen.

Fynn legte stolz das Aufnahmegerät auf den Tisch, während Kuhn von einem zum anderen blickte. »Was wollt ihr beiden denn von mir?«

»Frau Thalmeyer hat mich zum Interview mit dem Bürgermeister mitgenommen. Zum Glück, denn irgendwie hatte sie einen totalen Aussetzer. Ich hatte zum Spaß ein paar Fragen vorbereitet ... Hören Sie sich das doch mal an. Vielleicht kann man das ja verwenden?« Fynn sah ihn so harmlos an, dass Anne ihm seine Geschichte fast selbst geglaubt hätte.

»Das ist doch Blödsinn!«, fuhr sie ihn an. »Du hast dafür gesorgt, dass ich nicht zu Wort gekommen bin ... Es ist eine Frechheit, wenn du jetzt von einem Aussetzer redest. Ich war voll da, und du hast auch noch die Fragen gestellt, die *ich* vorbereitet hatte. Du musst sie von meinem Schreibtisch gestohlen haben. Und das Diktiergerät gehört auch mir!«

Sie klang wie eine keifende Marktfrau, und so sah es wohl auch der Chefredakteur.

»Er hat deine Fragen gestellt und dich nicht zu Wort kommen lassen? Anne, das klingt ziemlich unwahrscheinlich. Herr Foster als Volontär wird kaum in der Lage gewesen sein, dich auszubooten. Was ist denn wirklich passiert?« Er sah sie mit hochgezogenen Augenbrauen an und wartete auf eine Antwort.

»Es war genau so, wie ich es eben gesagt habe!«, wiederholte Anne. »Er hat meine Fragen geklaut und sie eine nach der anderen gestellt, und ich bin nicht zu Wort gekommen.«

Fynn schüttelte den Kopf. »Anne, es ist doch nicht schlimm, wenn man mal einen Blackout hat. Jeder hier weiß, dass du im Moment gesundheitliche Probleme hast.

Sieht man dir auch an, wenn ich das mal so sagen darf. Ich bin einfach eingesprungen, dafür sind wir doch Kollegen ...«

Anne sah in sein freundlich grinsendes Gesicht und hätte ihm am liebsten eine Ohrfeige verpasst. Aber dann würde sie endgültig als hysterisch gelten. Seinen Vorwurf würde sie allerdings nicht auf sich sitzen lassen.

»Das stimmt so nicht.« Sie zwang sich, tief zu atmen, damit ihre Stimme ruhiger klang. »Du und ich, wir wissen, dass du dich nicht an deine Rolle gehalten hast. Frechheit siegt, hast du dir gedacht. Du tust doch alles, damit du möglichst schnell eine richtig tolle Geschichte hast ...«

»Bitte, liebe Anne«, unterbrach Kuhn sie. »Du bist in diesen Tagen in der Tat etwas angegriffen. Ich möchte nicht, dass ihr euch hier wie die Marktweiber streitet – also werde ich mir das Band anhören und dann entscheiden, wie wir weiter vorgehen. Meine Entscheidung wird dann ohne Widerrede von euch akzeptiert. Habt ihr verstanden? Alle beide? Dann geht jetzt bitte an eure Schreibtische und beruhigt euch. Vor allem du, Anne.«

Mit gesenktem Kopf schlich Anne an ihren Schreibtisch. Sie wusste, was auf dem Band zu hören war. Ein souveräner Fynn und eine Anne, die hin und wieder etwas dazwischenstammelte.

So überraschte es sie wenig, als nur eine knappe Stunde später eine Mail von Kuhn in ihrem Postkasten landete.

»Liebe Anne, du kannst wirklich froh sein, dass Fynn dir bei diesem Termin beigesprungen ist. Ohne ihn wäre das eine peinliche Angelegenheit für die gesamte Redaktion geworden. Ich werde ihn mit der Geschichte über den Bürgermeister betrauen – und dich möchte ich bitten, ein paar Tage Urlaub zu nehmen, bis du deine Probleme wieder im Griff hast. Für die nächsten Tage will ich dich nicht in der Redaktion sehen – dafür mache ich mir zu große Sorgen um deine Gesundheit. Wenn du jemanden zum Reden brauchst, dann kannst du dich immer gerne an mich wenden.«

Es folgten die üblichen Grüße, das war's. Anne starrte auf den Bildschirm und spürte, wie ihr die Tränen in die Augen schossen. Dieser Volontär hatte gerade mal drei Wochen benötigt, um sie komplett auszubooten. Und sie war in ihren Gedanken an die schlimmen Albträume und die beiden Skelette versunken und daher völlig wehrlos gewesen. Sie hatte sich bei diesem Termin vorführen lassen wie ein kleines Kind.

Langsam packte sie ihre Unterlagen zusammen und stopfte sie in ihre große Tasche. Dabei ging sie alle ihre Schubladen durch und sah sich genau an, was sie noch mitnehmen wollte.

Überrascht entdeckte sie in der untersten Schublade den Ordner, den sie einst über den Tod ihrer Eltern angelegt hatte. Sie hatte völlig vergessen, dass er hier in der Redaktion lag, und hatte auch schon länger keinen Blick mehr auf diese Papiere geworfen.

Nun griff sie nach dem Ordner und schlug ihn auf.

Merkwürdig.

Die Papiere lagen völlig ungeordnet darin herum, kein einziges Blatt war eingeheftet. Langsam sortierte sie die Unterlagen wieder. Den Unfallbericht der Polizei, die Berichte der Ärzte, die Artikel, die damals in der Zeitung erschienen waren. Das Post-it, das an jenem Morgen an ihrer Frühstückstasse geklebt hatte, mit der Schrift ihrer Mutter. »Ich wünsch dir einen schönen Tag.« Dahinter ein Smiley. Drei Stunden später war sie tot gewesen.

Warum war das alles so durcheinander? Sie hatte die Papiere ganz sicher nicht so achtlos in den Ordner geworfen, um ihn dann in der untersten Schublade zu vergessen. Aber wer sollte sich schon für so etwas interessieren?

Einen Moment lang sah sie zu Fynn hinüber. Einem Typen, der die Fragen für ein Interview aus dem Schreibtisch klaute, konnte man fast alles zutrauen. Aber was sollte ihn der Autounfall ihrer Eltern interessieren? Es gab nichts Spannendes daran. Ihr Vater war offensichtlich recht schnell gefahren, hatte einen Moment lang nicht aufgepasst und war dann auf einer Kreuzung in einen Laster gerast.

Im Ordner lagen auch die Kondolenzschreiben, die sie erhalten hatte. Von den wenigen Bekannten der Eltern, von den Arbeitgebern, den Verwandten, die damals noch gelebt hatten, und ein paar offiziellen Stellen. Sogar ihr jetziger Chef hatte ihr seinerzeit ein paar Zeilen geschrieben. Ähnliche Worte wie heute: »Wenn du mal jemanden zum Reden oder Hilfe brauchst: Du sollst wissen, dass ich immer für dich da bin.«

Lächelnd klappte Anne den Ordner wieder zu. Dieses Versprechen hatte er immerhin gehalten. Jetzt musste sie nur dafür sorgen, dass sie selbst sein Vertrauen in ihr Talent und ihre Fähigkeiten wiederherstellen konnte.

Sie steckte die Unterlagen in ihre große Handtasche, schaltete den Computer aus und machte sich auf den Heimweg. An Fynns Schreibtisch blieb sie kurz stehen.

»Wir wissen beide, dass du dich heute wie ein Arschloch benommen hast. Aber du bist noch zwei Jahre lang Volontär – und ich werde dich spüren lassen, was es bedeutet, nur der Lehrling zu sein!« Dabei funkelte sie ihn böse an.

Die Antwort war ein sorgloses Lächeln. »Da mache ich mir aber gleich in die Hose! Du hast ja heute schon gezeigt, was du unter einer echten Harke verstehst. Heul weiter, Mädchen. Das hier ist ein Job für echte Jungs!«

Damit sah er wieder konzentriert auf seinen Bildschirm und tippte weiter das Interview ab.

Das Interview mit ihren Fragen.

Wütend ging Anne nach Hause. An einem Abend wie diesem würde sie die doppelte Strecke laufen müssen, um sich wenigstens ein kleines bisschen zu beruhigen.

15

Bei Sonnenaufgang war sie wieder in ihrem Garten und trank den dritten Tee unter ihrem Apfelbaum. In dieser Nacht waren die Träume wieder besonders blutig und lebhaft gewesen. Aufgewacht war sie erst, kurz bevor sie endgültig den wütenden Hieben der Angreifer erlegen war. Noch jetzt konnte sie den Schweiß und den Mundgeruch des schmutziggrauen Mannes riechen.

Sie nippte an dem heißen Tee. Es mochte ja sein, dass diese Kräuter nichts gegen die Albträume bewirkten – aber immerhin konnte sie ihre zitternden Finger um die heiße Tasse legen und sie so etwas ruhiger halten. Und heute konnte sie sich nicht einmal mit der Arbeit in der Redaktion ablenken.

Leise winselnd drückte Tinka ihre Schnauze in ihre Seite. Klar, auch die Hündin merkte, dass Annes Leben im Moment völlig aus der Spur lief.

»Was denkst du, Tinka? Sollen wir heute vielleicht mit dem Projekt ›Mein Garten soll schöner werden‹ weitermachen? Wäre ja schade, wenn ich diesen Zwangsurlaub nur mit Grübeln verbringen würde ...«

Entschlossen stellte sie die Tasse auf das Holztischchen und griff nach der kleinen Hacke, die sie im Schuppen gefunden hatte. Die Ratgeber hatten ihr erklärt, dass regelmäßiges Hacken dafür sorgte, dass man weniger gießen musste. Und die Kräuter sollten jetzt, wo sie von den

Überwucherungen befreit waren, doch alle wieder schön wachsen.

Die Hacke lag in der Hand, als hätte sie nie etwas anderes gemacht. Schon bald erfüllte der Geruch von Salbei und Thymian die Luft. Mit einem Mal erinnerte sie sich wieder an den Rosmarinstrauch im Wald. Sie beschloss, ihre freie Zeit zu nutzen, um den Strauch auszugraben und in ihren Garten zu bringen.

Ohne lange nachzudenken, steckte sie eine kleine Schaufel in ihren Rucksack, schnappte sich ihr Fahrrad und pfiff nach Tinka. »Komm, Süße! Frühstücken können wir auch, wenn wir wieder nach Hause kommen. Aber in ein paar Wochen kann ich diesen Strauch garantiert nicht mehr finden. Und ich wette, dass er sehr viel robuster als die üblichen Exemplare aus dem Gartencenter ist.«

Gemeinsam machten sie sich auf den Weg. Das Fahrrad holperte über den Waldweg, aber schließlich fand Anne die richtige Stelle. Vorsichtig lockerte sie mit der Schaufel den Boden und grub dann den Strauch aus. Sie bemühte sich, seine Wurzeln möglichst wenig zu verletzen. Tatsächlich schien es ihr, als ob sich die Pflanze besonders leicht aus dem Erdreich lösen würde – als wäre sie froh, den Wald verlassen zu dürfen.

Behutsam steckte sie den Strauch in den Rucksack. Ein großer Teil blieb im Freien – und als sie die Tasche schulterte und wieder nach Hause fuhr, war sie geradezu von einer Rosmarinduftwolke umgeben.

Anne grinste. Wenn Joris recht hatte, dann sorgte sie in diesem Augenblick dafür, dass ihr Gehirn besser arbeitete als jemals zuvor.

Spontan beschloss sie, am Spätnachmittag ein Rosmarinhühnchen zuzubereiten. Ein so feines Essen würde sie bestimmt auf andere Gedanken bringen.

Auf dem Heimweg vom Metzger stattete sie der Bäckerei noch einen Besuch ab. Sie war inzwischen hungrig geworden und freute sich auf eine knusprige Semmel und eine Tasse Kaffee. Tinka musste sich mit ein wenig Trockenfutter zufriedengeben.

Nach dem Frühstück grub sie ein Loch in ihr Kräuterbeet und pflanzte den Rosmarin neben den Salbei ein. Anne lächelte bei dem Anblick. Der Strauch war ein echtes Schmuckstück in ihrem Beet.

Als sie mit den Kräutern fertig war, holte sie beherzt den Rasenmäher ihrer Eltern aus dem Schuppen. Kein Gerät, das mit Benzin oder gar Strom funktionierte. Nein, dieser einfache Handmäher war nur von einer Kraftquelle abhängig: ihrer eigenen Muskelkraft. Versuchsweise schob sie ihn über den Rasen. Die Trommel mit den scharfen Messern drehte sich nur widerwillig. Vor die Arbeit hatte die Natur eine ordentliche Reinigung und einige Tropfen Öl gestellt. Anne wischte, polierte, ölte – und legte dann erneut los. Die Mäherei war sehr viel anstrengender, als sie jemals angenommen hatte. Kein Wunder, dass ihre Mutter keinen Sport gemacht hatte. Das Mähen des Rasens alle paar Wochen hatte ihr wahrscheinlich voll und ganz gereicht.

Konzentriert zog sie ihre Bahnen und achtete fein säuberlich darauf, dass sie über den Rand der Beete wuchernde Pflanzen mit kappte. Dabei hob sie nicht ein einziges Mal den Blick vom Boden – und war völlig überrascht, als ein heller Blitz aufleuchtete und im nächsten Moment ein tiefes Donnergrollen folgte. Sekunden später klatschte der erste schwere Tropfen auf ihr schweißnasses Gesicht. Ein Windstoß fuhr in die Büsche und Bäume, ein weiterer Donner krachte – und dann öffnete der Himmel alle Schleusen.

Anne war völlig durchnässt, bevor sie auch nur die Terrasse erreicht hatte. Noch auf dem Weg zum Badezimmer zog sie ihr T-Shirt und die Jeans aus und ließ sie auf den Boden fallen. Regennass und durchgeschwitzt – ein Fall für die Waschmaschine. Unter der heißen Dusche, die den Muskelkater verhindern sollte, fasste sie einen Entschluss: Wenn sie schon zu einem Zwangsurlaub verdammt war, dann wollte sie diese Zeit wenigstens nutzen, um das Haus endlich einmal aufzuräumen.

Mit einer bequemen Jogginghose und einem trockenen T-Shirt bekleidet machte sie sich als Erstes auf den Weg hinauf zum kleinen Dachboden. Hier war sie kein einziges Mal gewesen, seit ihre Eltern ums Leben gekommen waren.

Prüfend sah sie sich um. Wo sollte sie nur anfangen? Neben einigen Kistenstapeln lehnte ein windschiefer Schrank. Vorsichtig öffnete sie ihn in der Erwartung, dass entweder Fledermäuse ihr entgegenflattern würden oder gleich der gesamte Inhalt sich über sie ergießen könnte. Keines von beidem war der Fall. Der Schrank war leer. Den konnte sie also mit einem Akkuschrauber zerlegen und dem nächsten Sperrmüll mitgeben. Wenn sie es sich recht überlegte, dann konnte man aus diesem Dachboden ganz bestimmt ein zusätzliches Zimmer schaffen. Vielleicht ein Arbeitszimmer, wenn sie ein großes Dachfenster einbauen ließ ... In ihrer Fantasie blickte sie eines Tages von ihrem Schreibtisch aus auf die Altmühl und schrieb großartige Texte, um die sich dann die Verlage und Zeitschriften der ganzen Republik prügelten ...

Anne seufzte. So wie es aussah, wollte nicht einmal die Donaupost ihre Ergüsse. Und sie würde sich niemals trauen, eine feste Stelle zu kündigen. Trotzdem war es schön, von einem anderen Leben zu träumen.

Langsam wandte sie sich der erstbesten Kiste zu. Vergilbte Bücher in Frakturschrift. Nichts Aufregendes. Die nächste Kiste beherbergte Vinylschallplatten. Die konnte man bestimmt an irgendwelche Sammler verkaufen. Sie selbst hatte nicht einmal einen Plattenspieler für diese schwarzen Scheiben. Es ging weiter mit ihren eigenen Kinderkleidern, Zeitschriften und Brettspielen. Irgendwie hatte sie sich von dem Dachboden etwas aufregendere Funde erhofft.

Zu guter Letzt hob sie kurz die Koffer an. Alle leicht, staubig, alt und offensichtlich leer.

Bis sie einen hellbraunen Lederkoffer anheben wollte und erschrocken feststellte, dass er sehr viel mehr Gewicht hatte, als sein Äußeres vermuten ließ. Neugierig öffnete sie die Schnallen und die Verschlüsse, die mit einem metallischen Klicken nachgaben.

Vor sich sah sie einen sorgfältig gepackten Koffer: Jeans, Kleider, Pullover, Blusen. Ein Beutel mit Cremes, Schminksachen und Shampoo. Pumps, Turnschuhe und ein Paar Sandalen. Ein kurzer Trenchcoat, den sie sofort wiedererkannte. Ihre Mutter hatte so ein Ding besessen und immer während der Übergangszeit getragen.

Stirnrunzelnd betrachtete sie den Rest des Kofferinhaltes. Die Sachen waren alle von ihrer Mutter, da gab es keinen Zweifel. Aber wer hatte all diese Dinge in einen Koffer gepackt und dann auf den Dachboden geschleppt? Ihre Mutter hatte doch keine Reise geplant, als sie ums Leben kam.

Nach dem Tod ihrer Eltern hatte Anne wochenlang Kleidung, Wäsche und Bücher weggefahren. Sie wollte nicht in einem Haus leben, das randvoll mit schmerzlichen Erinnerungen gefüllt war, und hatte deswegen vieles verschenkt, gespendet oder weggeworfen. Nur die Dinge auf dem Dachboden hatte sie ignoriert – bis jetzt.

Wer mochte diesen Koffer gepackt haben?

Darauf gab es eigentlich nur eine einzige sinnvolle Antwort: Ihre Mutter selbst. Aber warum nur? Und warum hatte sie den Koffer dann hier oben versteckt?

Kopfschüttelnd schloss Anne den Koffer wieder und sah sich nach weiteren Überraschungen um. Aber es gab keine. Der Dachboden war trocken, warm und roch leicht nach Holz und Staub. Er barg keine dunklen Ecken und keine weiteren Geheimnisse.

Nur einen Koffer.

Langsam stand Anne auf und ging die schmale Stiege nach unten. Der Wolkenbruch war vorbei, und von draußen wehte der Geruch nach nasser Erde herein. Der Geruch, der immer nach einem Sommerregen in der Luft hing.

Nachdenklich ging Anne auf die Terrasse. Sie griff nach dem Rosmarinzweig, den sie früher am Tag hier hingelegt hatte, und drehte ihn zwischen den Fingern. Das herbe Aroma der Nadeln stieg in der feuchten Luft auf, und sie musste unwillkürlich an Joris denken.

Seine hellen Augen, die so begeistert leuchteten, wenn

er von seiner Tinktur und seinen Forschungen erzählte. Was, wenn er nun Erfolg hatte – so unwahrscheinlich das auch war? Wenn seine Erfindung ein echter Durchbruch war und nicht nur eine Schnapsidee? Dann war ein Bericht über ihn ganz sicher sehr viel mehr wert als ein langweiliges Interview mit einem Stadtoberhaupt.

Gedankenverloren schnupperte sie am Rosmarinzweig.

Was hatte Lukas Marburg ihr dazu erklärt? Das Kraut, das man früher in die Wiegen der Neugeborenen legte, aus dem man Brautkränze wand und das man in Kirchen manchmal anstelle von Weihrauch verbrannte. Das Kraut der Liebe, des Lebens und der Erinnerung – eine mächtige Pflanze, deren Nadeln immer noch Geheimnisse bewahrten.

In ihren beiden Hypnoseträumen hatten jedes Mal die hellen Augen von Joris eine Rolle gespielt. Vielleicht wollte ihr das Unterbewusstsein auf diesem Weg mitteilen, dass es sich doch lohnen könnte, sich länger mit Joris und seinen Theorien auseinanderzusetzen?

Sie packte den Rosmarinzweig fester und ging in die Küche. Bevor sie sich irgendwelchen Hirngespinsten hingab, wollte sie lieber etwas Handfestes machen. Wie zum Beispiel ein Abendessen mit Hühnchen, Kartoffeln, Tomaten und viel Rosmarin. Ehe sie loslegte, griff sie zum Telefon.

»Joris? Ich bin's, Anne.«

»Hallo, Anne. Schön, dass du dich meldest. Ich war mir nach meinem Auftritt in der Redaktion ja nicht so sicher, ob du jemals wieder anrufen würdest.«

»Schon in Ordnung, vergiss es. Weißt du was? Ich habe mich gefragt, ob du vielleicht Lust hättest, heute zum

Abendessen zu kommen und mir etwas über deine Forschungen zu erzählen?«

»Ich dachte, du hast keine Zeit?« Seine Stimme klang neugierig und ziemlich überrascht.

»Doch, im Moment habe ich mehr Zeit, als mir lieb ist.«

»Natürlich komme ich. Danke für die Einladung. Soll ich eine Flasche Wein mitbringen?«

»Ja, gern.«

Nachdem sie ihm noch kurz erklärt hatte, wo sie wohnte, legte sie auf. Sie musste sich eingestehen, dass sie sich schon sehr aufs Abendessen mit Joris freute. Unwillkürlich sah sie in den Spiegel und musste lachen. Sie trug immer noch das ausgeleierte T-Shirt und die Jogginghose, in den Haaren hing eine Spinnwebe.

Eine Stunde später klopfte es an der Tür. Das Essen war gerade fertig geworden, und Anne hatte es nicht einmal geschafft, etwas an ihrem Aussehen zu ändern.

»Hm, das riecht aber lecker!«

Joris stand mit seinem üblichen Grinsen in der Tür und hielt die Nase wie ein Hund nach oben.

»Komm herein«, meinte Anne lächelnd. »Ich hoffe, du bist kein Vegetarier oder gegen irgendetwas allergisch. Ich habe in dieses Essen so ziemlich alles reingepackt, was gut schmeckt.«

Sie drapierte Kartoffeln, Hühnchen, geschmolzene Tomaten und einen ganzen Zweig Rosmarin auf zwei Tellern und stellte sie auf den Tisch.

»Wie komme ich eigentlich zu der Ehre?« Joris sah sie fragend an. »Als wir uns das letzte Mal unterhalten haben, hatte ich nicht das Gefühl, dass du auch nur ein einziges Mal mit mir reden willst.«

»Ehrliche Antwort? Ich kann mir nicht vorstellen, dass an deinen Forschungen zu einer Tinktur gegen Demenz auch nur irgendetwas dran ist. Aber falls doch ... dann will ich nicht die Idiotin sein, die nichts davon hören wollte. Außerdem sah dein Wein lecker aus, und ich habe heute nichts zum Trinken im Haus.« Sie lächelte verlegen.

»Willst du mir trotzdem was erzählen?«

»Als Lohn für eine ehrliche Antwort und ein Essen? Immer. Das erspart mir einen weiteren Abend in der Gesellschaft meines Bruders.« Er nahm Messer und Gabel und fing an, zu essen. Erst jetzt bemerkte Anne seine langen schmalen Finger. Ihre Mutter hatte solche Hände immer als Chirurgenhände bezeichnet. Dabei hatten viele Chirurgen wahrscheinlich eher Hände wie Metzger.

»Ihr versteht euch nicht gut?« Sie sah ihn neugierig an.

»Nicht verstehen ist die Untertreibung des Jahres. Wir haben wahrscheinlich nichts gemeinsam außer unseren Eltern. Thomas war schon immer zielstrebig, erfolgreich und berechnend. Ich würde mich gerne als Genie beschreiben. Aber leider habe ich noch nicht bewiesen, dass meine Ideen wirklich genialisch sind. Und meine Vorgehensweise folgt auch eher dem Zufallsprinzip. Wenn ich so gut rechnen könnte wie mein Bruder, dann hätte ich meine Ideen und Ansätze längst an einen großen Konzern verkauft, der mit seinen Wissenschaftlern bestimmt sehr viel schneller zum Erfolg käme. Und ich würde ganz sicher reich werden, egal ob meine Erfindung Erfolg hat oder nicht.«

»Warum lebt ihr denn überhaupt zusammen?«

»Zusammenleben?« Er lachte auf. »Das klingt sehr romantisch für die Zweckgemeinschaft, die wir sind. Tatsächlich hat er sich nach dem Auszug seiner Frau eher nach einer Haushaltshilfe als nach Gesellschaft gesehnt. Und ich habe mich für diesen Job zu einem günstigeren Preis angeboten als jede Haushälterin. Kochen, einkaufen, bügeln, waschen und putzen – das tue ich jetzt. Dafür habe ich bei ihm freie Kost und Logis. Fairer Deal.«

»Dein Bruder ist Psychologe. Da müsste er doch eigentlich Menschen mögen, oder nicht?«

»Thomas ist sogar ein wunderbarer Psychologe, der in seinem Fachgebiet ähnlich ungewöhnliche Wege einschlägt wie ich in meinem. Du solltest sehen, was er gerade alles nachliest, um deinen merkwürdigen Erlebnissen unter Hypnose auf die Spur zu kommen. Keine Frage, er mag Menschen. Er kann nur mich nicht leiden.« Joris griff nach dem Wein und schenkte sich und Anne reichlich ein. Nach einem tiefen Schluck zuckte er mit den Achseln. »Keine Angst, ich bin darüber hinweg.«

Unsicher sah Anne ihn an. »Was hat er denn über meine Hypnosen erzählt? Gilt da nicht die ärztliche Schweigepflicht?«

»Natürlich. Er hat auch gar nichts gesagt. Ich habe nur dich gesehen – und Thomas später mit Fachliteratur beim Abendbrot erwischt. Den Rest konnte ich mir zusammenreimen. Ich bin eben ein helles Kerlchen.« Er lachte auf. »Aber das wollte ich dir überhaupt nicht erzählen. Es sollte ja um meine bahnbrechende Erfindung gehen, die ich so gerne etwas verbreiten würde.«

Die nächsten Minuten erklärte er wortreich die Wirkungsweise von Inhaltsstoffen, die Gewinnung der Rohstoffe und die Zusammensetzung der verschiedenen Essenzen. Und er erzählte von den immer wieder frustrierenden Tests, die keine messbare Besserung bei den Probanden ergaben, aber ein Vermögen kosteten, das er dann vor den nächsten Tests neu zusammensuchen musste. Irgendwann unterbrach Anne seine Ausführungen.

»Ich verstehe immer noch nicht, warum du dir nicht doch eine reiche Pharmafirma suchst. Du müsstest die Kosten nicht mehr selber tragen und auch nicht das Risiko …«

»Aber nur so habe ich die Kontrolle über das, was ich tue. Wenn ich recht mit meinen Annahmen habe, dann möchte ich, dass meine Erkenntnisse wirklich allen Menschen zugutekommen, nicht nur den Reichen und Privilegierten. Mein Bruder findet das vollkommen lebensfremd und wird nicht müde, mich immer wieder darauf hinzuweisen. Wie siehst du das denn?«

Er sah sie fragend an. Bildete sie sich das ein, oder fürchtete er eine abschlägige Antwort? Sie schüttelte nur den Kopf. »Na ja, nicht gerade profitorientiert, das mag sein. Aber deine Gründe klingen ehrenhaft. Wäre schön, wenn Menschen häufiger so entscheiden würden.«

Sorgsam wischte er mit einem Stück Brot die letzten Reste des Essens von seinem Teller. »Du kannst wirklich sehr gut kochen, vielen Dank für die Einladung. Wo hast du das gelernt?«

»Von meiner Mutter. Sie hat im Garten jede Menge selbst angebaut.« Sie lächelte. »Gartenarbeit hat sie mir leider nicht beigebracht, ich habe erst in letzter Zeit wenigstens das Kräuterbeet ein wenig hergerichtet. Das Gemüsebeet ist immer noch der perfekte Ort für Brombeeren, Schnecken und Wildkräuter. Mal sehen. Wenn ich noch länger Urlaub habe, wage ich mich vielleicht auch daran.«

»Urlaub? Und du fährst überhaupt nicht weg?« Er sah sie mit ehrlichem Interesse an.

Anne entschied sich, ihm die Wahrheit zu sagen. »Um ehrlich zu sein: Dieser Urlaub war nicht geplant. Es ist auch kein Urlaub. Aber ich habe seit Wochen diese wirklich miesen Träume. Deshalb schlafe ich schlecht und bin nicht immer so fit und wach im Kopf, wie ich das selber gerne hätte. Deswegen bin ich bei deinem Bruder in Behandlung. Der Chefredakteur hat jetzt beschlossen, dass ich erst einmal ein paar Tage ausruhen soll. Meine Arbeit macht in der Zwischenzeit der neue Volontär. Das ärgert mich am meisten. Ein Anfänger!«

Sie spürte, wie ihr allein die Erinnerung das Blut ins Gesicht trieb.

»Und? Ist er gut? Oder ist er mit der Aufgabe überfordert?« Fragend sah Joris sie an.

»Keine Ahnung. Ich habe das Gefühl, dass sein Wunsch nach Aufmerksamkeit und nach Anerkennung größer ist als sein Talent. Aber das muss natürlich nicht stimmen.« Sie zuckte mit den Schultern. »Vielleicht bin ich ja auch nur eifersüchtig.«

»Willst du über diese Träume reden?«, fragte Joris vorsichtig.

Abwehrend schüttelte sie den Kopf. »Nein, nein, warum sollte ich dich damit belasten? Ich zahle ja schon deinen Bruder dafür, dass er mir zuhört und meine Probleme löst. Auch wenn er bis jetzt noch nicht so richtig Erfolg gehabt hat ...«

»Das heißt, die Träume werden in dieser Nacht wiederkommen?«

Sie nickte. »Ja. Sie kommen immer wieder ...« Sie griff nach dem Glas und trank einen kleinen Schluck. »Dabei habe ich langsam alle Hausmittel durchprobiert. Und auch die Sachen, die weniger unter Hausmittel fallen. Alkohol und Tabletten, mit denen man einen Elefanten ins Reich der Träume schicken kann. Und damit meine ich das Reich der guten Träume. Aber offensichtlich muss ich nachts meine Gewaltfantasien ausleben ...«

Beide lachten.

Anne sah Joris einen Moment lang in die Augen und spürte, wie ihr schwindlig wurde. Diese Augen. Es kam ihr vor, als würde sie direkt dem Jungen am Lagerfeuer und dem Wanderer am Klostertor in die Augen sehen. So, als würde sie gleichzeitig in drei verschiedenen Zeiten leben.

Einen winzigen Augenblick lang schloss sie die Augen.

»Ist dir nicht gut?«, fragte Joris und legte seine Hand auf ihre.

Abwehrend schüttelte sie den Kopf. »Das geht gleich wieder. Vielleicht war es einfach zu viel Alkohol ...« Sie bemühte sich um ein Lächeln. »Wahrscheinlich bin ich das einfach nicht gewöhnt.«

Er stand auf und griff nach seiner verwaschenen Jeansjacke. »Dann lasse ich dich besser allein. Vielleicht kannst du ja heute Nacht ohne einen Besuch deiner Zombies schlafen! Das wünsche ich dir auf jeden Fall!«

»Das wäre wunderbar!«, seufzte sie. »Und du erzählst mir, wenn sich etwas Neues bei deinen Forschungen ergibt, ja?«

»Darf ich mich auch vorher schon melden? Oder schmeißt du mich dann wieder raus?«, fragte er lächelnd und stand auf, aber sie konnte sehen, dass er die Frage durchaus ernst meinte.

»Solange du mich nicht mit Alkohol in der Hand am Arbeitsplatz überfällst, kannst du dich gerne bei mir melden.« Sie zögerte kurz, bevor sie sagte: »Das war ein wirklich schöner Abend, vielen Dank!«

Sie brachte ihn noch zur Tür. Als er gegangen war, ging sie in die Küche, um wenigstens noch ein bisschen klar Schiff zu machen. Ihr Blick fiel auf Tinka, die die ganze Zeit brav unter dem Tisch gelegen hatte.

»Merkwürdiger Typ, meinst du nicht?«

Tinkas Schwanz klopfte auf den Boden.

»Aber dir gefällt er, oder? Keine Sorge, Tinka, mir auch. Irgendwie.«

16

Diesmal öffnete Thomas Seeger wieder selber die Tür. Suchend sah Anne über seine Schulter.

»Ist Ihr Bruder heute nicht zu Hause?«

»Nein, ich habe ihn weggeschickt. Wenn aus unerklärlichen Gründen immer wieder ein Mann in Ihren Träumen auftaucht, der ihm ähnlich sieht, dann wollte ich den Kontakt doch möglichst gering halten.« Er sah sie prüfend an. »Ich hoffe, Sie haben sich nicht mit ihm getroffen? Womöglich würde sonst das heutige Ergebnis verfälscht werden. Mein Bruder kann ziemlich aufdringlich werden ...«

Einen Moment lang dachte Anne an seinen Besuch in der Redaktion und an das Abendessen vom Vorabend. Dann beschloss sie, dass ihr Therapeut nicht alles von ihr wissen musste.

Sie schüttelte den Kopf. »Nein, keine Sorge. Ich habe ihn nicht mehr getroffen. Ich erinnere mich allerdings immer noch an sein Aussehen. So leicht vergesse ich einen Menschen nicht.«

Er nickte nur, als hätte er mit dieser Antwort gerechnet. Dann winkte er sie in sein Behandlungszimmer. »Hat sich denn irgendetwas bei Ihren Träumen verändert? Die Dauer, der Zeitpunkt, die Bilder, die Sie sehen?«

»Nein. Mehr oder weniger dreckige und zerlumpte Gestalten trachten mir auf unterschiedlichste Weisen nach dem Leben. Alles spielt irgendwann im Mittelalter – zumindest sieht es so aus, wie ich mir das Mittelalter vorstelle. Ein sehr dreckiges Mittelalter.« Sie lachte auf. »Ich wäre wahrscheinlich völlig irritiert, wenn plötzlich Autos oder Fahrräder in meinen Träumen auftauchen würden.«

»Immerhin haben Sie Ihren Humor nicht verloren«, bemerkte der Therapeut trocken. »Und es ist erstaunlich, dass Ihr Unterbewusstsein Sie offensichtlich konsequent in eine andere Zeit versetzt. Haben Sie sich schon immer viel mit dem Mittelalter beschäftigt? Oder mit der Antike?«

»Ich? Nein!« Anne schüttelte den Kopf. »Ehrlich gesagt kenne ich nicht einmal alle Museen und Klöster von Eichstätt. Ich interessiere mich mehr für die Zeit, in der ich lebe! Außerdem glaube ich nicht, dass die Vergangenheit so viel Einfluss auf die Gegenwart hat.«

»Ich fürchte, so einfach ist es nicht«, erklärte der Therapeut und sah sie nachdenklich an. »Letztlich werden wir doch sehr bestimmt von dem, was vor uns war.«

»Ja, sicher, aber doch nur in den Dingen, die uns persönlich widerfahren sind, oder? Das, was vor Hunderten von Jahren geschehen ist, kann mich doch höchstens indirekt beeinflussen. Ich kann Burgen und Gemälde bestaunen, aber das hat alles nichts mit mir persönlich zu tun. Ich fühle mich auch nicht wohl in diesen alten Gemäuern. Im Rahmen einer Recherche war ich in der letzten Woche zum ersten Mal in der Gruft von St. Walburg. Ich hatte fast eine Panikattacke. Ganz ehrlich: Ich kann weder Weihrauch noch alte Mauern leiden.«

Seeger rieb sich nachdenklich zwischen den Augenbrauen. »Das sehe ich anders. Aber wir sind hier ja nicht, um eine philosophische Diskussion über den Einfluss der

Geschichte und vor allem der Familiengeschichte auf unsere Persönlichkeit zu führen. Tatsächlich habe ich den Eindruck, dass Ihre Probleme aus einer schon länger währenden Störung in Ihrer Familie rühren. So wie Depressionen und bestimmte Krankheiten erblich sind, so könnte das ja auch mit Ihren Problemen sein ...«

»Meine Mutter hat mir niemals von irgendwelchen Schlafstörungen erzählt«, unterbrach ihn Anne. »Und ich denke schon, dass ich mich daran erinnern würde, wenn sie so müde und unausgeschlafen gewesen wäre, wie ich es im Augenblick bin.«

»Vielleicht hat sich bei ihr diese Störung auf eine andere Art manifestiert«, meinte Seeger lächelnd. »Wie war das denn mit Ihrer Panikattacke? Hatten Sie so etwas schon einmal?«

»Nein, das war das erste Mal. Meinen Sie, es hat etwas zu bedeuten? Ich habe mich in den Mauern dieses Klosters einfach unwohl gefühlt. So, als wäre zu viel Geschichte darin passiert. Vielleicht war es aber auch nur der Weihrauch. Das ist ein Geruch, den ich nicht leiden kann.«

Der Therapeut dachte nach. »Merkwürdig ist es schon, dass Sie Albträume aus dem Mittelalter haben, während Sie gleichzeitig in solch historischen Räumen mit Beklemmungsgefühlen zu kämpfen haben. Wer weiß, vielleicht ist Ihrer Familie im Mittelalter nichts Gutes widerfahren und sie verarbeiten die Familiengeschichte auf diese Art und Weise.«

»Dann müsste ich meine Familiengeschichte ja kennen«, widersprach Anne. »Nein, ich denke, es ist wieder nur meine Fantasie, die mir da ein Schnippchen schlägt. Ich sehe irgendetwas und stelle mir sofort vor, was da passiert ist. Wie bei den Skeletten, von denen ich Ihnen erzählt habe. Ich kann einfach nicht aufhören, mir über ihr Schicksal Gedanken zu machen.« Sie deutete auf die Uhr. »Ich nehme an, Ihre Zeit ist begrenzt. Also ...« Fragend sah sie ihn an.

»Sie haben recht. Jetzt sollten wir uns den heutigen Problemen zuwenden. Was haben Sie entschieden? Wollen Sie es noch einmal mit der Hypnose versuchen – oder wollen Sie diese Art der Behandlung abbrechen?«

»Ich würde es ein letztes Mal versuchen«, erklärte Anne. »Wenn ich jetzt wieder irgendwelche mittelalterlichen Idyllen sehe, dann müssen wir das lassen und nach einem anderen Weg suchen, damit ich meine Nachtruhe wiederfinde.«

»Gut, dann starten wir jetzt. Da kennen Sie sich ja inzwischen gut aus: Bitte sehen Sie auf meinen Finger ...«

Vor ihr eine flatternde schwarze Mähne. Wind in ihrem Gesicht, Bäume, die vorüberflogen, dazwischen immer wieder Sonnenflecken. Sie saß im Sattel eines Pferdes, das sich im schnellen Galopp durch einen Wald bewegte und dabei geschickt Bäumen und Sträuchern auswich und über umherliegende Stämme sprang. Sie spürte seine Bewegungsfreude und hatte keine Sekunde Angst. Als sie zur Seite blickte, sah sie einen kräftigen Schimmel, auf dem ein Mann saß.
Er lachte sie an. »Das ist der beste Tag meines Lebens, Anne!«
Sie strahlte zurück. »Das hast du schon gestern gesagt, Gregor. Und vorgestern. Und den Tag davor ...«, rief sie.
»Jeden Tag, seit ich dich kennengelernt habe!«
Wieder das unbeschwerte Lachen, dann schlug Gregors Schimmel einen Haken, um einem Loch im Boden auszuweichen. Annes

braune Stute folgte, und sie musste für einen Augenblick in die Mähne greifen, um nicht zu stürzen. Sie erreichten eine Lichtung, auf der sie ihre Pferde zügelten.

»Lass uns eine Pause machen!«, rief Gregor. »Die Sonne steht hoch am Himmel, wir kommen heute noch weit – auch wenn wir jetzt unseren Pferden eine kleine Pause gönnen.«

Bereitwillig glitt Anne aus dem Sattel und richtete ihr weites Kleid. Gregor kam auf sie zu und schloss sie in seine Arme. Er küsste sie, und sie spürte seine ganze Leidenschaft, als er sie sanft ins Gras drückte.

»Ich dachte, wir machen auch eine Pause«, neckte sie ihn.

»Ich habe nur von den Pferden geredet.« Er sah sie an, und die Lachfältchen um seine Augen wurden tiefer. »Von dir war nie die Rede.«

Bei diesen Worten schob er seine Hand unter ihr weites Kleid und streichelte sie so leicht wie eine Feder.

Lächelnd küsste sie ihn auf den Hals. »Du schmeckst salzig«, stellte sie dabei fest.

»Wir sind den ganzen Vormittag durch den Wald geritten«, verteidigte er sich, ohne auch nur einen Moment sein Streicheln zu unterbrechen. Sanft drückte er ihren Oberkörper ins Gras und bedeckte sie mit noch mehr Küssen. Dann löste er ihren Gürtel und zog ihr das Kleid über den Kopf. Mit einer galanten Bewegung breitete er es auf dem Gras aus.

»Darf ich bitten, meine Dame?«

Sie küsste ihn und legte sich auf den Stoff. Es roch nach süßen Blumen, Kräutern und Erde. Sanft nahm er ihre Brustwarzen zwischen seine Lippen und spielte mit ihnen, während seine Hände sie weiter erkundeten.

Leise stöhnte sie auf und zog ihn auf sich. Während er in sie drang, vergaß sie die Sonne, den Wald und die wilde Jagd, die sie an diesen Ort geführt hatte. Sie fühlte sich als glücklichste Frau in diesem Erdenrund.

Als sie endlich voneinander abließen, legte Anne ihren Kopf an seine Brust. »Hier ist alles so einfach«, murmelte sie. »Warum kann es nicht immer so sein?«

»Es ist doch immer so.« Sie hörte an seiner tiefen Stimme, dass er lächelte. »Du wirst meine Frau, und wir leben glücklich bis an unser Lebensende. Was ist daran schwierig? Außer du willst mich nicht heiraten, das würde die Sache etwas weniger einfach machen ... Sag, willst du?«

Sie spürte, wie ihr Herz einen kleinen Moment vor Glück fast aussetzte. »Wenn es etwas gibt auf dieser Welt, dann ist es mein fester Wunsch, dass ich für immer mit dir glücklich werden darf. Aber ...«

»Still, meine Geliebte.« Er küsste sie auf den Mund. »Es gibt kein Aber und kein ›Das geht nicht‹. Niemand kann mich in meinem festen Entschluss stoppen. Du wirst meine Frau. Ich rede noch heute Abend mit unserem Priester. Er muss es tun, möglichst schnell.«

»Aber ...«

Dieses Mal legte er ihr seine verschwitzte Hand über den Mund. »Kein Aber! Es soll so sein, wie ich es gesagt habe. Du bist mehr als nur eine Buhlerei ...«

»Das sieht deine Mutter aber anders. Sie will doch, dass du innerhalb deines Standes heiratest. Für ihren zweitgeborenen Sohn hat sie bestimmt schon eine Frau mit einem wohlklingenden Namen ausgewählt. Womöglich ist schon alles besprochen, sie hat es dir nur noch nicht gesagt.« Sie hörte selber, dass ihre Stimme bitter klang.

»Aber sie wird feststellen, dass du eine wunderbare Frau bist. Außerdem muss nur mein Bruder sich mit einer standesgemäßen

Heirat um den Fortbestand unseres Hauses kümmern. Ich bin derjenige, dem die Gnade der zweiten Geburt alle Freiheiten gibt. Zum Beispiel die Freiheit, dich zu ehelichen und dich zu lieben, wann immer mir der Sinn danach steht.«

Seine Stimme klang so fröhlich wie die eines Menschen, der noch nie in seinem Leben mit einem Verbot umgehen musste. Anne gestand sich ein, dass sie gerade diese sorglose Lebensfreude an ihm liebte. Wieder küsste er sie auf den Hals, auf die Brüste, den Bauch und schließlich auf die Oberschenkel. Langsam tastete sich seine Zunge nach oben. Ihr blieb kein weiteres Wort mehr, sie konnte sich ihm nur noch stöhnend hingeben. Das Leben war einfach wunderbar.

Die Sonne stand schon tief am Himmel, als sie endlich ihre Pferde wieder einfingen und weiter durch den Wald ritten. Gregor erlegte mit seinem Pfeil zwei Kaninchen, die Anne ausnahm, mit Kräutern füllte und über dem Feuer briet. Es schmeckte wie ein Festmahl, das sie stärkte für eine weitere Nacht voller Liebe.

Erst am nächsten Tag kehrten sie in die Burg zurück, die mit ihren beiden mächtigen Burgfrieden hoch über der Altmühl lag. Als die Pferde mit klappernden Hufen über den tiefen Burggraben gingen, wurde es Anne wieder bang ums Herz. Es war so einfach, wenn sie nur zu zweit in den Wäldern unterwegs waren. Aber hier auf der Burg herrschte Sophie, die strenge Mutter ihres Geliebten.

Sie spürte die Blicke der Mägde und Bediensteten auf sich, als sie vom Pferderücken glitt und den Zügel ihrer Stute einem der Pferdeknechte in die Hand drückte.

»Ich gehe«, raunte sie Gregor zu.

Der schüttelte den Kopf. »Du kommst jetzt mit zu unserem Priester. Ich bestehe darauf, dass wir in den nächsten Tagen heiraten. Der Zeitpunkt ist günstig. Meine Mutter weilt in diesen Tagen bei ihrer Schwester. Wenn sie nach Hause kommt, kann sie nichts mehr gegen unsere Vermählung unternehmen. Freue dich also, mein Herz. Schon bald bist du meine Gemahlin.«

Der Pferdeknecht bemühte sich offensichtlich, sich so zu benehmen, als hätte er nichts gehört. Gleichzeitig wollte er nicht außer Hörweite geraten und kümmerte sich mit selten gesehener Sorgfalt um die Lederriemen, mit denen der Sattel festgegurtet war. Gregor scheuchte ihn mit einer wedelnden Handbewegung weg. »Bring die Pferde in den Stall, und gib ihnen ausreichend zu saufen. Sie sind einige Meilen gerannt in den letzten beiden Tagen und haben sich eine Pause mehr als redlich verdient.«

Widerwillig zerrte der Bursche die Pferde in den Stall, während Gregor nach Annes Hand griff und mit ihr in die kleine Kapelle der Burg ging.

Der Priester machte sich am Altar zu schaffen. Als er die Schritte in seinem Rücken hörte, drehte er sich um und verneigte sich ehrerbietig vor Gregor.

»Mein Herr, was führt Euch zu mir?«

»Ich möchte, dass Ihr mich mit Anne vermählt. Sobald es geht.«

Anne bemerkte, dass die Augen des Priesters sie abschätzig musterten. Vor allem an ihrer Mitte blieb sein Blick länger hängen.

»Hat sich ein Bankert angekündigt?«, fragte er schließlich mürrisch.

»Nein!«, rief Anne. »Was wagt Ihr ...«

Der Priester achtete nicht auf ihre Worte, sondern richtete das Wort an Gregor. »Warum dann die unziemliche Eile – und vor allem dieses unpassende Weib? Eure Mutter wird nicht erfreut sein!«

»Und ich bin ein erwachsener Mann, der tun und lassen kann, wonach ihm der Sinn steht!« Gregors Stimme klang fest und sicher. »Vor allem ist es nicht Eure Aufgabe, mir einen Ratschlag zu geben, um den ich nicht gebeten habe.«

Der Priester senkte seinen Kopf. »*Dann soll Euer Wille geschehen.*« *Jeder Silbe war anzuhören, dass er Gregor am liebsten widersprochen hätte.* »*Wann beliebt Ihr, Euch zu vermählen?*«
»*Morgen, wenn die Sonne aufgeht. Haltet in der Kapelle alles bereit.*« *Damit nickte er dem Priester wieder zu, griff nach Annes Hand und winkte ihr zu, ihm in seine Gemächer zu folgen.*
Wieder spürte sie die unzähligen neugierigen Blicke der Menschen auf der Burg und bemühte sich, ihre Augen einfach nach vorn zu richten. Es ist nur der Neid, sagte sie sich selber. Die Leute können es nicht glauben, dass Gregor ausgerechnet mich in sein Herz geschlossen hat – unter all den schönen, adeligen und klugen Frauen, unter denen er hätte wählen können.
Erst als die Tür zu seinen Gemächern ins Schloss fiel, hob sie wieder ihren Blick. Gregor strahlte sie an. »*Schon morgen wirst du meine Frau. So wie ich es gesagt habe!*« *Damit schloss er sie wieder in seine Arme.*
»*Du bist das Glück meines Lebens, ich lasse nichts zwischen uns kommen. Das verspreche ich dir bei meinem Leben.*«
Sie stellte sich auf die Zehenspitzen und küsste ihn auf den Mund.
»*Und ich gelobe, dass ich die beste Gattin sein werde, die du dir nur vorstellen kannst!*«
Sein Gesicht wurde ernst. »*Das weiß ich, mein Schatz.*«
Die Vermählung am folgenden Tag ging schnell vonstatten. Es waren nur wenige Menschen anwesend: Gregors bester Freund, der die Eheschließung bezeugen sollte, der Priester und noch eine Dienerin, der Gregor befohlen hatte, Anne zu Diensten zu sein.
»*Damit erkläre ich euch zu Mann und Frau. Möge es euch und dem Hause von Grögling-Hirschberg von Segen sein.*«
Der Stimme des Priesters war anzuhören, dass er keine Sekunde an diesen Segen glauben wollte.
Glücklich verließen sie Hand in Hand die Kapelle, als sich ihnen

ein Mann in den Weg stellte, der Gregor sehr ähnlich sah. Er war nur etwas schmaler und kleiner.
Gregor nickte in Annes Richtung. »Mein lieber Bruder Gerhard, ich möchte dir meine Gemahlin vorstellen.«
Höflich deutete Gerhard eine winzige Verbeugung an. Anne konnte seinem Gesicht nicht ansehen, was er wirklich dachte. »Meine Glückwünsche zu dieser Verbindung. Auch wenn ich mir nicht vorstellen kann, dass unsere Mutter sie gutheißen wird.«
»Nachdem du die Last des Titels und des Erbes tragen wirst, mein lieber Bruder, wird sie sich aber auch damit abfinden. Was habe ich schon mit der großen Politik unseres Hauses zu tun?« Gregors Stimme wurde leiser. »Ich bitte dich, Gerhard, sei nett zu Anne, und lege meiner Liebe keine Steine in den Weg. Kannst du das tun? Für mich?«
Gerhard schlug seinem kleinen Bruder mit einem kleinen Lachen auf den Rücken. »Dann genieße deine Freiheit und bete für meine Gesundheit, mein Bruder.«
»Das tue ich in einem fort, das kannst du mir glauben!«
Jetzt lachten beide, jeder zufrieden mit dem Los, das ihm die Erbfolge des Grafengeschlechtes zugewiesen hatte. Anne hatte Gerhard schon bei früheren Treffen beobachtet, und sie schätzte seine ruhige und besonnene Art. Sein kleiner Bruder, den sie so liebte, war sehr viel ungestümer und voller Widerspruchsgeist – das hätte ihn sicher zu einem sehr viel schlechteren Grafen und Herren dieses Hauses gemacht.
Einige Tage konnte sie ihr Glück genießen, verbrachte jede Sekunde mit ihrem frisch angetrauten Gatten und kümmerte sich keinen Deut um das Getuschel der Angestellten, das immer wieder verstummte, wenn sie in die Nähe kam. Die kleine Anne, Tochter des Schmieds, die den Sohn der Gräfin ins Bett und vor den Altar gezogen hatte – das war eine so unglaubliche Ge-

schichte, dass das Gerede nicht enden wollte. Diese Geschichte würden sie alle noch ihren Enkeln erzählen.

Erst als Gräfin Sophie von ihrer Reise zurückkehrte, bekam sie mehr als nur den Neid und das Gerede der Menschen auf der Burg zu spüren. Sie strafte Anne von der ersten Minute an mit Missachtung, richtete kein einziges Mal das Wort direkt an sie, sondern immer nur an Gregor. Wenn sie Anne etwas zu sagen hatte, dann ruhte ihr Blick stets auf ihm. »Könntest du bitte deiner Gemahlin mitteilen, sie möge sich nicht in unpassende Gesellschaft begeben?«, lautete eine ihrer vielen Anweisungen, die Anne über Gregor erreichten.

Das änderte nichts an ihrem Glück. Wann immer es ging, entkamen sie der oft bedrückenden Enge der Burg und machten lange Jagdausritte, bei denen sie ganze Wochen in den Wäldern zubrachten. Kein Diener, keine Magd achtete dann auf ziemliches Verhalten.

Stattdessen ritten sie nicht selten Hand in Hand auf engen Hohlwegen, übernachteten eng umschlungen in kleinen Gasthöfen und lachten über ihr sorgloses Leben, fern von allen Zwängen und Pflichten.

Sie kamen gerade von einem dieser langen Ausflüge wieder, als Anne schon beim Durchreiten des Tores spürte, dass sich alles geändert hatte. Keine lauten Worte wurden gesprochen, die Mägde und Knechte gingen mit gesenktem Kopf umher. Selbst die Hühner schienen leiser zu gackern und der Hahn auf sein beständiges Krähen zu verzichten.

»Was mag nur passiert sein? Meiner Mutter wird doch nicht etwa...«, murmelte Gregor, sprang von seinem Pferd, warf einem herbeieilenden Knecht die Zügel zu und verschwand mit großen Schritten in der Halle.

Als Anne wenig später hinzukam, sah sie ihren Mann, der seine

Mutter in Armen hielt. Sie war ganz in Schwarz gewandet, und ihr Gesicht war blass.

Vorsichtig hielt Anne sich im Hintergrund. Sie wollte die beiden in diesem innigen Moment nicht stören, denn sie waren nach ihrer Vermählung selten geworden. Sophie strafte ihren jüngeren Sohn seitdem gern mit Missachtung. Aber jetzt klammerte sie sich an ihn wie eine Ertrinkende.

Eine Magd stand an der Wand neben Anne und beobachtete das Geschehen.

»Warum ist die Gräfin denn so aufgelöst?«, wisperte Anne.

»Gerhard wurde vor fünf Tagen von einem schweren Fieber befallen. Er war ja noch nie besonders stark und hatte dem Fieber nicht viel entgegenzusetzen. Gestern Abend ist er gestorben«, erklärte die Magd bereitwillig. »Damit ist Gregor der Nächste in der Erbfolge.« Die Magd sah Anne mit großen Augen an. »Und Ihr werdet die nächste Gräfin.«

Eine kalte Hand griff nach Annes Herz. Nein, sie würde nicht Gräfin werden. Das würde Sophie nicht zulassen. Und auch Gregor kannte seine Pflichten. Sie war eine geduldete Spielerei eines jüngeren Sohnes. Keine zukünftige Gräfin. Langsam drehte sie sich um und ging in ihre gemeinsamen Gemächer.

Sie ließ sich auf eine breite Bank am Fenster fallen und sah nach draußen. Der nahende Winter hatte die Blätter der Bäume verfärbt, ein eisiger Wind fegte über die Wälder. Der Sommer war vorüber, und sie wusste: Der Sommer ihres Lebens war ebenfalls vorbei. Sie hatte einige Monate lang mit Gregor ihren Traum von ewiger Liebe leben dürfen – das war mehr, als den meisten Menschen jemals vergönnt war. Jetzt war es an der Zeit, einen Schritt zurückzutreten und Gregor den Weg zu seinen neuen Aufgaben frei zu machen. Das war sie ihm und seiner Liebe schuldig.

Gedankenverloren drehte sie an dem Ring, den ihr Gregor vor

einigen Monaten an den Finger gesteckt hatte. Der Stein glitzerte in dem schwächer werdenden Licht. Die Dämmerung hatte eingesetzt.
Sie saß immer noch reglos am Fenster, als sehr viel später die Tür aufschwang und Gregor in den Raum trat.
»Ach, hier bist du! Ich habe dich schon gesucht.«
Anne erhob sich und schloss ihn in ihre Arme. Sie hielt ihn so fest es ging und versuchte, sich das Gefühl einzuprägen. Künftig würde sie von der Erinnerung an diese Momente zehren müssen.
»Ich habe von Gerhards Tod gehört«, erklärte sie schließlich. »Ich kann dir gar nicht sagen, wie leid es mir tut. Aber ich habe mich entschieden: Ich möchte kein Ballast in deinem neuen Leben sein. Ich gebe dich frei.«
Gregor schob sie auf Armeslänge von sich weg und sah sie fassungslos an. »Was sagst du denn da? Jetzt brauche ich dich mehr denn je. Ich kann und will nicht auf dich verzichten.«
»Sei bitte ehrlich. Was will deine Mutter?«
»Sie ist eine alte Frau und kann nicht über mein Leben verfügen!« Gregor schüttelte den Kopf. »Sie soll sich glücklich schätzen, dass ich mit einer so wunderbaren Frau an meiner Seite mein Erbe antreten kann.«
»Du hast mir nicht geantwortet«, erklärte Anne. Sie wunderte sich selbst, wie kühl ihre Stimme klang.
»Du willst es also unbedingt wissen? Warum? Es hat doch keine Bedeutung!« Er sah Anne an und schüttelte den Kopf, da sie so offensichtlich auf eine Antwort beharrte. »Nun gut, meine Mutter bietet dir eine Summe Geld und will sich um einen Platz in einem angemessenen Kloster kümmern. Dann soll ich mich standesgemäß vermählen.«
Anne senkte die Augen. Sie wollte Gregor nicht in seine hellen Augen sehen. »Dann stehe ich dem nicht im Weg.«

Er schüttelte sie leicht an den Schultern, als wollte er sie aus einem bösen Traum aufwecken.

»Aber ich will das nicht! Ich will dich an meiner Seite, wenn ich diese Last übernehme, Anne. Wir werden ein anderes Leben führen müssen, das mag stimmen. Die Freiheit der letzten Monate können wir nur noch selten genießen. Wir müssen uns um die Geschicke meines Hauses kümmern, uns öfter am Hofe des Königs zeigen. Aber das möchte ich nur mit dir an meiner Seite, das musst du doch wissen! Meine Mutter wird sich schon noch an dich gewöhnen ...«

»Das wird sie nicht, das weißt du. Deine Mutter hat mich vom ersten Moment an gehasst. Sie hat mich nur als kleines Spielzeug ihres Sohnes geduldet, dessen er hoffentlich bald überdrüssig wird. Doch das hat sich mit dem Tod deines Bruders geändert: Jetzt störe ich ihre Pläne. Wenn ich hierbleibe, finde ich schneller Gift in meinem Becher, als ich mir vorstellen kann.«

»Dann trinken wir nur noch gemeinsam aus einem Becher! Es gibt einen Weg, den wir gemeinsam beschreiten können, wir müssen nur danach suchen und nicht so schnell aufgeben. Kannst du das nicht? Willst du denn gar nicht um unser Glück kämpfen?«

Sie konnte in seinem Gesicht lesen, dass er tief verletzt war, weil sie seinen Kampfgeist nicht teilte. Aber sie fühlte sich diesem Leben nicht gewachsen, das er von ihr verlangte.

Langsam schüttelte Anne den Kopf. »Es war eine wunderbare Zeit mit dir, aber jetzt kann mein Platz nicht an deiner Seite sein. Auf der Burg mag ich eine gute Frau für dich sein – aber schon hier reden alle über mich und meinen Vater, der nur ein Schmied ist. Wie soll das dann bei Hofe gehen? Alle werden darüber reden, dass du ein Mädchen geheiratet hast, das nicht standesgemäß ist.«

Enttäuschung schlich in seine hellen Augen. »*Das kannst du nicht ernst meinen. Du bist klug, schön und alles, was ich mir von einer Frau erträume. Du kannst mich doch nicht einfach allein lassen!*« *Er machte einen Schritt auf sie zu und nahm sie in seine Arme.* »*Mein geliebter Bruder ist gestorben, und ich muss eine Last tragen, von der ich geglaubt hatte, sie werde nie auf meinen Schultern ruhen. Das werde ich nur mit deiner Hilfe bewältigen.*« *Er küsste sie auf die Wange, auf den Hals und auf den Mund.* »*Lass mich nicht allein mit all diesen schrecklichen Menschen bei Hof und hier auf der Burg. Sie alle wollen meine Freundschaft nur, weil ich der künftige Graf bin. Nur bei dir bin ich mir sicher, dass du mich um meiner selbst willen liebst. Das lasse ich mir von niemandem nehmen, darauf kannst du dich verlassen.*« *Wieder bedeckte er sie mit seinen zarten Küssen, streichelte ihr über den Rücken und zog sie an sich wie ein Ertrinkender.*

Sie gab seinem Werben nach, erwiderte seine Küsse und ließ sich von ihm auf ihr breites Bett ziehen. »*Komm, sei bei mir, heute brauche ich meine Frau. Ich brauche deine Wärme und dein Leben so sehr, wie ich die Luft zum Atmen brauche!*«

Und sie küsste ihn zurück, genoss seine Liebkosungen und wollte so gerne glauben, dass eigentlich alles gut war. Dass Gerhards Tod nichts veränderte, dass Gregor auch als Graf alle seine Freiheiten genießen konnte. Und es war so gut, all die Zweifel hinter sich zu lassen und nur seine Haut an der ihren zu spüren.

Als sie am nächsten Morgen aufwachte, war der Platz neben ihr leer. Sie ließ ihre Hand über das kalte Kissen gleiten und richtete sich dann langsam auf. Anne hatte nicht gemerkt, dass er aufgestanden war, hatte keine Ahnung, wie lange er schon nicht mehr an ihrer Seite war.

Nachdenklich zog sie das Überkleid mit den dunklen Bändern an, schloss den Gürtel und band sich ein Kopftuch um. Sie hatte sich nicht an die Mode der feinen Damen bei Hofe gewöhnen können – weder an die eng geschnittenen Oberteile noch an die Gebende um den Kopf, die dafür sorgten, dass man weder ordentlich reden noch anständig essen konnte. Als Gräfin würde sie sich nicht mehr gegen diese Mode wehren können.

Kaum hatte sie ihre Gemächer verlassen, stürzte schon eine von Sophies Zofen auf sie zu. »Die Gräfin wünscht Euch zu sprechen!«, erklärte sie und drehte sich um, ohne eine Antwort abzuwarten.

Gräfin Sophie saß an ihrer großen Tafel. Sie beschäftigte sich mit dem Frühstück, das aus Getreidebrei und kaltem Fleisch bestand. Als Anne den Saal betrat, hob Sophie nicht einmal den Blick, sondern löffelte weiter. Kleine Bissen, damit sie trotz des Bandes unter dem Kinn kauen und schlucken konnte. Vom Fleisch säbelte sie winzige Stücke ab, die sie wie ein hungriges Vögelchen zwischen die Lippen nahm.

»Du musst gehen!«, erklärte sie ohne weitere Umschweife. Der erste Satz, den sie an Anne richtete, seitdem diese ihren Sohn geheiratet hatte.

»Aber ich kann doch meinen angetrauten Gatten nicht einfach im Stich lassen!«, empörte Anne sich halbherzig. Die letzte Nacht mit Gregor war wunderbar gewesen – aber das änderte nichts daran, dass diese Frau ihr das Leben zur Hölle machen würde, wenn sie nicht bereit war, zu gehen.

Die alte Frau beschäftigte sich weiter mit ihrem Frühstück und sah nicht auf, während sie redete. »Doch, das kannst du. Wenn du ihn liebst, dann musst du es sogar tun. Sieh dich an: Du weißt dich nicht zu kleiden und noch sehr viel weniger zu benehmen. Möchtest du mit deinem Verhalten deinen Gatten zum Gespött im gesamten Königreich machen? Wenn du ohne angemessene Kleidung auch nur ein einziges Mal bei Hof auftauchst, dann kann Gregor sich nicht mehr dort blicken lassen. Nein, du wirst in ein Kloster gehen und den Rest deiner Tage mit Gebeten verbringen. Du kannst beruhigt sein, ich werde dafür Sorge tragen, dass man dich gerne aufnimmt und es dir an nichts mangelt.«

»Was passiert, wenn ich mich weigere?« Anne hörte selbst, dass ihre Stimme zittrig und wenig überzeugend klang. Sie hatte schon verloren.

»Das wird nicht passieren«, erklärte die Gräfin und schob sich einen weiteren Bissen in den Mund. Das Band schnitt unter dem Kinn ein, sie kaute mühsam. Erst als sie heruntergeschluckt hatte, konnte sie weiterreden. »Denn wenn du dich weigerst, dann wird Gregor schneller zum Witwer, als es ihm lieb sein kann. Er kann nicht immer auf dich achten, dafür hat er zu viele Pflichten. Mach dir also keine Hoffnung, dass er dich schützen kann.«

Erstmalig hob die Frau ihre Augen vom Teller und sah Anne an. Sie hatte zwar die gleichen hellen Augen wie ihr Sohn, doch in ihren war kein Gefühl zu erkennen. »Also? Wirst du meinen Wünschen gehorchen?«

Langsam nickte Anne. Auch wenn Gregor ihr schwor, dass er ohne sie an seiner Seite nicht leben wollte: Sie konnte sich dieser befehlsgewohnten Frau nicht entgegenstellen. Das Leben auf der Burg war schon jetzt schwer genug. Sie wusste einfach nicht, was von ihr als Gemahlin des Grafensohnes erwartet wurde. Wie schwer würde es erst werden, wenn Gregor der neue Graf war? Dafür war sie nicht bestimmt, das war nicht der Stand, für den sie geboren war.

Befriedigt nickte die Gräfin. »Dann werde ich alles in die Wege leiten, was für deinen Rückzug ins Kloster nötig ist. Sei unbesorgt, für deinen Gehorsam wirst du mit einem schönen Leben belohnt.« Sie wedelte mit der Hand. »Du kannst dich jetzt zurückziehen. Ich werde es dich wissen lassen, wenn die Kutsche für dich bereitsteht.«

Langsam drehte Anne sich um und ging durch die kalten Gänge zurück in ihre Gemächer.

Sie kam nur wenige Schritte weit, dann trat Gregor plötzlich neben sie. Er musste zumindest das Ende des Gesprächs von der Tür her verfolgt haben. Sein Gesicht war so weiß wie ein frisch gebleichtes Laken.

»Ich habe gehört, was du zu meiner Mutter gesagt hast«, erklärte er. »Wie konntest du nur alles verraten, was wir einander geschworen hatten? Ich war bereit, für dich zu kämpfen, ich hätte dafür gesorgt, dass meine Mutter dir nichts antun kann. Und du wirfst all das weg, bloß weil sie dich ein bisschen bedroht? Das verstehe ich nicht. Liebst du mich denn gar nicht mehr? Haben dir all unsere Schwüre und unser Ehegelöbnis nichts bedeutet?«

Sie sah in seinen hellen Augen die Enttäuschung, die sie ihm bereitet hatte. Entschuldigend hob sie die Hände. »Wie soll ich deiner Mutter widersprechen? Ich weiß mich nicht einmal zu kleiden, wie es von einer Dame bei Hof erwartet wird. Wie soll ich dir da eine Hilfe sein?«

»Du wärst mir eine Hilfe gewesen, wenn du mir nur vertraut hättest. Wenn deine Liebe größer gewesen wäre als deine Angst. Aber deine Furcht hat gesiegt, und damit ist unsere Liebe am Ende. Aber das war deine Entscheidung, nicht meine. Und du musst damit leben, bis Gott dich nach einem Leben im Kloster zu sich holt.« Tränen standen ihm in den Augen, als er sich langsam abwandte. »Ich habe meiner Mutter gesagt, dass ich zu meiner Ehe wie ein Fels stehen würde – und dass sie dich ganz bestimmt nicht dazu überreden könne, auf ein gemeinsames Leben mit mir zu verzichten. Du bist beim leisesten Wind schon umgefallen. Ich habe mich in dir getäuscht.«

Damit drehte er sich um und verschwand wieder in den großen Saal, in dem Gräfin Sophie wahrscheinlich immer noch frühstückte.
Anne sah ihm hinterher.
So vieles hätte sie ihm noch sagen wollen: von ihrer Liebe, von ihren Ängsten und vom Gefühl, ihm nur im Weg zu stehen. Und von der Furcht, dass er irgendwann entdecken könnte, dass sie nur ein Klotz an seinem Bein war. Ein Gewicht, das ihn an allem hinderte, wovon er träumte. Sie hatte solche Angst, dass sie einst seine Liebe verlieren könnte – die Liebe, die sie jetzt schon verloren hatte.
Anne taumelte zurück in ihr Zimmer, ließ sich auf das Bett fallen, das sie eben noch in Leidenschaft und Liebe geteilt hatten. Schluchzend legte sie sich die Hände aufs Gesicht. Jetzt konnte sie nur noch auf die Nachricht der Gräfin warten, dass alle Vorbereitungen für ihr neues Leben getroffen seien.
Eine Zelle in einem Kloster, die sie erst verlassen würde, wenn es Gott beliebte, sie zu sich zu holen.

17

»Was soll das denn?« Sie starrte Thomas Seeger an. »Ich durchlebe eine mittelalterliche Liebesgeschichte bei einem Burggrafen und muss am Schluss ins Kloster. Was hat das mit meinen Albträumen zu tun? Oder überhaupt mit meinem Leben? Ich scheine zu viel Fantasie zu haben. Offensichtlich fühlt sich mein Unterbewusstsein im Mittelalter so richtig zu Hause – und ich habe keine Ahnung, was das zu bedeuten hat.«

Seeger wiegte bedächtig den Kopf. »Das kann ich nicht sagen. Sie müssen selbst herausfinden, was diese Geschichten bedeuten, die Sie unter Hypnose erleben. Gibt es eine Botschaft, die ihnen allen gemeinsam ist?«

»Na ja, sie spielen vor langer Zeit, und ich bin am Ende immer unglücklich. Wenn das die Botschaft ist, bin ich mir nicht sicher, ob ich mehr darüber wissen will.« Anne schüttelte den Kopf und stand langsam auf. »Diese Hypnosen haben bei mir keinen Erfolg. Ich habe offenbar keinen Zugang zu meinem Unterbewusstsein, sondern nur zu längst vergangenen Geschichten. Und zu allem Überfluss erfahre ich dabei nichts als Unglück.«

»Ich kann Sie verstehen«, meinte der Therapeut und seufzte. »Ehrlich gesagt habe ich mir mehr von den Behandlungen erhofft. Was haben Sie jetzt vor?«

»Ich habe noch keinen Plan«, erklärte Anne, griff nach ihrer Tasche und verließ das Behandlungszimmer.

Noch unten auf der Straße war sie verwirrt, und der Gedanke an den Sex während der Hypnose trieb ihr die Röte ins Gesicht. Was war da nur passiert? Hatte Thomas Seeger davon etwas mitbekommen? Wer weiß, ob sie nicht gestöhnt hatte. Die Berührungen des Grafen waren so zärtlich gewesen, so einfühlsam ... Was hatte diese Anne nur geritten, als sie freiwillig ins Kloster verschwunden war? So einen wunderbaren Mann wie diesen Gregor fand man schließlich nicht so leicht wieder.

»Ich habe von einem schönen, neuen Restaurant an der Altmühl gelesen. Kommst du mit?« Wie aus dem Nichts stand Joris neben ihr und strahlte sie an.

Müde winkte Anne ab. »Sei mir nicht böse, aber ich kann mich heute nicht mehr unterhalten. Die Sitzung mit deinem Bruder war heute einfach zu viel für mich ...« Sie bemühte sich um ein Lächeln, von dem sie selbst wusste, dass es angestrengt aussah. »Vielleicht ein anderes Mal?«

Die Enttäuschung war Joris anzusehen. »Würde dir ein wenig Ablenkung nicht guttun?«

Sie schüttelte heftig den Kopf. »Nein, ich muss jetzt einfach ein bisschen allein sein. Bitte, sei mir nicht böse, aber ich muss irgendwie mit dem fertigwerden, was ich unter Hypnose erlebe. Ich weiß nicht, woher die Geschichten kommen und was sie bedeuten, wenn sie überhaupt etwas zu sagen haben.«

Sie versuchte ihm zum Abschied zuzulächeln, dann bog sie in eine schmale Gasse ab. Das helle Sonnenlicht und die vielen fröhlichen Menschen, die so offensichtlich den Sommertag genossen, beruhigten sie. Langsam ging sie nach Hause.

Die Bilder aus der Hypnosesitzung verfolgten sie weiter. Diese Gräfin, die sie nicht eines Blickes gewürdigt hatte, das Gefühl, für diese Frau von keinerlei Wert zu sein. Und überhaupt – was war das für ein Band gewesen, das diese Frau um den Kopf trug? Hatte es so etwas wirklich mal gegeben, oder war das nur das Produkt ihrer überspannten Fantasie? Dann erinnerte sie sich an ihre widerstreitenden Gefühle, als sie den Befehlen der Gräfin einfach nur gefolgt war.

Schuld gegenüber Gregor.

Trauer über die verlorene Liebe.

Erleichterung, dass der Kampf vorbei war. Dass sie ein ruhiges Leben ohne jede Aufregung führen durfte.

Anne musste an die Erlebnisse denken, die sie bei ihrer vorigen Hypnosesitzung gehabt hatte. Da war sie doch auch in einem Kloster gewesen und hatte die langweilige Sicherheit der großen Welt vorgezogen.

Ihre Schritte wurden langsamer. War es heute nicht genauso?

Noch bevor sie diesen Gedanken zu Ende denken konnte, tippte ihr eine Hand von hinten auf die Schulter.

»Anne Thalmeyer?«

Die Stimme von Lukas Marburg. Er war etwas außer Atem und schien ihr einige Schritte hinterhergelaufen zu sein. »Müssen Sie nicht arbeiten?« Er sah sie neugierig an.

Anne zuckte verlegen mit den Schultern. »Mein Chef hat mir ein paar Tage Urlaub verordnet. Er findet, dass ich übermüdet bin und nicht ganz auf der Höhe meiner Kräfte. Ich habe Ihnen doch von diesen Träumen erzählt – offenbar kostet mich das mehr Energie, als ich mir eigentlich eingestehen wollte.«

»Und? Hilft es? Die freien Tage, meine ich?« Er sah sie mit ernsthaftem Interesse an.

»Leider nicht.« Anne schüttelte den Kopf. »Diese elenden Träume verfolgen mich weiter und sorgen dafür, dass ich wie ein Zombie durch die Gegend laufe. Jetzt habe ich versucht, der Sache mit einer Hypnose auf den Grund zu gehen. Doch alles, was dabei herausgekommen ist, sind merkwürdige Geschichten aus längst vergangenen Zeiten.«

»Was denn zum Beispiel?« Er lachte verlegen. »Sie wissen doch, dass ich alles spannend finde, was schon länger her ist.«

»Ach, die Geschichten sind sicher nur meiner Fantasie entsprungen«, winkte sie ab. »Reden wir lieber über handfeste Dinge wie zum Beispiel unsere Skelette. Gibt es neue Hinweise? Irgendetwas, das erklären könnte, wie sie in diese Grube geraten sind?«

»Da haben wir tatsächlich etwas gefunden. Kommen Sie, ich lade Sie auf einen Kaffee ein, dann kann ich Ihnen erklären, was wir entdeckt haben.«

Sie folgte ihm in eine Nebenstraße, in der vor einem kleinen Café einige Tische auf der Straße standen. Lukas Marburg steuerte zielsicher auf den letzten freien Tisch zu.

»Was möchten Sie trinken?«, fragte er.

»Ich glaube, einen Milchkaffee. Und Sie?«

»Das nehme ich auch.«

Als die beiden Milchkaffees vor ihnen auf dem Tisch standen, sah Lukas Marburg sein Gegenüber etwas verlegen an.

»Bevor wir wieder über unsere Skelette sprechen ... Würde es Ihnen etwas ausmachen, wenn wir uns duzen? So weit sind wir vom Alter her ja nicht auseinander, und ich würde mich gleich ein bisschen jünger fühlen. Ich heiße Lukas.«

Anne lächelte. »Das können wir gern machen. Ich heiße Anne, aber das wissen Sie ... weißt du ja auch schon.« Scherzhaft hob sie ihre Kaffeetasse, um mit Lukas anzustoßen. »Jetzt interessiert mich aber, was du mir erzählen wolltest.«

Lukas zückte sein Tablet und öffnete einen Ordner mit Bildern. »Schau mal, das haben wir gefunden, als meine Assistentin die Erde gesiebt hat, die die beiden Skelette umgeben hat. Das machen wir routinemäßig, eigentlich wollten wir damit die Geschichte der beiden endgültig abschließen.« Er tippte auf ein Bild und zog es etwas größer. »Hier kannst du eine Pfeilspitze sehen.«

Anne zog die Stirn kraus. Sie sah einen Klumpen. Braun, rostig, unförmig. »Pfeilspitze?«, fragte sie unsicher. »Um ehrlich zu sein ...«

»Einen Moment!« Er vergrößerte das Bild noch einmal. »Jetzt kann man es vielleicht besser sehen?« Er deutete auf eine Ecke, die aus dem Klumpen herausragte. »Das ist die Spitze.«

»Wenn du das sagst, dann will ich dir das glauben, aber ich kann beim besten Willen nichts sehen, tut mir leid.«

»Das geht vielen Menschen so, wenn sie das erste Mal ein unbearbeitetes Artefakt sehen. Am Anfang sieht es leider noch nicht so aus wie später im Museum«, erklärte Lukas lächelnd. »Aber du kannst mir glauben: Es ist eine Pfeilspitze. Und zwar ganz bestimmt eine aus dem Dreißigjährigen Krieg, abgeschossen von einem Schweden. Oder von einem Menschen, der sich als Söldner für die Schweden verdingt hat.«

»Und was bedeutet das?« Sie sah ihn fragend an.

»Wir können ihren Tod sehr genau terminieren. Wir wissen, wann die Schweden hier in Eichstätt waren.« Er sah sie so aufgeregt an, dass Anne sich unwillkürlich mit ihm freute.

»Und? Wann war das?«

»Im Jahr 1634. Damals wurden weite Teile von Eichstätt in Schutt und Asche gelegt. Am 12. Februar wurden sechs Kirchen und 440 Häuser verbrannt, nichts und niemand war vor den anrückenden Soldaten sicher. Ich würde fast meine Hand dafür ins Feuer legen, dass die junge Frau an diesem 12. Februar ihr Leben lassen musste.«

Er schloss das Bild und öffnete ein weiteres. Es zeigte einen langen, schmalen Knochen. »Ich habe mit meinem Kollegen von der Rechtsmedizin über die merkwürdige Veränderung der Knochen am Rippenbogen gesprochen. Er ist der Meinung, dass sie mit einer schlechten Ernährung in den Monaten der Schwangerschaft zusammenhängt. Du kennst den Spruch, dass jedes Kind einen Zahn der Mutter fordert?«

»Nein ... ich habe mich mit dem Kinderkriegen bisher nicht beschäftigt.« Sie zuckte verlegen mit den Schultern.

»Egal, auf jeden Fall sagt das der Volksmund. Der Aufbau des Embryos kostet den Körper der Mutter schon unter normalen Umständen alle Energie. Wenn dann auch noch eine Stadt belagert wird und Essen und Trinken knapp werden, dann wird es wirklich ein bisschen eng. Hier sieht es so aus, als hätte der Körper zum Wohle des Kindes einen Teil des Calciums aus den eigenen Knochen geholt ... Die junge Frau muss sehr schwach gewesen sein, als sie von dem Pfeil getroffen wurde. Womöglich hätte sie die nächsten Wochen nicht überstanden.«

Er sah sie stolz an. Ein bisschen wie ein Hund, der gerade erfolgreich ein Stöckchen apportiert hatte. »Wie sieht es aus? Damit müsste deine Geschichte über die beiden doch richtig gut werden?«

»Da hast du recht. Ich hoffe, mein Chefredakteur will die immer noch haben. Ich habe im Moment oft das Gefühl, er liest lieber etwas vom neuen Volontär als von mir ...«

»Schlimmer Ärger?« Er sah sie mitfühlend an. »Vielleicht kommen deine Albträume ja daher? Hin und wieder findet die Seele merkwürdige Wege, um sich mitzuteilen.«

»Das glaube ich nicht. Es braucht mehr als nur einen blonden, ehrgeizigen Typen, der versucht, mir das Wasser abzugraben.« Sie lachte auf. »Nein, diese ewigen Bilder von brennenden Häusern, fliegenden Steinen und fiesen Gestalten entstammt ganz sicher nur meiner eigenen Fantasie.«

»Ach, das ist es, was du träumst?« Lukas sah sie aufmerksam an. »Das ist ja fast wie im Dreißigjährigen Krieg!«

»Das mag sein. Dennoch bin ich mir ganz sicher, dass ich da noch nicht gelebt habe. Ich fühle mich im Moment zwar hin und wieder steinalt, vierhundert Jahre bringe ich dann aber doch nicht hin. Und ich vermute, mit einer einzigen Nacht Schlaf wäre auch alles wieder in Ordnung.«

»Trotzdem finde ich interessant, was du da erzählst. Hunger und Not – genau das muss die Bevölkerung hier in Eichstätt während der Belagerung durch die Schweden erlebt haben«, fuhr Lukas fort. »Die wenigen Berichte aus der damaligen Zeit, die wir heute noch haben, erzählen allesamt von Hunger. Und da geht es nicht um ein bisschen Magenknurren. Die Menschen haben die Pferde gegessen, die verreckt sind – und nicht selten wird auch von Kannibalismus erzählt. Ekelhafte Zeiten ...«

»Allmählich kann ich mir vorstellen, wie der schlimme Alltag unserer beiden Liebenden ausgesehen haben könnte. Mit meinen schrecklichen Träumen hat das aber trotzdem nichts zu tun, glaube ich. Dafür hätte ich noch eine andere Frage«, fuhr Anne fort.

Ihr war wieder eingefallen, dass Lukas ihr neulich das Kloster gezeigt hatte, das in den Erlebnissen ihrer zweiten Hypnosesitzung vorgekommen war. Vielleicht kannte er auch die Liebesgeschichte mit dem Burggrafen? Schließlich schien Lukas alles zu wissen, was man über Eichstätt und seine Geschichte in Büchern lesen konnte. Und noch einiges darüber hinaus.

Er sah sie aufmerksam an. »Und zwar?«

»Es ist vielleicht nur ein Hirngespinst, aber ich meine, ich habe mal eine Liebesgeschichte über einen Burggrafen hier in der Gegend gehört. Und jetzt kriege ich es nicht mehr zusammen ...« Sie entschied sich, den etwas merkwürdigen Hintergrund mit der Hypnose besser für sich zu behalten. »Soweit ich mich erinnere, hat er weit unter seinem Stand geheiratet, was völlig in Ordnung war, solange er nur der Zweitgeborene war. Erst als der eigentliche Erbe an einer Krankheit gestorben war, rückte er plötzlich ins Zentrum des Interesses. Seine Mutter hat ihn gezwungen, seine Ehe mit dem einfachen Mädchen aufzugeben ... Daraufhin hat er standesgemäß geheiratet.« Gespannt sah sie ihn an. »Habe ich das völlig falsch abgespeichert, oder gab es diese Geschichte wirklich?«

»Nun, solche Geschichten hat es wohl öfter gegeben«, meinte Lukas. »Die Zweit- oder gar Drittgeborenen hatten immer so eine Art Narrenfreiheit. Sie konnten die Vorteile ihres hochwohlgeborenen Lebens auskosten, ohne allzu viele Verpflichtungen aufgebürdet zu bekommen. Viele waren Soldaten, die Feinsinnigeren unter ihnen haben sich oft genug der Kirche zugewandt und wurden Mönche. Ihr Leben hat sich dann immer um hundertachtzig Grad gedreht, wenn der eigentliche Erbe ausgefallen ist ...« Lukas runzelte die Stirn. »Erinnerst du dich noch daran, wie dieses Geschlecht hieß? Das würde die Suche nach dem richtigen Jahrhundert gewaltig einschränken.«

»Das war irgendein Doppelname. Schlimmer als alles, was man heute an Namen hört. Irgendwas mit Hirschquell oder Hirschberg ...«

»Die Grafen von Grögling-Hirschberg!«, unterbrach Lukas sie aufgeregt. »Ja, klar, die sind bekannt. Dann weiß ich auch, was für eine Geschichte du meinst. Die könntest du irgendwann einmal bei einem Heimatkundelehrer gehört haben. Oder warst du womöglich auf dem Gabrieli-Gymnasium?«

Anne schüttelte den Kopf. »Ist das Gabrieli denn nicht ein reines Internat?«

»Es ist ein musisches Gymnasium mit einem Internat für die Schüler, die nicht in Eichstätt und näherer Umgebung wohnen. Aber wenn du nicht unbedingt ein Instrument spielen oder eine Theatergruppe besuchen willst, dann ist das wahrscheinlich die falsche Wahl ... Es hätte nur erklärt, warum du von den Grafen Grögling-Hirschberg schon einmal gehört hast.«

»Ich verstehe den Zusammenhang zwischen der Schule und dem Adelsgeschlecht immer noch nicht ganz ...« Sie sah Lukas fragend an.

Er machte eine einladende Handbewegung. »Komm mit! Ich kann dir das zeigen, das ist besser als jede langweilige Erklärung. Dauert auch sicher nicht lange.« Er lachte auf. »Und du musst keine Angst haben, dass dir wieder schlecht von einem Übermaß an Weihrauch wird. Bei dem, was ich dir jetzt zeigen will, riecht es höchstens nach Pubertät und Lehrerschweiß ...«

18

Anne kannte das Gabrieli-Gymnasium lediglich von außen. Wenn es dort einen Hinweis auf diese Grafen gab, dann war es kein Wunder, dass sie davon nichts wusste.

Offensichtlich kannte Lukas sich aus, denn er ging zielstrebig durch die Tore der Schule, die in einem alten Kloster untergebracht war. »Dieser Bereich ist für die Öffentlichkeit eigentlich nicht zugänglich«, erklärte er ihr. »Das, was ich dir zeigen will, befindet sich in der Aula, die ursprünglich die Kirche des Dominikanerklosters war. Zum Glück kann ich mich als Mitglied des Historischen Seminars ziemlich frei bewegen, solange ich weder den Unterricht noch die Kinder des Internats störe. Heute Abend sollte in der Aula nichts mehr los sein. Die meisten Internatskinder sind am Wochenende ohnehin bei ihren Eltern. So wurde es mir zumindest erklärt, als ich die Schlüssel bekommen habe.«

Sie betraten die Aula, die tatsächlich noch an ihre ursprüngliche Bestimmung erinnerte. Ohne sich lang aufzuhalten ging Lukas zu einer Stelle an der Wand und deutete wie ein Zauberkünstler darauf. »Das hier ist wahrscheinlich die Grundlage für dein Wissen über die Gräfin und ihren ungeratenen Sohn.«

Mit einer starken Taschenlampe leuchtete er das aus, was er ihr zeigen wollte. Neugierig sah Anne sich das Kunstwerk an. Eine Madonna, ein paar Heilige. Ritter. Alle ohne Köpfe. Eine Inschrift in der Ecke, noch mehr Buchstaben um das gesamte Bild.

Auf Latein. Unglücklicherweise hatte sie nie Latein gelernt. Bis zu diesem Zeitpunkt hatte sie die Kenntnis dieser toten Sprache keine Sekunde vermisst, doch nun sah sie Lukas etwas hilflos an.

»Ich fürchte, ich habe keine Ahnung, was ich hier gerade vor mir habe. Sieht für mich aus wie ein ziemlich kaputtes Bild von ein paar Heiligen. Ich habe keinen blassen Schimmer, warum du mir das zeigen wolltest ...«

»Ehrlich?« Er sah sie überrascht an. Offensichtlich konnte er sich nicht vorstellen, dass es Menschen gab, die mit diesem Kunstwerk nichts anfangen konnten. »Das hier ist eines der bedeutendsten Zeugnisse spätgotischer Grabplastik im bayerischen Raum!« Er sah sie gespannt an, doch leider hatte Anne immer noch keine Ahnung. Da begriff er, dass er wohl etwas weiter ausholen musste. »Was du hier siehst, ist die Gräfin Grögling-Hirschberg, die gemeinsam mit ihren Söhnen das Kloster gestiftet hat. In ihren Händen halten sie ein kleines Modell der Kirche, das sie der Madonna anbieten. Die Apostelfürsten halten schützend ihre Hände über die Stifterin und ihre Familie. Das hat den Söhnen übrigens nicht viel gebracht. Sophies Ältester Gerhard starb noch vor seiner Mutter ...«

»Sophie?«, quiekte Anne. »Die Mutter hieß Sophie?«

»Genau. Nach Gerhards Tod wurde sein jüngerer Bruder Gregor der Erbe des Grafentitels. Er war allerdings der Letzte seines Geschlechts, mit ihm endete die Geschichte der Grafen von Grögling-Hirschberg. Das war Ende des 13. Jahrhunderts.«

»Weiß man, warum das Geschlecht ausstarb? Es dürfte

dem Grafen doch eigentlich ein Anliegen gewesen sein, Nachkommen in die Welt zu setzen, oder?«

»Vielleicht war er impotent oder schwul. Oder ein Jagdunfall hat dafür gesorgt, dass er zeugungsunfähig wurde ...« Lukas lachte. »Keine Ahnung, über solche intimen Details schweigen sich die Quellen meistens aus. Eins davon wird schon stimmen – denn du hast natürlich recht: Die Adeligen haben sich vorrangig darum gekümmert, dass ihre Linien weitergeführt werden.«

»Und was, wenn ihn seine Mutter in eine unglückliche Ehe gezwungen hat? Das könnte doch sein, oder etwa nicht?« Sie sah ihn gespannt an. Woher kam nur ihre klammheimliche Freude, dass Sophie mit ihrem hinterhältigen Plan offenbar nicht durchgekommen war?

»Die Vorstellung von glücklicher oder unglücklicher Ehe gab es damals eigentlich nicht«, erklärte Lukas kopfschüttelnd. »Im Mittelalter wussten die Menschen, was ihre Aufgabe war. Und ein Gregor von Grögling-Hirschberg wusste, dass er einen Nachkommen zu zeugen hatte. Egal, ob ihm die Gattin unfassbar hässlich war. Augen zu und durch – das war damals die Devise. Das galt im Übrigen für alle Bevölkerungsschichten.« Er sah sie mit einem merkwürdigen Ausdruck in den Augen an, aus dem Anne nicht recht schlau wurde. »Die romantische Liebe ist ein Konzept der Neuzeit.«

»Aber es könnte doch sein, dass Gregor sich aus irgendeinem Grund seiner Pflicht entzogen hat«, beharrte Anne. »Zum Beispiel, weil er schon heimlich verheiratet war!«

»Deine Fantasie geht mit dir durch!«, winkte Lukas ab. »So etwas gab es damals nicht. Wäre ja noch schöner, wenn jeder einfach den heiratet, der ihm gefällt, hätten die Leute gedacht. Das hätte die reine Anarchie bedeutet und das Gefüge der Welt infrage gestellt.«

»Aber es muss doch schon damals Leute gegeben haben, die sich geliebt haben?« Sie erinnerte sich nur zu gut an die Gefühle, die sie unter Hypnose gehabt hatte.

Er sah sie wieder mit diesem eigentümlichen Ausdruck an und strich sich nachdenklich über die Unterlippe. »Keine Ahnung, warum du so sehr darauf bestehst, dass es damals schon etwas wie Liebe gab. Ich für meinen Teil bin mir sicher, dass es durchaus nicht standesgemäßen Sex und Prostitution gab. Doch selbst eine Geliebte, eine Buhle, verfolgte einen ganz bestimmten Zweck, wenn sie sich auf einen Partner einließ. Sie wollte Macht oder Geld oder beides. Mit einem unehelichen Kind, einem sogenannten Kegel, konnte sie ihren Anspruch leichter durchsetzen. Wer weiß, was passiert sein mag, wenn sich ein Mann oder eine Frau mit einem neuzeitlichen Verständnis von Liebe in einen Partner verliebte, der ein traditionelles Verständnis von Ehe hatte ...«

Lukas sah sie kopfschüttelnd an. »Keine Ahnung, warum du so sehr auf deine romantische Liebe bestehst. Man kann nur spekulieren, was die Menschen damals empfunden haben mögen. Die Wahrheit ist: Wir wissen es nicht.« Er zuckte mit den Achseln. »Wahrscheinlich waren sie einfach nur froh, wenn sie ihre Ruhe hatten, keinen Hunger leiden mussten und gesund waren. Den modernen Begriff von Glück kannten sie so wenig wie die Liebe.«

»Traurig«, murmelte Anne, »wenn es nur darum geht, dass man überlebt.«

»Ist es denn heute so anders?« Er sah sie fragend an. »Wir sind zwar anspruchsvoller, wenn es um die Schmerzfreiheit und die Partnerwahl geht. Aber ansonsten sind wir doch auch froh, wenn wir so lange wie möglich überleben.«

»Brrrr, das mag ich mir gar nicht vorstellen!« Sie fröstelte.

In diesem Augenblick erklangen hinter ihnen schwere Schritte. »Was machen Sie denn hier?«, ertönte eine laute Stimme. »Der Zutritt zur Schule ist für Unbefugte verboten!«

Lukas zog einen Ausweis aus seiner Jackentasche. »Ich bin aber befugt. Ich bin Professor Marburg vom Historischen Institut.«

Der Mann, der offensichtlich so eine Art Hausmeister war, studierte den Ausweis lange und gründlich, bevor er ihn Lukas zurückgab. »Und wer ist das da?«, fragte er mit einem Nicken in Annes Richtung.

»Meine Begleitung ...« Lukas errötete. »Ich meine: Meine Assistentin! Frau Thalmeyer ist meine Assistentin.«

»Und die muss sich unsere Aula unbedingt an einem Freitagabend ansehen?« Der Mann musterte Anne misstrauisch. »Hat sie wenigstens einen Ausweis? Wenn sie Ihre Assistentin ist, muss sie doch auch einen haben?«

»Den habe ich leider vergessen!« Anne bemühte sich um ein harmloses Lächeln. »Ich soll am Montag einen Vortrag über die Stifterin des Klosters halten, da war der Professor so freundlich, mir dieses Denkmal zu zeigen. Jetzt kann ich natürlich sehr viel besser ...«

»Wenn Sie es gesehen haben, dann können Sie ja wieder gehen!«, unterbrach er ihr etwas idiotisches Gestammel.

Augenblicke später fanden sie sich auf der Straße vor dem Gymnasium wieder.

»Du hättest mir das gar nicht zeigen dürfen?«, fragte Anne und konnte ein Lächeln nicht unterdrücken. »Das hast du aber mit keinem Wort erwähnt.«

»Ich hätte nicht gedacht, dass irgendjemand darauf achtet«, verteidigte sich Lukas und sah auf seine Uhr. »Was sollen wir denn mit dem angebrochenen Abend machen? Hast du Lust, noch etwas essen zu gehen?«

Anne wollte schon dankend ablehnen, als sie mit einem Schlag bemerkte, wie hungrig sie eigentlich war.

»Gerne. Wohin soll es denn gehen?«

»Ich kenne ein kleines Restaurant ganz in der Nähe«, erklärte er. »Nichts Besonderes, aber ich finde die Schnitzel einfach wahnsinnig lecker.« Mit einem schiefen Lächeln sah er sie an. »Solltest du Vegetarierin sein, dann ist das natürlich nichts für dich ...«

»Keine Sorge«, sie winkte ab. »So hungrig, wie ich bin, könnte ich ein ganzes Schwein verdrücken. Und auch wenn ich nicht so hungrig bin, habe ich bisher der Sache mit der fleischlosen Ernährung nichts abgewinnen können.«

»Prima.« Er schien sich wirklich zu freuen, als sie ihm folgte.

Anne wurde ein ganz klein bisschen vom schlechten Gewissen gequält – immerhin hatte sie vor wenigen Stunden Joris mit demselben Anliegen abblitzen lassen. Aber da war sie ja auch nicht so hungrig gewesen, versuchte sie sich selbst zu rechtfertigen.

19

Sorgfältig wischte sie mit einem Stück Weißbrot die letzten Tropfen der Buttersoße mit der Petersilie und den Pfifferlingen auf, die sie dann doch anstelle des Schnitzels gegessen hatte. Es war köstlich gewesen.

Lukas redete seit einiger Zeit von seinem Seminar, seinen Forschungen und seinen Studenten, und Anne ließ seinen Redefluss einfach an sich abperlen. Er schien keine Antwort zu erwarten, und so nickte sie nur hin und wieder, nahm einen Schluck von ihrem Weißbier und lächelte ihn an. Mit einem Mal war es still.

Überrascht sah sie auf und blickte Lukas an, der sie mit einem halben Lächeln musterte. »Du hast mir gar nicht zugehört, stimmt's?«

Schuldbewusst wischte sich Anne den Mund mit der Serviette ab. »Ich fürchte, ich habe mich ein bisschen zu sehr auf das Essen konzentriert. Tut mir leid, das ist wirklich unverzeihlich. Was hast du gerade eben gesagt?«

»Das war nicht wirklich wichtig«, winkte er ab. »Ich habe nur ein wenig Universitätsklatsch mit dir geteilt. Wahrscheinlich für jeden langweilig, der sein Leben nicht in der Uni verbringt.«

»Nein, nein, gar nicht.« Sie lächelte und versuchte, die Gedanken an Gregor und seine Mutter aus ihrem Kopf zu vertreiben.

»Ich muss dir ohnehin etwas Wichtiges sagen ... Zumindest wichtiger als mein Klatsch über Menschen, die du ohnehin nicht kennst.« Lukas nestelte verlegen an seinem Hemd herum. Dabei fiel ein Knopf ab, den er erst überrascht ansah und dann möglichst unauffällig in seine Hosentasche steckte. Er schien eine Weile nach Worten zu suchen, dann sprudelte es einfach aus ihm heraus. »Anne, ich weiß nicht, wie ich es sagen soll. Ich habe mich verliebt. In dich. Seit du das erste Mal an der Ausgrabungsstelle aufgetaucht bist, muss ich ständig an dich denken. Und weil du so oft bei mir nachfragst und immer so tust, als würdest du dich wirklich für das Schicksal dieser beiden Skelette interessieren, habe ich mir gedacht, dir könnte es genauso gehen. Habe ich recht?«

Zumindest musste Anne jetzt nicht mehr an Gräfin Sophie denken. Fassungslos sah sie Lukas an, der auf eine Antwort wartete.

»Ich habe dich wirklich gern ...«, begann sie zögernd und sah, dass Lukas vor Aufregung die Schweißperlen auf der Stirn standen. »Aber ich habe gar nicht an die Möglichkeit gedacht, dass ... Ich meine, ich bin doch nur eine Redakteurin und schreibe über unwichtige Dinge, und du bist Professor ...«

»Das ist doch überhaupt nicht wichtig!«, unterbrach er sie. »Entscheidend ist für mich nur, ob wir unser Leben zusammen verbringen können. Und da bin ich mir so sicher wie noch nie!«

Mit leuchtenden Augen blickte er sie an, und Anne fragte sich, ob sie eben irgendetwas gesagt haben mochte, das ihn zu einer solchen Hoffnung berechtigte. Sie musste wohl deutlicher werden.

»Versteh mich nicht falsch«, nahm sie erneut Anlauf.

»Ich will dich nicht verletzen, aber ich fürchte, ich fühle nicht dasselbe wie du ...«

»Aber das kann doch nicht sein!«, rief Lukas aus. »Gerade eben hast du mich doch noch zur romantischen Liebe befragt. Keine Frau redet mit einem Mann über die Liebe, wenn sie nicht etwas für ihn empfindet ...«

Mitleidig sah Anne ihn an. Er wirkte so verzweifelt und verloren, dass sie ihn am liebsten in den Arm genommen hätte. Aber damit wäre die Situation noch schlimmer geworden.

»Es gibt doch so viele Frauen, die sich darüber freuen würden, wenn du ihnen auch nur ein klein wenig Aufmerksamkeit schenken würdest«, erklärte sie schließlich. Und merkte selber, wie lahm das klang. »Deine Assistentin, die du im Wald dabeihattest, wirkte mir wie ein großer Fan.«

»Es geht mir doch nicht darum, irgendeine Frau zu lieben. Ich will dich!« Er fing wieder an, an seinen Knöpfen zu nesteln, und Anne befürchtete, dass es nicht mehr lange dauern würde, bis der nächste nachgab.

Verlegen trank sie noch einen weiteren Schluck. Nie hatte sie auch nur eine Sekunde lang über die Möglichkeit nachgedacht, dass Lukas Marburg mit seiner Freundlichkeit ein anderes Ziel verfolgte als die Vermittlung seines Geschichtswissens. Weit gefehlt. Offensichtlich hatte ihr Radar, wenn es um zwischenmenschliche Dinge ging, völlig versagt. Vielleicht war sie auch die ganze Zeit mit sich selbst beschäftigt gewesen – und hatte so alle anderen Menschen aus dem Blick verloren. Vor allem diejenigen Menschen, die sich um sie kümmerten.

»Ich denke, wir sollten uns in nächster Zeit weniger

sehen«, murmelte sie leise. »Ich kann dir gar nicht sagen, wie leid es mir tut. Aber du bist nicht der, auf den ich warte ...«

»Du wirst mit deiner Warterei noch deine größten Chancen im Leben vertun«, erklärte Lukas leise. »Du weißt es vielleicht nicht – aber du und ich, wir würden gut zusammenpassen.«

»Lieber Lukas, so funktioniert das nicht. Liebe ist doch keine wissenschaftliche Gleichung. Wenn das Gefühl nicht stimmt, dann kann das kein Mensch erzwingen. Schmetterlinge im Bauch bekommt man – oder eben nicht. Bitte, sei mir nicht böse, wenn ich nicht dasselbe empfinde wie du.«

»Schon gut«, murmelte Lukas. »Mein Schicksal werden wohl auch in Zukunft die völlig verstaubten Geschichten von längst verstorbenen Menschen sein.«

Er sah unglaublich traurig aus, und einen Moment lang überlegte Anne, ob er nicht doch ein guter Partner für sie wäre. Nicht, weil sie ihn liebte, sondern weil er ein herzensguter Mensch war, den die Einsamkeit plagte. Mit Lukas hätte sie immer einen Menschen, der ihr den Rücken freihalten würde. Das war mehr, als man von den meisten Menschen erwarten konnte.

Ihr Blick blieb an seinen Händen hängen, die erbarmungslos den Hemdknopf bearbeiteten. Sie stellte sich einen winzigen Augenblick vor, wie er sie mit dieser Hand streichelte. Nein. Das fühlte sich so falsch an, wie es nur eben möglich war.

»Sag mir, wenn ich dir irgendwie helfen kann«, sagte sie schließlich. »Du bist ein guter Freund und hast mir in den letzten Wochen mehr als einmal die Augen geöffnet. Aber mehr als eine gute Freundin kann ich für dich nicht sein ...«

Langsam nickte Lukas. »›Lass uns Freunde sein‹ – die älteste Umschreibung für: ›Du bist nicht mein Typ!‹, nicht wahr?«

»Ich gehe jetzt«, erklärte Anne. Alles andere wäre eine Quälerei gewesen – für sie beide.

Er nickte. »Ich bleibe noch. Jetzt brauche ich noch mindestens ein Bier. Oder zwei. Oder so.«

An der Bar bezahlte Anne ihr Essen und trat dann auf die Straße. Sie genoss die frische Nachtluft. Es roch nach Sommer, und sie hörte das laute Gelächter von ein paar Studenten, die auf dem Heimweg oder unterwegs zur nächsten Party waren. Eine wunderbare Nacht, in der auf Anne nichts wartete außer ein paar Albträume.

Zu Hause empfing Tinka sie mit der üblichen Begeisterung. Anne nahm sich nicht einmal die Zeit hineinzugehen. Stattdessen griff sie nach der Leine und pfiff nach der Hündin.

Es war noch ausreichend Zeit für einen ausgedehnten Spaziergang. Sie wählte den Weg, den sie sonst nur lief. Wann hatte sie eigentlich das letzte Mal trainiert? Der steile Weg im Wald erschien ihr anstrengender als sonst, und sie war erleichtert, als sie endlich die Ebene über der Stadt erreicht hatte. Tinka streunte in Hörweite umher und kam immer wieder vorbei, als wollte sie sich nach Annes Befinden erkundigen.

Ganz allmählich stieg der Mond hoch an den Himmel, und die Sterne leuchteten. Mit einem Schlag begriff Anne, wo sie ihr Spaziergang hingeführt hatte: zum alten Galgenberg, der mittelalterlichen Hinrichtungsstätte. Kein freundlicher Ort. Jahrhundertelang wurden hier Verbrecher und Unschuldige ermordet. Jetzt lag der Platz friedlich da, die Schreie der Unglücklichen waren längst verhallt.

»Kein Wunder, wenn ich Albträume habe«, sagte Anne zu ihrer Hündin. »Ich treibe mich mitten in der Nacht an alten Henkersstätten herum. Das kann nicht gut für die Seele sein.«

Tinka wedelte mit dem Schwanz, ihr Hundeleben wurde durch keine trüben Gedanken gestört.

Anne setzte sich auf einen großen Stein und streckte die Beine aus. »Hat das alles irgendeinen Sinn, oder renne ich nur haltlos durch den Tag – wie die meisten anderen Menschen auch?« Sie kraulte ihre Hündin hinter den Ohren und war dankbar, dass sie so wenigstens einen Zuhörer hatte.

Sie hatte keine Ahnung, wie lange sie völlig ruhig dagesessen und den Geräuschen der Nacht gelauscht hatte, als sie schließlich aufstand und sich durch die Dunkelheit auf den Heimweg machte. In dieser Nacht quälten sie zum ersten Mal seit dem Fund der Skelette keine Albträume.

Als sie erwachte, erschien es ihr wie ein Wunder. Ihr Geist war so frisch wie lange nicht mehr. Hatte sie die dunklen Schatten jetzt endlich besiegt? Oder hatten sie ihr nur eine Nacht Pause gewährt? Hatte die Hypnose doch etwas bewirkt – auch wenn ihr nicht klar war, was?

Doch das war ihr an diesem Morgen egal. Sie machte einen langen Morgenlauf durch den Wald, schwamm dann noch einige Bahnen im Schwimmbad und gönnte sich schließlich ein ausgiebiges Frühstück im Garten. Mit einem Schlag erschien ihr das Leben vielleicht doch lebenswert.

Auch wenn sie keine Ahnung hatte, welche Richtung sie einschlagen sollte.

20

Nach zwei weiteren erholsamen traumlosen Nächten ging sie am Montagmorgen in die Redaktion. Es wurde Zeit, dass Kuhn ihr erlaubte, den Zwangsurlaub zu beenden.

An ihrem Schreibtisch entdeckte sie den gesenkten Kopf von Fynn. Mit Schwung und einem lauten Krach ließ sie ihren Rucksack direkt neben die Tastatur krachen.

Sein Kopf flog hoch, und er sah sie einen Moment überrascht an. Dann nahm er die Kopfhörer von den Ohren. »Ich schreibe gerade, du störst«, stellte er unfreundlich fest.

»Dir auch einen Guten Morgen!«, erklärte Anne mit aufgesetzter Fröhlichkeit. »Dann schlage ich vor, dass du das am besten an deinem Platz tust.«

»Kuhn hat gesagt, dass ich während deines Urlaubs ruhig hier sitzen kann!«, erklärte Fynn mürrisch, setzte seine Kopfhörer wieder auf und tippte weiter.

Neugierig sah Anne über seine Schulter auf den Bildschirm. Der Artikel über den Bürgermeister. Ihr Artikel. Schon in den ersten Sätzen entdeckte sie zwei Gedanken aus ihren Notizen. Sie tippte Fynn noch einmal auf die Schulter.

Unwirsch zog er die Kopfhörer nach unten. »Du nervst!«

»Zu deiner Information: Mein Urlaub ist zu Ende.« Sie

nickte in Richtung des Bildschirms. »Ich wollte nur sichergehen, dass du nicht etwa meine Notizen für deinen Artikel benützt. Tust du doch nicht, oder? Hast du doch nicht nötig?« Sie spürte die Schärfe in ihren Fragen.

»Vergiss es. Kuhn hat gesagt, du hättest sicher nichts dagegen. Was willst du denn damit machen? Rahmen und dir übers Bett hängen? Ich habe sie mir angesehen und ein paar Fakten übernommen. Keine Sorge, mehr ist es nicht. So brillant bist du nicht! Und jetzt lass mich endlich in Ruhe!« Damit zog er wieder die Kopfhörer über.

Fassungslos sah Anne ihn an. Noch vor wenigen Wochen hatte er sich wenigstens um Freundlichkeit bemüht. Jetzt war er so kaltschnäuzig, als hätten sie niemals ein Bier zusammen getrunken. Er sah nicht mehr auf, und so machte sie auf dem Absatz kehrt und lief den langen Gang in Richtung Chefredaktion. Sie hatte Glück. Kuhn saß an seinem Schreibtisch und schien beschäftigt.

Anne klopfte an und platzte sofort ins Zimmer.

»Entschuldige, aber das muss ich jetzt genau wissen: Warum darf dieser Fynn auf meinem Platz sitzen und meine Geschichte schreiben? Was soll das?« Wütend sah sie Kuhn an.

»Mädchen, du warst krank, beurlaubt. Da muss ich den jungen Mann doch nicht am kleinsten und unbequemsten Tisch der ganzen Redaktion sitzen lassen ...«

»An dem Platz habe ich es zwei Jahre lang ausgehalten. Und die Kollegen mit den schönen Plätzen waren krank oder im Urlaub – und ich habe trotzdem keine Stunde an ihrem Schreibtisch verbracht. Warum misst du plötzlich mit zweierlei Maß?«

Es hätte nicht viel gefehlt, und sie hätte mit den Füßen aufgestampft, um ihren Worten noch mehr Nachdruck zu verleihen.

»Ich habe meine Gründe. Und ich muss dir ganz bestimmt nicht Rechenschaft darüber ablegen. Vergiss nicht, wer ich bin!« Seine Worte klangen streng, aber sie hatten einen Unterton, der Anne hellhörig machte.

»Ich will es doch nur verstehen«, erklärte sie noch einmal.

»Da gibt es nichts zu verstehen. Fynn ist hochmotiviert bei dieser Bürgermeistergeschichte. Also soll er sie auch schreiben. Das ist doch kein Beinbruch!«

Fast hätte es Anne den Atem verschlagen. »Aber er ist doch ein Anfänger, er hat doch keine Ahnung …«, flüsterte sie schließlich.

»Bitte akzeptiere meine Entscheidung.« Kuhn nickte noch einmal, als müsste er seinen Worten Nachdruck verleihen. Er mied den Blickkontakt, als er weiterredete. »Und jetzt verlasse bitte mein Zimmer. Ich habe zu tun.«

»Kann ich wenigstens wieder arbeiten?«, fragte Anne, während sie sich schon zum Gehen wandte.

Ein Schulterzucken war die Antwort. »Wenn du dich wieder fit genug fühlst, dann bleib von mir aus hier. Aber setz dich doch bitte an Fynns Platz. Während er das Porträt des Bürgermeisters schreibt, sollte er nicht gestört werden.«

»Aber das ist doch …« Sie sah ihn an und spürte, wie langsam die Wut in ihr aufstieg.

»Ungerecht, mag sein. Aber es ist meine Entscheidung. Und die ist in diesen Räumen Gesetz. Lässt du mich jetzt bitte arbeiten?«

Wie betäubt ging Anne zurück in den großen Redaktionsraum und setzte sich an Fynns Schreibtisch.

Unentschlossen zog sie eine Schublade auf. Eine angebrochene Schachtel Kekse und ein paar Kugelschreiber. Sie angelte einen der Kekse heraus und steckte ihn sich in den Mund. Den hatte sie sich verdient. Mindestens.

Dann zog sie das nächste Schubfach auf. Eine dunkelgraue Mappe, verschlossen mit einem Gummiband. Neugierig zog sie das Band ab und schlug die Mappe auf.

Auf der ersten Seite ein paar handschriftliche Bemerkungen, die sie nicht recht deuten konnte. Dann ein Datum. Ein Februartag vor drei Jahren.

Der Tag, an dem ihre Eltern ums Leben gekommen waren.

Sie schlug die Mappe wieder zu und vergewisserte sich, dass niemand sie beobachtet hatte. Die Kollegen schienen auf ihre Bildschirme zu starren. In der Ecke standen zwei ältere Redakteure, offensichtlich ins Gespräch vertieft. Die hatten sicher kein Auge für sie.

Und Fynn saß an ihrem Schreibtisch und bekam mit seinem Kopfhörer nichts von der Außenwelt mit.

Sie schlug die Mappe wieder auf und starrte die erste Seite noch einmal mit gerunzelter Stirn an. Was hatte Fynn mit dem Tod ihrer Eltern zu schaffen? Oder war das Datum reiner Zufall, und sie reagierte einfach überempfindlich?

Anne zwang sich, die Notizen genauer anzusehen.

Die Namen ihrer Eltern.

Marke und Kennzeichen des Autos, mit dem sie verunglückt waren.

Der Name der Kreuzung, an der ihr Vater in einen Laster gekracht war. Der Lkw war bei Dunkelgelb in die

Kreuzung eingefahren. Ihr Vater hatte ihn nicht gesehen – auch wenn es der Polizei ein Rätsel gewesen war, wie man einen knallgelben Laster übersehen konnte.

Auch Fynn hatte neben die dürren Fakten ein Fragezeichen gesetzt.

Anne hatte es längst aufgegeben, über die Ereignisse von damals nachzudenken. Ihre Eltern waren tot – was brachte es, über die Schuld dieses Lkw-Fahrers oder ihres Vaters nachzudenken? Von einem Urteil wurden ihre Eltern nicht wieder lebendig.

Sie blätterte um und erkannte eine Kopie des Polizeiberichts, den sie in ihrem eigenen Ordner über den Tod der Eltern abgeheftet hatte. Warum interessierte Fynn sich so dafür?

Die Furche zwischen ihren Augenbrauen wurde tiefer, während sie weiterblätterte. Sie stieß auf Zeitungsberichte, vermutlich ebenfalls Kopien aus ihrer eigenen Sammlung. Fynn hatte mit einem gelben Leuchtstift den folgenden Satz markiert: »Offensichtlich war der Fahrer des verunglückten Wagens abgelenkt.«

Nachdenklich sah Anne auf. Nur wenige Schritte von ihr entfernt saß Fynn mit dem Rücken zu ihr und war völlig in seine Arbeit vertieft.

Sie erinnerte sich, dass er schon einmal dort gesessen hatte. An seinem ersten Arbeitstag. Hatte er etwa damals schon ihre Schubladen durchsucht? Auf der Suche nach einer Recherche, einer tollen Geschichte, der sie womöglich auf der Spur war? Dabei hatte er vermutlich nur ein paar vage Ideensammlungen gefunden und die Mappe mit allem, was sie kurz nach dem Unfall über den Tod ihrer Eltern gesammelt hatte.

Bestimmt hatte sich Fynn ihre Unterlagen kopiert. Sie erinnerte sich gut an die Unordnung, die neulich in ihrem Ordner geherrscht hatte. Doch was wollte er mit diesen Informationen nur anstellen?

Sie blätterte weiter in der grauen Mappe. Der kleine Artikel über die Beerdigung. Ein Foto, das sie selbst am Sarg zeigte. Sie sah so unendlich verloren aus, das Gesicht versteinert, die Finger so fest ineinander verschränkt, dass man immer noch den Schmerz fast körperlich spürte. Fynn war eindeutig krank, wenn er auch nur irgendeine Form von Befriedigung darin fand, sich solche Bilder anzusehen.

Sie blätterte um – und war überrascht. Offensichtlich hatte Fynn im Archiv der Donaupost nach den Bildern gesucht, die damals nicht veröffentlicht worden waren. Und das waren einige. Der Fotograf hatte häufig auf den Auslöser gedrückt, um das rührendste Bild von der Beerdigung mitzubringen.

Auf allen Fotos drückte ihr Gesicht Schmerz und Unverständnis aus. Nur zu gut erinnerte sie sich daran, wie sie damals nach Hause gekommen war – nach der Beerdigung und nach der Trauerfeier. Zum ersten Mal seit dem Unfall allein in ihrem Elternhaus, ohne eine Aufgabe. Sie hatte keine Ahnung, was sie gemacht hätte, wenn nicht Tinka aufgetaucht wäre und ihr mit einem leisen Winseln die Schnauze in die Kniekehle gedrückt hätte. Die Hündin vermisste Annes Mutter. Und einen langen Spaziergang. Sie wusste noch genau, wie sie nach Halsband und Leine gegriffen und sich zum ersten Mal mit Tinka auf den Weg gemacht hatte …

Anne sah sich die Fotos noch mal genauer an. Sie

erkannte einige Trauergäste, zum Beispiel Bettina, die Freundin aus Studienzeiten, die sie vor wenigen Wochen besucht hatte. Auch Gerhard Kuhn hatte am Grab gestanden. Fynn hatte sein Gesicht mit einem leuchtend roten Stift umkreist. Auf der nächsten Seite war Kuhn sogar noch einmal vergrößert und besser zu erkennen. Ihm schienen Tränen über das Gesicht zu laufen. Seine Haare standen in alle Richtungen ab. Auch auf den anderen Fotos war Kuhn zu sehen, dem es offensichtlich nicht gelang, seine eigene Trauer in den Griff zu kriegen.

Warum nur? Sicher, er war mit ihren Eltern befreundet gewesen, die beiden waren sehr überraschend und sehr gewaltsam aus dem Leben gerissen worden. Trotzdem – Kuhn war ihr bisher nicht durch übergroße Sensibilität aufgefallen. Eher im Gegenteil. Der Chefredakteur setzte seine Ansprüche durch und machte sich wenig Gedanken über die Befindlichkeiten von anderen. Warum also war er beim Tod von Wolfgang und Sabine Thalmeyer so unglaublich emotional gewesen?

Fynn hatte sich weitere Notizen an den Rand der Fotos gemacht. Wenn Anne sie richtig deutete, dann hatte er sich genau diese Fragen auch gestellt. Hatte er auch eine Antwort gefunden?

Anne wollte weiterblättern, aber mehr war in der Mappe nicht zu finden. Nachdenklich sah sie vor sich hin. Es gab nicht einen vernünftigen Grund, warum es noch ein Geheimnis geben sollte, das sie nicht kannte. Ein Unfall hatte ihren Eltern das Leben genommen. Brutal und unvorhersehbar, gewiss. Aber es gab kein Geheimnis.

Vorsichtig legte sie die Mappe wieder zurück in Fynns Schreibtisch. In der nächsten Schublade fand sie einen

USB-Stick, den sie, ohne lange nachzudenken, in ihre Handtasche fallen ließ. Wenn Fynn sich ganze Mappen über ihr Privatleben kopierte, dann fand sie es völlig in Ordnung, wenn sie jetzt seine Geheimnisse an sich nahm. Zumindest bis zum nächsten Morgen.

Als zusätzliche Rache steckte sie sich noch einen seiner Kekse in den Mund, fuhr Fynns Rechner hoch und öffnete ein leeres Dokument. Es war an der Zeit, weiter an der Geschichte ihrer Liebenden zu schreiben. Es war ihr eigentlich egal, ob Kuhn sie abdrucken wollte oder nicht. Sie musste sich endlich die Ergebnisse allen Nachdenkens und allen Nachfragens von der Seele schreiben.

So würde sie vielleicht auch weniger an das traurige Gesicht von Lukas denken, den sie am Freitag bei seinem Bier hatte sitzen lassen.

»Schmecken dir meine Kekse?«

Anne fuhr auf. Fynn stand vor ihr und deutete auf die inzwischen halb leer gegessene Packung.

»Wahrscheinlich so gut, wie dir mein Schreibtisch gefällt«, erklärte Anne und stopfte sich einen weiteren Keks in den Mund.

Fynn blieb einen Augenblick lang der Mund offen stehen. Dann ließ er einen Zettel auf den Schreibtisch fallen.

»Könntest du den Typen mal anrufen? Ich habe ihn jeden Tag ein paar Mal in der Leitung, und er will mir einfach nicht glauben, dass ich nicht deine Sekretärin bin. Echt ein bisschen penetrant. Wenn ich an deiner Stelle wäre, dann würde ich dem mal ordentlich Bescheid geben ...«

Damit drehte er sich wieder um und verschwand. Neugierig sah sie auf das Blatt Papier, auf dem nur eine Handynummer stand. Kein Name, nichts. Fynn taugte tatsächlich nicht als Sekretärin.

Sie griff nach seinem Telefon und wählte die Nummer. Es klingelte zweimal, dann hörte sie eine vertraute Stimme:

»Hier Seeger, hallo?«

Joris – der sie am Freitag eigentlich zum Essen ausführen wollte und den sie reichlich unfreundlich abgewimmelt hatte. Am Wochenende hatte sie sich mit Gartenarbeit und ihrer Hündin abgelenkt und nicht mehr an ihn gedacht – was ihr jetzt mit einem Schlag unverzeihlich vorkam.

»Hallo? Wer ist denn da?«, tönte es aus dem Hörer.

»Ich bin's, Anne. Ich habe erst jetzt erfahren, dass du versucht hast, mich in der Redaktion zu erreichen. Mein Kollege ist da leider alles andere als zuverlässig. Ich dachte, ich hätte dir meine Handynummer gegeben ... Was wolltest du denn von mir?«

»Ich wollte mit dir essen gehen. Bei mir hat sich einiges getan in den letzten Tagen, davon wollte ich dir unbedingt erzählen.«

»Heute habe ich Zeit!«, erklärte Anne. »Es tut mir leid, dass ich mich nicht gemeldet habe. Ich war ein bisschen durch den Wind ...«

»Ist es nicht besser geworden mit deinen Albträumen?«, erkundigte sich Joris besorgt.

»Doch, inzwischen schon. Keine Ahnung, ob es an den Hypnosen bei deinem Bruder liegt, aber letztes Wochenende habe ich geschlafen wie ein Baby. Wenn du mir also heute Abend etwas erzählen willst, bin ich hellwach.« Sie zögerte einen Moment, bevor sie weiterredete. »Wenn du willst, können wir uns auch bei mir zu Hause treffen, und ich koche uns wieder etwas. Kommst du?« Sie stellte fest, dass sie seine Antwort nervöser erwartete, als sie gedacht hätte.

»Klar.« Er klang so freundlich wie immer. »Wann soll ich kommen? Soll ich etwas mitbringen?«

»Komm, wann es bei dir passt. Und heute Abend kümmere ich mich mal um den Wein, kein Problem!«

»Fein, dann bis nachher!«

Damit legte er auf.

Anne freute sich auf den Abend und war schon ein bisschen aufgeregt. Dabei wollte Joris ihr womöglich nur etwas über seine Forschung erzählen und träumte weiter von dem großen Artikel über seine Wundertinktur ...

21

Auf dem Heimweg ging sie in aller Ruhe über den Markt und kaufte duftende Tomaten, pralle Auberginen, süße Paprika und Zucchini. Die Kräuter hatte sie in ihrem Garten. Heute wollte sie einen leckeren Gemüseauflauf machen, wie ihre Mutter ihn früher gern zubereitet hatte. Anne erinnerte sich noch immer an den fruchtig-würzigen Geschmack.

Nach einem kurzen Spaziergang mit Tinka setzte sie sich auf eine Bank in ihrem Garten und fing an, in aller Ruhe das Gemüse zu schneiden. Wann hatte sie eigentlich zuletzt einen solchen Auflauf gemacht? Sie konnte sich gar nicht erinnern. Dabei hatte sie das Gericht früher so gerne gemeinsam mit ihrer Mutter zubereitet. Sie erinnerte sich sogar noch an den besonderen Pfiff: ein wenig Zitronenschale.

Schließlich schichtete sie die Zutaten sorgfältig in die alte Auflaufform, die seit Jahren in der Küche auf ihren Einsatz gewartet hatte. Dann holte sie Salbei und Rosmarin aus ihrem Kräuterbeet, verteilte es üppig auf dem Gemüse und gab zum Abschluss Olivenöl und Käse darüber.

Sie lächelte vor sich hin, als sie daran dachte, wie gut Joris ihre Gewürze gefallen würden. Schließlich schob sie alles in den Backofen und setzte sich gemütlich in die Spätnachmittagssonne. Wenn es nach Anne ginge, dann könnte es für immer Sommer sein ...

»Hier duftet es aber wunderbar! Dabei hat es schon das letzte Mal so toll gerochen!«

Anne fuhr auf. Joris stand direkt vor ihr und lachte sie unbeschwert an. Dabei reichte er ihr einen Strauß Wiesenblumen, die ganz offensichtlich nicht aus einer Gärtnerei stammten.

»Wenn ich schon sonst nichts mitbringe, dann habe ich mir gedacht, dass du dich wenigstens über ein paar Blumen freust. Alles selbst gepflückt!«

»Ich muss kurz eingenickt sein«, murmelte Anne verlegen. »Offenbar habe ich jede Menge Schlaf nachzuholen.« Sie steckte ihre Nase in den Strauß voller Margeriten, Kornblumen und wilder Möhren. »Der ist zauberhaft! Wo hast du das nur alles gefunden?«

»Ich bin hin und wieder gerne im Wald unterwegs, da kenne ich ein paar Lichtungen, auf denen jetzt im Hochsommer fast alles blüht, was die Natur hergibt ...«

Anne erhob sich, rieb sich noch einmal die Augen und machte sich dann auf die Suche nach einer Vase. »Meine Mutter hatte immer Blumen auf dem Küchentisch. Früher hatte sie die Vasen in einem Küchenschrank untergebracht, das weiß ich, aber sie muss sie irgendwann mal woanders hingeräumt haben. Jedenfalls sind sie mir in den letzten drei Jahren noch nicht untergekommen«, erklärte sie, während sie auf einen Stuhl stieg und in den obersten Fächern der Küchenschränke nachschaute.

»Du hast also noch kein einziges Mal Blumen hier gehabt?« Er sah sie ungläubig an. »Nicht einmal Tulpen im Frühling?«

»Nein, ich glaube nicht. Höchstens mal eine einzelne Rose, die habe ich dann in eine alte Weinflasche gestellt.«

Sie zuckte mit den Schultern. »Ich finde es immer schade, dass ich die Einzige bin, die die Blumen sehen kann. Dann sterben sie ja fast umsonst ...«

»Quatsch. Man sollte sich unbedingt mit schönen Dingen umgeben. Und warum solltest du nicht auch etwas Schönes nur für dich tun? Behandele dich doch mal mit ein bisschen Wertschätzung!«

Verlegen winkte Anne ab. »Keine Sorge, mir geht es gut. Wenn ich nur endlich eine Vase finden würde!«

»Vielleicht hat deine Mutter die ja in den Keller gestellt?«, schlug Joris vor. »Oder auf den Speicher? Sag mir, wo ich suchen soll!«

»Komm, ich zeige dir mein Haus. Vielleicht finden wir dabei auch eine Vase. Es geht schnell, keine Sorge. Das Haus ist richtig alt – und vor allem sehr klein. Wer auch immer das Haus geplant haben mag – derjenige hat jedenfalls nicht mit einer Großfamilie gerechnet. Ich hatte immer den Verdacht, dass es eine Liebeslaube für irgendein Pärchen sein sollte.«

Sie vergewisserte sich, dass das Essen noch eine Weile im Backofen bleiben konnte, und führte Joris dann ins Wohnzimmer mit der Couch und dem bequemen Lesesessel. Ein aufgeschlagenes Buch zeigte, was Anne in ihrer Freizeit am liebsten tat. Tinka, die auf ihrer Decke lag, hob den Kopf und klopfte fragend mit dem Schwanz auf den Boden.

»Mein Hund Tinka«, erklärte Anne.

Joris kraulte sie hinter den Ohren. »Sie ist wunderschön. Wo hast du sie her?«

»Ich habe sie geerbt – wie das Haus und den Garten.«

Anne zeigte ihm das Schlafzimmer, das kleine Arbeitszimmer und schließlich sogar den Speicher. Ein Schränkchen in der Ecke, das Anne bisher nicht weiter beachtet hatte, schien Joris magisch anzuziehen. Er öffnete die Tür und strahlte Anne an. »Wie bei meiner Mutter. Es wird mir immer ein Rätsel sein, warum man Vasen ausgerechnet im hintersten Winkel des Speichers versteckt.«

Er nahm die Sammlung in Augenschein und suchte schließlich eine einfache weiße Porzellanvase aus. »Die passt am besten zu den Wiesenblumen, denke ich.«

Als er sich mit der Vase in der Hand umdrehte, wäre er fast über den Koffer gestolpert, der immer noch mitten im Raum stand. »Den stelle ich wohl besser mal zur Seite«, meinte Joris. Er hob den Koffer an und hielt verwundert inne. »Der ist ja voll! Was ist denn da drin?«

»Kleider meiner Mutter. Ich habe den Koffer erst vor Kurzem entdeckt und habe keine Ahnung, was das bedeuten soll ...«

»Was kann ein gepackter Koffer schon bedeuten?« Joris sah Anne kopfschüttelnd an. »Deine Mutter wollte verreisen. Was sonst?«

»Aber das hätte ich doch gewusst! Der Koffer ist randvoll mit den Sachen, die sie am liebsten getragen hat. Sogar die Kosmetika sind drin.«

»Dann wollte sie eben am nächsten oder übernächsten Tag verreisen«, erklärte Joris. »Ein Koffer ist wirklich nicht schwer zu deuten: Wer so ein Ding packt, der will weg.«

»Aber das hätte sie mir doch gesagt. Oder ich hätte in ihren Unterlagen so etwas finden müssen wie eine Flug- oder eine Hotelbuchung. Da war nichts!«

»Ich glaube, du willst nur das Offensichtliche nicht

denken. Kennst du den Spruch: ›Wenn du Hufgeklapper hörst, dann denke an Pferde?‹ Nein? Er macht eigentlich nur deutlich, dass das Naheliegende meistens auch das Richtige ist. Wenn du einen Koffer packst, dann willst du weg. Es sagt natürlich nichts darüber aus, wie weit die Reise gehen sollte. Waren deine Eltern denn glücklich miteinander?«

»Klar, das hat mir erst vor Kurzem eine Freundin der beiden bestätigt. Sie hat sich sogar zu dem Satz verstiegen, dass die beiden ›füreinander geschaffen‹ gewesen seien. Da war alles im Lot!«

Ernsthaft sah Joris sie aus seinen hellen Augen an. »Du erinnerst dich an keine einzige Unstimmigkeit? Oder gar einen anderen Mann? Wenn deine Mutter den Koffer gepackt hat, dann weist das doch eher darauf hin, dass bei ihr etwas nicht gestimmt hat ...«

Nachdenklich betrachtete Anne den Koffer. Vielleicht hatte sie sich zu sehr gewünscht, dass wenigstens in der Welt ihrer Eltern immer alles in Ordnung war. Ein Märchen in einer Welt voller Trennungen. In ihrem Kopf tauchte eine Erinnerung an laute Stimmen hinter verschlossenen Türen auf. Plötzliches Schweigen und vielsagende Blicke, wenn sie überraschend in einen Raum kam. Wann hatte sie ihre Eltern in den Monaten vor dem Unfall wirklich zärtlich miteinander gesehen?

»Ich weiß es nicht«, gab sie schließlich zu. »Falls meine Eltern irgendwelche Probleme gehabt haben sollten, dann haben sie es vor mir geheim gehalten. Wer weiß, was da hinter geschlossenen Türen vor sich gegangen ist. Aber jetzt hat es ja keine Bedeutung mehr, warum sie diesen Koffer gepackt hat. Sie konnte ihn nicht mehr nehmen und gehen. Das steht unabänderlich fest, und damit muss ich wohl leben.« Sie versuchte ein Lächeln. »Was mir ja meistens ganz gut gelingt.«

»Du hast recht. Zumindest dann, wenn du mit so einem Geheimnis leben kannst.« Er stieß leicht mit dem Fuß gegen den Koffer. »Und was machst du jetzt mit dem Ding?«

Anne zuckte mit den Achseln. »Keine Ahnung. Zur Caritas? Vielleicht kann ja irgendjemand mit dem Plunder etwas anfangen?«

»Ich denke, du solltest den Inhalt ein bisschen sortieren. Weißt du was? Ich helfe dir. Bis deine Ratatouille fertig ist, dauert es noch ein paar Minuten. Und danach hast du einen Koffer für den nächsten Sperrmüll, eine Tüte voller Kleider für die Caritas oder irgendeine andere wohltätige Veranstaltung. Und die Kosmetika müssen wohl alle in den Müll, die können ja nicht mehr gut sein...«

»Lieb von dir«, meinte Anne lächelnd. »Aber das kriege ich schon selber hin, du musst nicht ...«

»Quatsch. Du solltest nicht alleine noch einmal in diesen alten Erinnerungen wühlen.« Er sah sie ernst an. »Ich habe mit meinem Bruder vor ein paar Jahren das Gleiche gemacht. Ich weiß, was es bedeutet, die Besitztümer der Eltern der Reihe nach zu entsorgen. Kein Spaß, man kommt sich dabei wie ein Verräter vor.« Er griff nach den Verschlussschnallen des Koffers und sah sie noch einmal fragend an. »Darf ich?«

Sie nickte. »Natürlich bin ich froh, wenn der Koffer nicht mehr hier oben herumsteht – zusammen mit allen ungelösten Fragen ...«

Der Inhalt sah immer noch so aus, wie Anne ihn vom

ersten Öffnen in Erinnerung hatte. Sorgfältig zusammengelegte Kleidung, die sie aus den letzten Lebensmonaten ihrer Mutter kannte. Die Lieblingsstrickjacke aus grauem Kaschmir, an den Ellenbogen schon ein wenig dünn. Der Rock aus irgendeinem weichen grünen Stoff. Eine Leinenbluse mit feiner Lochstickerei am Ausschnitt.

Sie holte eine große Mülltüte aus dem Keller und bemühte sich, alles möglichst schnell wegzuräumen. Es hatte keinen Sinn, allzu lange nachzudenken.

Doch dann stieß sie auf eine feste Leine.

»Die habe ich gesucht!«, rief sie überrascht. »Das war die schönere Leine von Tinka, die nicht so zerkaut war und gut aussah. Nachdem meine Eltern gestorben waren, habe ich überall danach gesucht. Merkwürdig ...«

»Deine Mutter wollte Tinka mitnehmen«, stellte Joris fest.

Anne konnte nur nicken. Ihre Mutter schien mehr als nur einen kurzen Ausflug geplant zu haben.

Ihre Vermutung bestätigte sich, als sie als Nächstes ein dickes Kuvert aus dem Koffer zog und den Inhalt auf den Boden schüttete. Ein Sparbuch, die Police einer Lebensversicherung, eine Patientenverfügung – und noch ein paar handgeschriebene Briefe, die mit einem einfachen roten Gummi zusammengehalten wurden. Neugierig griff Anne danach.

»Ist das Voyeurismus oder gesunde Neugier?« Fragend sah sie Joris an.

»Auf jeden Fall tust du ihr nicht mehr weh. Ich glaube immer, dass die Wahrheit nicht so sehr schmerzen kann wie irgendwelche Vermutungen und Ahnungen. Wenn du dir das jetzt nicht ansiehst und durchliest, wirst du dich für den Rest deiner Tage fragen, was wohl darin stehen mag.«

»Klingt einleuchtend.« Die Handschrift des ersten Briefes kam ihr vertraut vor. Kein Wunder, es war ihre eigene. »Das habe ich meiner Mutter geschrieben, als ich beim Schüleraustausch in Frankreich war. Ich hatte keine Ahnung, dass sie den Brief aufgehoben hatte ...«

Sie griff nach dem nächsten Brief. Eine andere Handschrift. »Meine geliebte Sabine ...«, fing er an.

»Die Schrift meines Vaters«, stellte Anne fest. »Merkwürdig, dass sie einen Brief von ihm mitgenommen hat, wenn sie doch vermutlich von ihm weg wollte?«

»Hin und wieder haben wir gerade an die Menschen, die wir nicht mehr ertragen, unsere besten Erinnerungen«, erklärte Joris. »Ein Brief kann doch auch eine Ermahnung sein, dass man die guten Zeiten nicht vergessen sollte. Mir scheint, deine Mutter war eine sehr kluge Frau.«

Der nächste Brief. Dieses Mal konnte sie die schwungvollen Schriftzeichen niemandem zuordnen. Keine Anrede am Anfang. Anne las laut vor: »Wäre jetzt gerne bei dir. Würde dir einen Kaffee ans Bett bringen und mich darüber freuen, dass dein verschlafenes Lächeln nur mir gilt. Mich an dem Anblick deiner Haare freuen, in denen noch die Träume der letzten Nacht gefangen sind – und hoffen, dass ich darin vorgekommen bin ...« Anne brach ab. »Ein Liebesbrief an meine Mutter. Und nicht von meinem Vater!« Neugierig drehte sie das Blatt um und betrachtete die schwungvolle Unterschrift. »Dein Gerhard.«

Gerhard? Mit einem Schlag wurde ihr klar, warum das

Gesicht des Chefredakteurs während der Beerdigung von so haltloser Trauer gezeichnet gewesen war.

»Hast du eine Ahnung, was für ein Gerhard das sein könnte?«, erkundigte sich Joris vorsichtig.

»Wenn mich nicht alles täuscht, ist das mein Chef. Erinnerst du dich? Der Typ, der so entsetzt über dein Auftauchen in der Redaktion war. Ich habe keine Beweise dafür, aber ich habe kürzlich Bilder von der Beerdigung meiner Eltern gesehen, auf denen er geheult hat wie ein Schlosshund. Ich hatte mich schon gefragt, warum er über diesen Tod dermaßen erschüttert war, aber jetzt wird mir so einiges klar ...«

Sorgsam legte sie den Brief zur Seite. »Ich werde ihn darauf ansprechen müssen. Du hast recht: Mit der halben Wahrheit leben kann ich nicht.«

Behutsam strich Joris ihr über den Rücken. »Das tut mir leid. Ich wollte dir wirklich nur beim Aufräumen helfen.«

»Ich weiß«, murmelte sie. »Das ist wirklich nicht deine Schuld. Wenn überhaupt, dann hätte meine Mutter vielleicht weniger Spuren hinterlassen sollen.« Sie hob ihre Nase und schnupperte. »Und wenn mich nicht alles täuscht, dann sollten wir jetzt schnell nach unten gehen, bevor das Essen zu Kohle wird. Wir können ja nach dem Essen fertig aufräumen, wenn du willst.«

»Gerne.« Joris erhob sich lächelnd. »Sehr viel mehr unangenehme Überraschungen können ja nicht mehr kommen. Es sei denn, deine Mutter hatte auch noch ein Doppelleben als Bankräuberin oder so.«

Lachend gingen sie nach unten in die Küche und genossen wenig später den herrlichen Gemüseauflauf.

»Der schmeckt einfach fantastisch!«, bemerkte Joris, während er sich noch eine zweite Portion auf den Teller schaufelte. »Du bist eine tolle Köchin – das Hühnchen neulich war auch schon so lecker.«

»Noch so ein Erbe meiner Mutter. Sie hat ihre Rezepte in einem Buch aufgehoben, das sie wohl nicht mitnehmen wollte. Seit ein paar Wochen koche ich wieder danach. Ehrlich gesagt habe ich jahrelang eher von Müsli und Joghurt am Morgen und Schinken- und Käsebrot am Abend gelebt. Das macht mich kaum zu einem Gourmet, fürchte ich.«

Eine Weile aßen sie schweigend. Zu ihrer Überraschung merkte Anne, dass sie diese Stille friedlich fand, nicht unangenehm. Es fühlte sich ein bisschen so an, als wären sie schon seit Jahren ein Paar.

Mit einem Mal unterbrach Joris die Stille.

»Sag mal, warum hast du eigentlich erst kürzlich Bilder von der Beerdigung gesehen?« Er sah sie mit hochgezogenen Augenbrauen an. »Du wirkst gar nicht wie jemand, der ständig in irgendwelchen alten Alben blättert.«

»Ach, das war in der Redaktion«, winkte sie ab. »Ich hab die Bilder im Schreibtisch eines Kollegen ...« Mitten im Satz brach sie ab. »Die kleine Ratte«, murmelte sie dann.

Fragend sah Joris sie an.

»Ich meine unseren Volontär. Ich habe mich gewundert, warum unser Chef plötzlich ihm den Vorzug gibt. Kann es sein, dass er auf irgendeinem Weg Verdacht geschöpft hat – und meinen Chef damit erpresst hat? Jetzt werde ich auch noch paranoid.«

»Ist er total begabt? Hat er etwas, das sonst rechtfertigen würde, dass man ihn dir vorzieht?«

»Nein. Mir ist zumindest nichts aufgefallen. Außer einem brennenden Ehrgeiz bringt er wenig mit.« Sie runzelte die Stirn.

»Ich denke, dein Gespräch mit dem Chef wird dafür sorgen, dass dein Konkurrent dich künftig nicht mehr ausbooten kann. Du löst also mehrere Probleme auf einmal. Wenn ein Geheimnis kein Geheimnis mehr ist, dann taugt es auch nicht für Erpressungsversuche.«

»Aber wie soll ich denn dann in Zukunft mit ihm umgehen? Mit dem Liebhaber meiner Mutter? Das geht doch gar nicht!«

Ein entspanntes Schulterzucken war die Antwort. »Du wechselst deine Stelle. Du wolltest doch bestimmt nicht für immer in Eichstätt bleiben, oder? Ich meine, hier ist es beschaulich und sehr hübsch, aber das kann doch nicht dein Lebensziel sein.«

Anne winkte ab. »Bitte nicht noch so ein kompliziertes Thema für heute Abend. Können wir nicht einfach Wein trinken – und ich zeige dir meinen Lieblingsplatz in dieser Stadt? Das ist auch einer der Gründe, warum ich so schlecht von hier weggehen kann. Und ohne diesen Ort ist die Hausführung auch nicht komplett. Komm!«

Joris folgte ihr neugierig in den Garten. Unter ihrem Apfelbaum blieb Anne stehen und zeigte auf den Liegestuhl, auf dem eine warme Decke lag, in die sie sich in den langen Nächten der letzten Zeit gekuschelt hatte. »Von da aus kann ich durch die Zweige die Sterne und den Himmel sehen, während vor meinen Füßen der Fluss vorüberfließt. Du musst zugeben, das ist schwer zu schlagen.«

Nachdenklich sah Joris sich um. Dann beugte er sich vor und küsste Anne mitten auf den Mund.

Sprachlos sah Anne ihn an. »Was ...?«

Er verschloss ihr mit einem weiteren Kuss den Mund. »Jetzt haben wir genug geredet. Und ich wollte dich doch schon so lange küssen.«

Völlig überrascht ließ Anne ihn gewähren. Es fühlte sich so vertraut an. Sie küsste ihn wieder und spürte seine weichen Lippen auf ihrer Haut. Als sei es ganz selbstverständlich, schloss er sie in seine Arme. Seine Hände streichelten ihr über den Rücken, und seine Lippen senkten sich wieder auf ihre. Sie erwiderte seinen Kuss und hatte nur noch einen Wunsch: Sie wollte mit ihm zusammen sein und diese Nacht mit ihm teilen.

Sie öffnete sein Hemd und schmiegte sich an seine Brust. Überrascht stellte sie fest, dass er eine Narbe direkt unterhalb des Rippenbogens hatte. »Was ist das?«, fragte sie.

»Ein Geburtsfehler«, murmelte Joris. »Keine Sorge, ich falle nicht plötzlich tot um.«

Mit einer Handbewegung zog er die Decke vom Liegestuhl und breitete sie unter dem Baum aus. Dann zog er Anne zu sich und fing an, sie heftiger zu küssen, während er ihr über den Bauch streichelte und vorsichtig das T-Shirt auszog. In dem hellen Mondlicht schimmerten ihre Körper hell, während sie einander erkundeten und sich dabei immer wieder küssten. Es dauerte lange, bis sie endlich zueinander fanden und sich langsam liebten.

Anne öffnete die Augen weit. Durch die Zweige des Apfelbaums sah sie das Licht der Sterne, und es kam ihr so vor, als wäre ihre Liebe ebenso alt. Keine Bewegung, kein Geräusch und keine Liebkosung kam ihr fremd vor.

Nein, ihr Zusammensein war wie Heimkommen, wie

ein Einlaufen in den Hafen, aus dem sie vor langer Zeit ausgelaufen war.

Sehr viel später lagen sie beide auf dem Rücken. Joris hatte den Arm um sie gelegt. Sie sahen in den Himmel, lauschten dem Nachtwind, und Anne fühlte sich so vollständig glücklich wie noch nie in ihrem Leben.

22

Es war kühl, als sie aufwachte. Die ersten Sonnenstrahlen glitzerten auf den Gräsern, und die Vögel begrüßten den Tag, als hätten sie einen Grund zu feiern.

Anne blinzelte verschlafen, drehte sich zur Seite – und fand nur eine leere Stelle. Auf der Decke war noch der Abdruck von Joris' Körper zu sehen. Verwirrt richtete sie sich auf und sah sich um. Das Klappern von Geschirr aus der Küche verriet ihr, wo sie ihn wohl finden würde. Aber noch bevor sie den Geräuschen folgen konnte, kam Joris mit zwei Kaffeebechern in der Hand wieder in den Garten.

Als er sah, dass sie aufgewacht war, strahlte er sie an. »Guten Morgen, schöne Frau! Ich habe mir gedacht, ein Kaffee würde dich heute Morgen glücklich machen!«

»Nichts könnte mich noch glücklicher machen, als ich ohnehin bin«, entgegnete sie lächelnd. »Aber ein Kaffee ist eindeutig das Sahnehäubchen.«

Sie hob den Becher an ihre Nase und schnupperte. Genießerisch schloss sie die Augen.

»Wunderbar. Obwohl ich leise gehofft hatte, dass diese Nacht niemals vorübergeht.«

Sanft strich Joris ihr über das Bein. »Es gibt aber noch eine Sache, über die ich mit dir reden wollte. Deswegen bin ich gestern doch überhaupt gekommen ...« Seine Stimme klang seltsam bedrückt.

Misstrauisch öffnete Anne ihre Augen wieder. »Was gibt's? Willst du mir jetzt die Geschichte deiner heimlichen Ehefrau und der drei unehelichen Kinder erzählen?«

Die Frage war nur zur Hälfte ein Scherz. Mit einem Mal war das Gefühl des perfekten Morgens und des ungetrübten Glücks dahin.

In seinen Augenwinkeln erschienen die Lachfältchen, die ihr inzwischen so vertraut waren. »Nein, keine Sorge. So dramatisch ist es nicht. Es ist nur ...« Er zögerte und suchte nach Worten. Das hatte Anne bei ihm bisher nicht erlebt. »Ich gehe weg«, sagte er schließlich mit gepresster Stimme.

Mit einem Mal verlor der Morgen für Anne seine Schönheit. Der Kaffee schmeckte plötzlich bitter, und das Geschrei der Vögel war ihr zu laut. Die Brise vom Fluss her brachte sie zum Frösteln.

»Wann?« Sie bemühte sich, die Frage möglichst beiläufig klingen zu lassen.

»Morgen früh.« Er hob entschuldigend die Hände. »Wie gesagt, ich wollte es dir ja schon letzte Woche sagen. Und dann gestern. Aber irgendwie hat sich der richtige Moment nicht ergeben ...«

»Und dann hast du dir gedacht: Da habe ich doch lieber noch eine schöne Nacht mit Anne, als dass ich zu so einem unpassenden Moment mit der Wahrheit rausrücke? Was soll das denn?« Anne spürte, dass sie mit jeder Sekunde, die verstrich, noch ungehaltener wurde. »Du hast mir überhaupt keine Chance gelassen, mir zu überlegen, ob ich das will. Zu deiner Information: Etwas mit einem Typen anzufangen, der gleich wieder verschwindet, steht wirklich nicht in meinem Lebensplan! Aber das war dir wahrscheinlich egal. Hauptsache, du hattest deinen Spaß.«

»So ist es doch gar nicht!«, unterbrach Joris sie. »Ich wollte dich eigentlich fragen, ob du mitkommen willst. Aber das kam mir so dämlich vor, da ich nicht einmal wusste, ob du für mich das Gleiche empfindest wie ich für dich. Aber nach dieser Nacht war ich mir sicher ...« Er sah sie flehend an. »Komm doch mit! Du willst doch wohl nicht weiter bei dieser Donaupost arbeiten? Jetzt, da du weißt, dass dieser Chef ein Verhältnis mit deiner Mutter hatte?«

»Aber ich will selbst entscheiden, wann ich gehe. Und ob ich überhaupt gehe«, erklärte Anne trotzig. »Ich kann doch nicht einfach verschwinden, bloß weil es ein bisschen schwierig wird!«

»Darum geht es doch nicht! Hin und wieder ist es richtig, ein neues Kapitel in seinem Leben aufzuschlagen. Und in diesem Fall gibt es mehr als einen Grund dafür. Du bist doch viel zu begabt, um hier zu versauern und über Provinzbürgermeister zu schreiben ... Bitte, bitte, komm mit mir! Wir könnten ein wunderbares Leben führen. Chicago ist eine lebendige Stadt, und die Uni gilt als eine der besten der USA.«

»Chicago?« Sie spürte, wie ihr Mund trocken wurde. Irgendwie hatte sie bis zu diesem Augenblick geglaubt, dass Joris nur in eine andere Stadt innerhalb Deutschlands ziehen würde. Keinen Augenblick war ihr in den Sinn gekommen, dass er auch das Land und sogar den Kontinent verlassen könnte.

»Ja, die Uni hat mich eingeladen. Ich kann meine Forschung unter ihrem Dach fortsetzen. Man scheint es da drüben mit den fehlenden Abschlüssen nicht so wahnsinnig eng zu sehen wie der Forschungsbetrieb hier in Deutschland. Ich könnte ziemlich frei forschen, ohne in die Fänge eines Pharmakonzerns zu geraten. Eigentlich ist das fast zu gut, um wahr zu sein! Wäre das nicht ein riesiges Abenteuer?«

»Meine Arbeit ist an die deutsche Sprache gebunden! Hast du schon einmal darüber nachgedacht?« Ihre Stimme war leise geworden. Sie hatte diesen Kampf verloren, bevor er überhaupt begonnen hatte.

»Du schreibst ein Buch! Oder arbeitest als Korrespondentin für deutsche Zeitungen! Gründest eine deutschsprachige Zeitung für Chicago! Gibst Deutschunterricht, bis dein Amerikanisch so gut ist, dass du für eine Zeitung in Chicago arbeiten kannst. Es gibt so viele Möglichkeiten. Du bist doch nicht gefangen in dem Leben, das du jetzt führst. Du kannst dir den Ort aussuchen, an dem du leben möchtest. Und wenn dir Chicago nicht gefällt, suchen wir uns eben etwas anderes.« Seine Augen leuchteten, und er schien an jedes einzelne Wort zu glauben.

Langsam schüttete Anne den kalt gewordenen Kaffee neben die Decke ins Gras. Es war erst wenige Stunden her, dass ihre Herzen im Gleichtakt geschlagen hatten. Jetzt konnten sie nicht weiter entfernt voneinander sein.

»Joris, das geht nicht. Für dich ist das eine tolle Chance, das ist mir klar. Für dich ist es wie ein Durchstarten auf der Autobahn. Für mich aber ist es eine Sackgasse. Und das will ich nicht.« Sie stand langsam auf. »Bitte geh jetzt. Ich hoffe, ich vergesse dich so schnell es irgendwie geht.«

Joris wurde blass. »Anne, die letzte Nacht ... Wirf doch nicht einfach alles weg. Du wirst sehen: Das Neue ist nicht so schrecklich, wie es auf den ersten Blick aussieht. Es ist aufregend und anstrengend – aber auch wunderbar ...«

»Mein Leben ist aufregend genug«, murmelte sie. »Ich möchte nicht weg. Hier kann ich auf den Fluss blicken, es ist das Haus meiner Eltern, ich habe den Hund ...«

Joris sah enttäuscht aus. »Die Altmühl fließt doch auch noch an diesem Haus vorbei, wenn wir zurückkommen. Tinka nehmen wir mit. Dein Haus können wir solange vermieten – und in ein paar Jahren vielleicht wieder einziehen. Wir bräuchten allerdings einen Anbau, damit unsere Kinder genug Platz haben. Du musst dir nur erlauben, manche Dinge aus einem anderen Blickwinkel zu sehen ...« Er schaute ihr ins Gesicht und schüttelte resigniert den Kopf. »Aber das willst du nicht, das merke ich.«

Ihre Stimme klang kühl. »Nein. Ich will, dass du jetzt gehst. Es macht mich traurig, dich zu sehen und an all die Möglichkeiten zu denken, die wir gehabt hätten. Wenn du nicht nur an dich und deine Forschung denken würdest ...«

»Wir hätten eine großartige Liebe und ein wunderbares Leben haben können. Du müsstest nur ein einziges Mal über deinen Schatten springen. Aber das würdest du auch in hundert Jahren nicht tun. Lebe wohl. Und das meine ich ernst: Ich wünsche dir wirklich ein schönes Leben.«

Damit drehte er sich um und verschwand durch den Garten in Richtung Gartentor. Anne hörte, wie die Pforte leise quietschte, dann war es wieder still.

Tinka kam herbeigetrottet und ließ sich mit einem leisen Winseln neben Anne auf den Boden fallen.

»Ja, ich habe ihn auch gemocht«, murmelte Anne. »Aber es war nur eine einzige Nacht, in der ich daran glauben durfte, dass dieses Mal das Glück auch für mich bestimmt ist.«

Langsam lief ihr eine Träne über die Wange.

Schließlich stand sie auf und ging ins Haus. In der Küche fiel ihr Blick auf den bunten Wiesenstrauß in der Vase. Er sah so fröhlich und sommerlich aus, dass sie der Anblick schmerzte. Sie griff nach den Blumen, trug sie hinaus und warf sie im weiten Bogen in den Fluss. Einen Moment lang konnte sie die roten, blauen und gelben Blütenblätter noch sehen, dann gingen sie unter, und alles sah aus wie immer.

23

Etwas später als sonst kam sie in die Redaktion, stellte fest, dass Fynn auch an diesem Tag an ihrem Schreibtisch saß – und machte sich dann in Richtung Chefredaktion auf. Es hatte keinen Sinn, dieses Gespräch noch lange vor sich herzuschieben.

Kuhns Tür stand offen, und sie klopfte an den Türrahmen. Als er sie erkannte, wurde sein Gesicht abweisend.

»Ich denke, ich habe gestern alles gesagt, was ich zum Thema Fynn und Schreibtische zu sagen habe. Ich habe anderes zu tun, als mich um streitende Jungredakteure zu kümmern.«

Anne zog wortlos die Tür hinter sich zu und ließ sich auf dem Besucherstuhl vor dem großen Schreibtisch des Chefredakteurs nieder. »Ich habe ein anderes Thema zu besprechen. Aber es könnte durchaus sein, dass beide zusammenhängen.« Sie atmete tief durch, dann fuhr sie fort: »Ich habe mein Haus aufgeräumt und bin dabei auf dem Speicher über einen Koffer gestolpert. Einen Koffer, den meine Mutter wohl kurz vor ihrem Tod gepackt hat. Wenn ich den Inhalt richtig deute, dann wollte sie verreisen. Im Koffer waren auch Briefe. Von mir, von meinem Vater. Und von dir.«

Mit einem Schlag wurde der Chefredakteur bleich. »Hast du sie gelesen?«

»Sicher. Warum auch nicht?«

»Und ...« Er suchte nach Worten, was bei ihm selten vorkam. »Was stand da drin?«

Anne sah ihm eine Weile ins Gesicht und versuchte sich vorzustellen, was ihre Mutter wohl an diesem Mann gefunden hatte. Er war groß, hatte dunkle Augen und kurz geschorene graue Haare. Wäre er ein wenig sportlicher, hätte man ihn sicherlich attraktiv finden können. Doch so zeichnete sich sein Bauch etwas zu deutlich unter dem Hemd ab.

»Wenn ich es richtig verstanden habe, ist es ein Liebesbrief«, sagte sie schließlich. »Sehe ich es richtig, dass meine Mutter meinen Vater verlassen wollte? Für dich?« Ihre Stimme wurde fordernder. »Und kann es sein, dass das etwas mit dem Unfall zu tun hat?«

»Nein, nein, das war ein Unglück. Das musst du mir glauben!« Er sah sie bittend an. »Wirklich!«

Anne stellte fest, dass Kuhn nicht einmal ansatzweise probierte, das Verhältnis mit ihrer Mutter zu leugnen. Sie atmete tief durch. »Was ist denn dann passiert? Was habt ihr geplant? Ich denke, ich habe ein Recht darauf, endlich alles zu erfahren. Dann musst du mich auch nicht mehr aus Mitleid hier in der Redaktion beschäftigen. Oder dich von diesem Windei Fynn erpressen lassen.«

Kuhn sah auf seine Hände und schwieg. In diesem Moment flog die Tür auf, und seine Sekretärin erschien.

»Chef, die Konferenz ...«

»Soll Mühlhaus machen. Wofür habe ich denn einen Stellvertreter?«

Überrascht sah die Sekretärin von Kuhn zu Anne und wieder zurück. Dann nickte sie. »In Ordnung. Ich werde es ihm sagen.«

Die Tür klappte wieder zu.

»Es ist nicht so einfach für mich, darüber zu reden«, sagte Kuhn schließlich. »Sabine war eine ganz besondere Frau. Sie fehlt mir bis heute.«

»Ich weiß, dass sie eine besondere Frau war«, unterbrach ihn Anne. »Und sie war meine Mutter, schon vergessen? Ich möchte jetzt nichts von deinen Gefühlen hören, sondern endlich erfahren, was an diesem Tag wirklich passiert ist!«

»Sie wollte zu mir ziehen, da hast du recht.« Kuhn nickte und zögerte einen Moment, bevor er weiterredete. »Sie wollte Wolf verlassen. Endlich. Seit Monaten hatten wir darüber geredet, dass wir dieses Versteckspiel nicht ewig weiterspielen können. Ich war doch auch mit Wolf befreundet ...«

»Toller Freund, der einem die Frau ausspannt«, unterbrach ihn Anne böse.

Kuhn schüttelte den Kopf. »Womöglich bist du zu jung, um dir darüber ein Urteil bilden zu können. Es gibt Augenblicke, da sind die Gefühle einfach zu stark, da kann man sie nicht mehr wegschieben, da muss man seinem Herzen folgen. Vielleicht wirst du irgendwann in deinem Leben auch so eine Liebe erleben. Eine Liebe, die stärker ist als alle Vernunft und die alles, was man bisher für richtig und falsch gehalten hat, auf den Kopf stellt. Ich würde es dir wünschen, es gibt kein größeres Glück auf dieser Welt. Das ganz große Glück, das man auf keinen Fall übersehen darf. Egal, was im Weg steht.«

»Wie ging es weiter?« Anne sah ihn auffordernd an.

»Sie hat mit Wolf geredet. An diesem Nachmittag, dem letzten in ihrem Leben. Er ist wohl aus allen Wolken gefallen. Bis zu dem Zeitpunkt hatte er wohl nichts von unserer Beziehung geahnt – und nun wurde ihm der Boden unter den Füßen weggezogen. Er hat Sabine angeschrien, sie bedroht. Ihr klargemacht, dass er dafür sorgen wird, dass sie sich in Eichstätt nie wieder blicken lassen kann. Er wollte dafür sorgen, dass sie dich nie wiedersieht. Was lächerlich ist ... du warst ja schon erwachsen. Er hat geschluchzt und sie angefleht, bei ihm zu bleiben.« Kuhn rieb sich über das Gesicht. »Es muss schrecklich gewesen sein. Wolf hatte in der ganzen Zeit nichts mitbekommen. Er war sich seiner Liebe viel zu sicher, ohne auch nur einmal darüber nachzudenken.«

»Woher weißt du das alles?«

»Sie hat mich angerufen. War völlig aufgelöst, hat geweint. Aber sie wollte an ihrem Entschluss festhalten, mit ihm nach Hause fahren, ihren Koffer nehmen und zu mir kommen. Das hat sie mir gesagt.« Er schluckte. »Das war das letzte Mal, dass ich ihre Stimme gehört habe.«

»Wieso nach Hause fahren? Hat sie mit ihm denn nicht bei uns zu Hause gesprochen?« Anne runzelte die Stirn. »Für so ein Gespräch würde man doch nicht in ein Restaurant gehen, oder?«

»Sie ist mit ihm tatsächlich in ein Café gefahren. Du warst zu Hause, und sie wollte nicht, dass du von diesem Gespräch etwas mitbekommst. Sabine hatte am meisten Angst davor, wie du darauf reagierst, dass deine Eltern sich trennen.« Er sah sie ernst an. »Nach Sabines Telefonat mit mir sind sie heimgefahren. Ich kann mir vorstellen, dass sie im Auto noch weitergestritten haben. Dass dein Vater sehr erregt war und dabei nicht auf den Verkehr geachtet hat. Er war sehr temperamentvoll, daran wirst du dich sicher erinnern. Vermutlich hat er den Laster einfach übersehen. Es war eine Verkettung unglücklicher Ereignisse. Wäre der Laster nicht ausgerechnet in diesem Moment vorbeigefahren ...« Er seufzte. »Hätte, wäre, könnte. Tatsache ist, dass sie in diesen Laster hineingekracht sind und beide noch an der Unfallstelle gestorben sind. Du und ich, wir müssen weiterleben und sehen, wie wir damit zurechtkommen.«

»Und deswegen hast du mir das Volontariat gegeben?«, fragte Anne leise. »Du wolltest Sabines Andenken ehren – und dich um mich kümmern?«

»Das war zumindest am Anfang mein Plan. Aber du musst dir keine Sorgen machen: Schon nach einigen Wochen habe ich gemerkt, dass du wirklich Talent für diesen Beruf hast. Nur deswegen habe ich dir nach deinem Volontariat die Stelle angeboten, das kannst du mir glauben. Und was Fynn betrifft ...« Er hob die Hände. »Ich habe keine Ahnung, wie er der Sache mit deiner Mutter auf die Spur gekommen ist. Auf jeden Fall hat er mir gedroht, dass er dir alles erzählen wird, wenn ich nicht dafür sorge, dass er die spannenderen Geschichten bekommt. Ich weiß doch, wie sehr du an deiner Mutter gehangen hast. Sie ist tot – und was hätte es für einen Sinn, im Nachhinein ihr Andenken zu beschmutzen? Auf gar keinen Fall sollte dein Bild von ihr getrübt werden. Ich habe Fynns Forderung nachgegeben, auch wenn das sicherlich ein großer Fehler war. Aber die Vorstellung, dass diese alte Geschichte mich doch noch einholt und einen Schatten auf deine Erinnerung an Sabine wirft, war für mich unerträglich.« Er lachte auf. »Mal ganz davon abgesehen, dass der Junge eine kleine Ratte ist und ziemlich untalentiert dazu. Das war mir allerdings am Anfang noch nicht so klar.«

Eine Weile herrschte Stille in dem kleinen Büro. Die üblichen Bürogeräusche drangen gedämpft durch die Tür. Menschen, die miteinander sprachen. Das Geräusch von schnellen Schritten mit hohen Absätzen. Eine gurgelnde Kaffeemaschine.

Schließlich brach Anne das Schweigen. »Und jetzt?«

Kuhn spielte mit einem Kugelschreiber zwischen den Fingern. »Ich höre auf, dir gegenüber den unfreundlichen Chefredakteur zu spielen. Eigentlich wollte ich dir ja nur die Wahrheit vom Leib halten. Fynn muss lernen, dass er mit seinen Wahrheiten niemanden erpressen kann. Ich werde ihm kündigen. Mit jemandem wie ihm kann und möchte ich nicht weiter zusammenarbeiten.«

Zum ersten Mal an diesem Tag sah er ihr in die Augen. Anne versuchte zu erkennen, was ihre Mutter in diesem Mann gesehen hatte. Es gelang ihr nicht. Sie sah einfach nur braune Augen, müde und enttäuscht vom Leben. Irgendwann hatte er beschlossen, dass es nichts mehr gab, für das es sich zu kämpfen lohnte.

Langsam nickte sie. »Lass ihn ruhig erst mal seine Bürgermeistergeschichte zu Ende schreiben, bevor du ihm kündigst. Ich würde mir heute lieber das Märchen von meinen beiden Liebenden aus dem Dreißigjährigen Krieg von der Seele schreiben.«

»Deine Skelette?« Er sah sie fragend an.

»Genau die. Ich denke, da wird man viel erfinden müssen – aber die Kerngeschichte einer Frau, die in unruhigen Zeiten ihr Leben verloren hat, wird stimmen.«

»Ich freue mich darauf.« Kuhn sah Anne ernst an. »Ich

habe das ernst gemeint, als ich von deinem Talent gesprochen habe. Du kannst nicht nur schreiben, sondern auch erkennen, wann eine Geschichte es wert ist, dass man sie erzählt. Du solltest nicht für immer hier bei der Donaupost bleiben. Schau dich um in der Welt!«

Anne lächelte. »Offenbar haben in diesen Tagen alle Menschen, mit denen ich mich umgebe, nur ein Thema: Ich soll gehen. Aber keine Sorge. Ich werde mich schon auf den Weg machen, wenn die richtige Zeit gekommen ist.«

»Warte nicht zu lange. Häufig frage ich mich, wie mein Leben heute aussehen würde, wenn deine Mutter ein paar Monate früher ihren Koffer gepackt hätte. Wären wir noch glücklich miteinander – oder hätte der gemeinsame Alltag längst alle Gefühle aufgefressen? Ich weiß es nicht ...«

»Du wirst es auch nie erfahren. So wie ich niemals mehr einen Rat von meinen Eltern bekommen werde.« Anne stand auf und nickte ihm zu. »Ich gehe dann mal an meinen eigenen Arbeitsplatz. Wenn Fynn zickt, dann schicke ich ihn bei dir vorbei, in Ordnung?«

24

Laut schimpfend hatte Fynn Annes Schreibtisch geräumt und war maulend zum Chefredakteur verschwunden, um dort seinen Unmut über diese Zumutung loszuwerden. Offenbar hatte Kuhn endlich Klartext mit ihm gesprochen, denn wenig später tauchte Fynn wieder auf. Er setzte sich schweigend an seinen kleinen Volontärsschreibtisch und tippte weiter an dem Artikel über den Bürgermeister. Er ahnte wahrscheinlich nicht, dass es seine letzte Arbeit hier in der Redaktion war. Ein Volontär in der Probezeit stand mitunter schneller auf der Straße, als er bis zehn zählen konnte.

Demonstrativ sah sie wieder auf ihren Bildschirm. Sie konnte sich ein kleines Lächeln nicht verkneifen, während sie die Augen schloss und sich an alles erinnerte, was Lukas ihr über die beiden Toten gesagt hatte.

Ganz allmählich versetzte sie sich in eine andere Zeit. Schmutzig, gefährlich und voller ungeschriebener Gesetze.

»Sie werden ganz sicher nicht in der Heiligen Nacht kommen!«
Gregor legte seine Arme um Anne. »Jetzt beruhige dich doch.«
»Und wenn doch?« Die junge Frau streichelte sich unwillkürlich über den Bauch, der sich deutlich unter ihrem weiten Kleid abzeichnete. »Es sind gottlose Gesellen, warum also sollten sie einen solchen Feiertag auch nur im Geringsten achten?«
»Sie lassen uns in Ruhe, weil unsere Stadt Geld bezahlt hat,

schon vergessen? In Eichstätt ist jetzt fast nichts mehr zu holen.«
Gregor rieb sich über das Gesicht. »Ich hoffe zumindest, dass sie das glauben.«

»An Reichtümer und Geld glauben die Schweden doch immer, auch dann, wenn offensichtlich nichts mehr zu holen ist.« Mit angstgeweiteten Augen sah Anne ihren Freund an. »Hast du denn nicht die Kunde von Pappenheim gehört? Ein Jahr lang währte die Belagerung – und als die Schweden die Stadt mitsamt der Burg schließlich gestürmt haben, waren nur noch wenige Menschen am Leben. Ich habe gehört, sie haben in der belagerten Stadt sogar Menschenfleisch gegessen!« Sie schüttelte den Kopf. »Dieser Krieg nimmt den Menschen alles Menschliche. Sie werden zu Tieren. Oder noch schlimmer ... zu Bestien.«

»Jetzt beruhige dich erst einmal!« Gregor strich ihr über den Rücken. »Unsere größten Gegner in diesen Tagen sind nicht die Schweden vor den Toren, sondern deine Eltern, die deinen dicken Bauch schon bald bemerken werden. Dein Vater wird wohl eher zur Bestie als die Schweden.«

»Und was willst du tun?« Sie sah ihn ängstlich an. »Mit ihm reden? Vielleicht sieht er ja ein, dass unsere Liebe größer ist als alle Vernunft!«

»Dein Vater? Eher fließt der Fluss rückwärts und die Fische darin erheben sich in den Himmel. Nein. Er wird immer glauben, dass ich seine süße Tochter entehrt habe.«

»Was du ja schließlich auch getan hast!« Sie küsste ihn auf den Mund.

Er ging auf ihren neckischen Ton nicht ein. »Ich könnte deinen Vater um deine Hand bitten. Aber ich zweifle sehr daran, dass er dich ziehen lässt. Er braucht dich in seiner Schänke. Keine bäckt bessere Pasteten als du. Und keine kann mit den Männern so gut umgehen, wenn sie ein oder zwei Bier zu viel getrunken haben ...«

Anne winkte ab. »Du übertreibst. Meine Mutter ist in der Küche so wertvoll wie ich. Und eine neue Schankkellnerin wird er immer finden. Wenn die Belagerung beginnt, gibt es ohnehin bald nichts mehr zu verkaufen.«

»Keine Belagerung währt ewig. Dein Vater ist ein kluger Mann, er baut für die Zeit nach dem Einfall der Schweden vor. Außerdem – wer weiß? Vielleicht kann man sich diese Barbaren auch mit einer weiteren Zahlung vom Leib halten.«

»Das glaubt nun wirklich keiner mehr«, murmelte Anne. »Alle bereiten sich auf eine baldige Belagerung vor. Hast du nicht gesehen, dass sie heute die letzten Häuser vor der Stadtmauer abgerissen haben, um den Schweden keine Angriffsfläche zu bieten? Sie werden kommen! Vielleicht noch heute Nacht!«

»Wie ich dir schon gesagt habe: Nicht in der Heiligen Nacht. Überhaupt, musst du nicht zur Messe? Deine Eltern werden dich schon vermissen!« Gregor sah seine Freundin besorgt an.

Die Angst und die Schwangerschaft setzten ihr gleichermaßen zu. Tiefe Augenringe verrieten, dass sie nicht genug schlief, ihre Bewegungen waren nicht mehr so lebhaft wie noch vor wenigen Wochen. Es war ihm ein Rätsel, warum ihre Eltern ihren Zustand noch nicht bemerkt hatten. Aber wahrscheinlich wurden sie von anderen Sorgen gequält. Wer in beständiger Angst vor einer Belagerung oder gar Plünderung der Stadt lebte, der hatte keine Augen für die eigene Tochter. Abgesehen davon trug sie ein weit geschnittenes Kleid, das den größten Teil ihrer Rundungen verbarg. Erst recht jetzt im Winter.

Sie warf sich einen warmen Umhang über und drückte ihm noch einen Kuss auf die Wange. »Du hast recht, ich sollte zur Messe gehen. Kommst du auch?«

»Sicher«, nickte er. »Allerdings mit gebührendem Abstand.«

Er sah Anne nach, die verstohlen aus der Tür seiner Werkstatt *schlüpfte und sich durch die enge Straße auf den Weg zur Kirche machte. Schon bald war sie in der Menschenmenge verschwunden.*

Gregor seufzte. Seine Freundin sorgte sich mehr um die Gefahren, die der Stadt drohten, als um die Bedrohung durch ihre Familie. Ihr Vater war in Eichstätt ein bekannter Wirt, seine Tochter galt als eine gute Partie. Wie sollte ausgerechnet Gregor, ein einfacher Schreinergeselle, vor den Augen dieses Mannes bestehen?

Langsam machte er sich auf den Weg in die Kirche. Während die frommen Eichstätter der lateinischen Messe lauschten, hing er seinen Gedanken nach. In dieser Stadt waren neue Ideen noch nie willkommen gewesen, und die Reformation wurde als das reine Teufelswerk betrachtet. So wie uneheliche Kinder oder Ungehorsam gegenüber den Eltern. In Eichstätt fehlte ihm an mehr als einem Tag die Luft zum Atmen.

Er sah sich um. Täuschte er sich – oder waren wirklich mehr Bauern aus dem Umland zu diesem Gottesdienst gekommen als sonst? Wenn sie lange genug beteten, dann konnten sie in Eichstätt übernachten – und damit Zuflucht vor den nahenden schwedischen Truppen suchen. Noch mehr hungrige Mäuler, die im Falle einer Belagerung gestopft werden mussten.

Nach dem letzten Segen machte er sich auf den Weg in seine winzige Kammer, die er in einem Häuschen direkt an der Stadtmauer gemietet hatte. Er schlief an diesem kalten Abend schnell und traumlos ein. Weihnachten, das waren für ihn nur ein paar Tage, an denen man noch häufiger in die Kirche musste als sonst. Seine Eltern waren schon lange tot, seine Geschwister über das ganze Reich verteilt. Es gab niemanden, der mit ihm Leckereien oder gar ein Festmahl teilen wollte. Obwohl die Tradition es geboten hätte, hatte der geizige Schreinermeister ihm nichts von seinem Feiertagsbraten abgegeben. Gregor musste eben Hunger leiden. Oder auf eine Pastete aus dem Wirtshaus seiner Geliebten hoffen.

Am frühen Morgen erwachte Gregor von einem gewaltigen Krachen. Ein Kanonenschlag ließ das kleine Häuschen erbeben.

Wenig später hörte er, wie die Kanonen von den Stadttoren das Feuer erwiderten. Die Belagerung hatte begonnen und damit der Kampf um Mehl, Wasser und ein Dach über dem Kopf. Nicht mehr lange und die Gesetze von Anstand und Mitmenschlichkeit würden nicht mehr gelten. Das hatte Gregor die erste Belagerung der Stadt gelehrt: Irgendwann dachte jeder nur noch an das Wohl eines einzigen Menschen – seiner selbst.

Langsam erhob er sich von seinem schmalen Bett, schüttelte den Strohsack noch einmal auf und machte sich zum nächsten Stadttor auf. Der Lärm der Kanonenkugeln war hier ohrenbetäubend – wobei nicht auszumachen war, was lauter war: die Kanonen der Angreifer oder die der Verteidiger.

»Dann sind die Schweden also doch schon gekommen«, bemerkte Gregor zu einem Mann, der den Kopf reckte, um möglichst viel mitzubekommen.

Der nickte. »Ja. Sie haben im Morgengrauen den ersten Schuss abgegeben. Diese Ungläubigen haben vor nichts Respekt. Nicht einmal vor der Heiligen Nacht!«

»Gibt es noch einen Weg nach draußen?«, wollte Gregor wissen, obwohl er die Antwort eigentlich schon kannte.

Ein Kopfschütteln bestätigte seine Ahnung. »Nein. Die Tore sind verrammelt, da kommt keiner mehr durch.«

Mit sorgenvoller Miene sah Gregor die umliegenden Höhen an. »Da fühlt man sich in dieser Stadt wie eine Maus in der Falle, nicht wahr?«

»Wenigstens können sie uns das Wasser nicht abschneiden. Die

Altmühl ist zu stark, als dass die Schweden den Fluss stauen oder umlenken könnten. Das ist ein Vorteil!« Der Mann sah ihn Beifall heischend an.

Beim Anblick der feuernden Kanonen, die oberhalb der Stadt standen, fiel es Gregor schwer, dem zuzustimmen. So wie es aussah, war es die Wahl zwischen Pest und Cholera – sie würden nicht verdursten, sondern nur verhungern. Das dauerte länger, das Ergebnis war das Gleiche. Was sollte daran gut sein?

Seufzend drehte er sich um und ging durch die engen Gassen zum Schreinermeister. Der winkte bei seinem Anblick allerdings schnell ab. »Wenn die Schweden vor der Tür stehen, denkt niemand über einen neuen Stuhl, einen Schrank oder ein Bett nach. Ich brauche deine Dienste nicht, bis die Ungläubigen wieder abgezogen sind. Bis dahin kann ich dir auch keinen Lohn zahlen, das wirst du sicher verstehen.«

Gregor nickte und machte sich langsam auf den Weg zum Gasthaus von Annes Vater. Das Einzige, was es jetzt noch reichlich in der Stadt gab, war Zeit.

Wie erwartet war hier viel los. In einer Krise schienen Bier und etwas zu essen das Erste, wonach die Menschen gierten.

Er setzte sich an einen Tisch in einer dunklen Ecke und hoffte darauf, dass Anne ihn entdecken würde. Vergeblich. Er sah sie immer wieder mit einem Tablett voller dampfender Pasteten oder schäumenden Bieres. Keine Sekunde kam sie zur Ruhe. Sie folgte unermüdlich den immer neuen Rufen der hungrigen und zunehmend betrunkenen Gäste, keiner schien ihre Erschöpfung zu bemerken.

Schließlich ging er nach Hause. Es gab einfach nichts für ihn zu tun, als zu warten. Er streckte sich auf seinem Bett aus und lauschte den Geräuschen von draußen. Schnelle Schritte, und ein Nachttopf wurde geleert, dessen Inhalt an seinem kleinen

Fenster vorbeiflog. Ein Schwein grunzte leise – es hatte keine Ahnung, dass sein Leben nicht mehr lange dauern würde. Ein Betrunkener sang lauthals ein Lied, das von tapferen Kämpfern, schönen Mädchen und der Freude am Leben handelte. In Gregors Ohren klang es nicht sehr viel anders als das Grunzen des Schweines.

Während die Dämmerung sich langsam über die Stadt senkte, war nur noch das Grollen der Kanonen zu hören. Es kam ihm so vor, als würden die Schweden ihre Kugeln nur mit dem einen Ziel verschießen: den Eichstättern Angst einzujagen. Und es gelang ihnen. Gregor fühlte sich wie ein Tier in einem Käfig. Er hatte es versäumt, aus der Stadt zu fliehen, als es noch möglich war. Jetzt waren die Stadttore geschlossen, und er saß hier fest wie ein Tier in einer Falle. Gemeinsam mit Anne, die er aus tiefstem Herzen liebte und die sich jetzt auch nicht mehr vor ihrem Vater verstecken konnte.

Er war schon fast eingeschlafen, als ihn ein leises Klopfen an der Tür wieder hellwach machte.

»Wer ist da?«, flüsterte er.

»Ich bin's!« Annes Stimme. »Ich finde bei diesen andauernden Schüssen keine Ruhe. Außerdem habe ich mir Sorgen gemacht und wollte dich unbedingt sehen. Lass mich rein, bevor mich jemand bemerkt!«

Schnell öffnete er die Tür und nahm Anne in seine Arme. Durch den dicken Wollstoff ihres Überwurfs spürte er, wie sie zitterte. Er strich ihr über das Haar. »Was regst du dich denn so auf? Auch das hier geht vorbei.«

»Aber was ist, wenn ihnen dieses Mal das Geld nicht reicht? Ich habe gehört, die Schweden vergehen sich an jeder Frau, egal welchen Alters. Und sie nehmen auch keine Rücksicht auf Schwangere.«

»Noch sind sie nicht da. Außerdem werde ich dich beschützen! Ich lasse es nicht zu, dass dir etwas passiert.« In dem schwachen Mondlicht, das in seine Kammer fiel, konnte er sehen, dass Anne leichenblass war. »Was mich sehr viel mehr umtreibt: Übernimmst du dich nicht mit deiner Arbeit in der Wirtschaft deines Vaters? Du trägst die Verantwortung für zwei ...«

»Ich bin nicht die einzige Frau, die ein Kind unter dem Herzen trägt und trotzdem arbeitet«, winkte sie ab. »Immerhin kriege ich ausreichend zu essen, das können wenige in diesen Zeiten von sich sagen.«

Gregor streichelte ihr über den Rücken. »Wir hätten fliehen sollen«, murmelte er. »Zu lange haben wir uns in Sicherheit gewiegt, uns eingeredet, dass Eichstätt davonkommt und dein Vater uns doch noch seinen Segen gibt. Jetzt ist es zu spät, und wir sitzen hier wie Tiere in der Falle.«

Er spürte, wie Anne in seinen Armen noch kleiner wurde. Seine Worte hatten ihr wohl den letzten Mut genommen. Sofort bemühte er sich, seine Worte abzuschwächen. »Du solltest den Mut aber nicht sinken lassen. Irgendwann verschwinden die Schweden wieder – und dann können wir uns immer noch überlegen, ob wir unser Heil in der Flucht oder in der Wahrheit suchen.«

Sie presste sich an seine Brust und schüttelte den Kopf. »Irgendwann bleibt uns keine Wahl mehr, wenn mich nämlich mein dicker Bauch verrät. Und dann fürchte ich den Zorn meines Vaters fast mehr als die Schweden ...«

»Dann lass uns noch einen Weg aus der Stadt suchen, bevor es endgültig zu spät ist!« Seine Stimme klang drängend. »Ich bin mir sicher, wenn wir ein bisschen Mut zeigen, dann kommen wir hier weg ...«

Er stockte. Wie oft hatte er in den letzten Monaten versucht, Anne zu einer Flucht zu überreden, doch sie wollte nicht, obwohl *sie wusste, dass ihr hier der Zorn des Vaters oder die Belagerung durch die Schweden drohte. Sie blieb hier, schloss die Augen und hoffte, dass ihr einfach nichts geschah. Wie ein kleines Kind, das im Dunkeln singt.*

Er seufzte und schloss sie fester in seine Arme. »Du bist das Licht meines Lebens«, murmelte er in ihr leuchtend rotes Haar. »Ich lasse dich nicht alleine, und ich werde dich nicht in Gefahr bringen. Darauf kannst du dich verlassen!«

Sie nickte. »Ich muss wieder gehen. In so unruhigen Zeiten kommt meine Mutter immer noch einmal in meine Kammer, um mich zuzudecken. Wenn sie dann merkt, dass ich nicht im Haus bin, dann bekomme ich großen Ärger.«

»Ich bringe dich wenigstens in die Nähe deines Elternhauses«, erklärte er. »In diesen Zeiten kommt so mancher anständige Mann auf reichlich unanständige Gedanken.«

Sie nickte nur. Wortlos liefen sie nebeneinanderher durch die leeren Gassen. Immer wieder hörte man das tiefe Poltern, wenn wieder ein Geschoss auf die Stadtmauer gefeuert wurde. Aber das Rufen der Soldaten, das man den ganzen Vormittag hatte hören können, war jetzt verstummt. Die Verteidiger der Stadt schliefen. Oder sie hatten so viel Angst, dass sie nur noch beteten.

Als das Gasthaus in Sichtweite war, griff Gregor nach Annes Hand und drückte sie. »Pass auf dich auf. Und wenn etwas ist, dann schicke sofort jemanden nach mir. Ich werde dir beistehen, darauf kannst du dich immer verlassen.«

Sie nickte, drehte sich um und verschwand im Schatten der nächsten Hauswand.

Langsam lief Gregor zurück. Heute war der erste Tag der Belagerung gewesen. Noch waren die Vorräte nicht knapp, und niemand litt Not. Das würde sich in den nächsten Tagen verändern – und damit war diese Stadt ein verfluchter Ort.

Er sollte recht behalten.

Der Beschuss ließ zwar nach ein paar Tagen nach, doch schon bald wurde das Brot knapp. Die Müller der Stadt konnten die Körner nicht mehr in den Mühlen vor der Stadtmauer mahlen, sondern mussten es von Hand verarbeiten. Eine mühselige Arbeit mit mäßigem Ergebnis. Das Brot schmeckte sandig und enthielt viele Spelzen.

Anne schuftete in diesen Tagen viel im Wirtshaus ihres Vaters. Es gab wenig Arbeit – und so blieb als einzige Beschäftigung das Biertrinken. Und wenn man davon genug getrunken hatte, begann man das Schwadronieren und Schimpfen über die Mächtigen, die den braven Bewohnern der Stadt so viel Ungemach bereiteten. Gregor fragte sich, wie viel Bier Annes Vater wohl in den Kellern gelagert hatte. Ein kluger Mann, der die Belagerung vorhergesehen hatte und auf seine eigene Weise vorgesorgt hatte.

Der Januar war kalt und grau, und der Hunger wurde zum ständigen Begleiter der Bewohner der Stadt. Die Schweine in den Straßen verschwanden innerhalb weniger Wochen in den Kochtöpfen. Anschließend versuchten die Menschen alles andere zu essen: Katzen, Ratten, Vögel – zu Gregors Überraschung sanken die Hemmungen schnell. Er war froh, dass sein Meister wenigstens einmal am Tag für einen Körnerbrei sorgte – auch wenn von Tag zu Tag weniger Körner und mehr Wasser darin war.

Dann kam ein schwerer und nasser Schnee, der sich auf die Dächer und Gassen legte. Eines Abends, als Gregor sich in seiner Stube schon ins wärmende Bett gelegt hatte, klopfte es an seiner Tür.

»Gregor?«, wisperte eine Stimme, die er nicht kannte. »Gregor, bist du da?«

Er stand auf und spähte durch den kleinen Spalt. Ein kleiner

Junge sah ihn aufgeregt an. »Bist du Gregor? Der Freund von Anne?«

Gregor spürte, wie eine kalte Hand der Angst nach seinem Herz griff. Er nickte. »Ja, der bin ich. Wer schickt dich?«

»Anne. Sie hat mir als Lohn eine Pastete gegeben, damit ich schnell hierherrenne. War lecker – dafür wäre ich auch doppelt so weit gerannt!«

»Welche Nachricht sollst du mir überbringen? Was fehlt Anne?«

»Das weiß ich nicht. Sie hat mir nur gesagt, dass du sofort kommen sollst. Noch heute Abend. Und du sollst dich beeilen, hat sie gesagt.« Er lächelte Gregor an und zeigte dabei seine Zahnlücke. »Das ist alles!«

Er wandte sich schon zum Gehen, als Gregor ihn zurückhielt. »Wie geht es ihr denn? Geht es ihr gut?«

»Keine Ahnung.« Der Junge schüttelte den Kopf. »Ich habe sie nur kurz gesehen. Aber ihre Augen waren rot, so als ob sie geweint hätte. Aber das tun ja viele in diesen Zeiten, nicht wahr? Vor allem die Frauen. Meine Mutter ...«

»Deine Mutter interessiert mich gerade nicht«, unterbrach Gregor ihn ungehalten.

»Sie weint aber auch die ganze Zeit. Wie deine Anne. Ist gar nicht so schlecht. Wenn die Schweden kommen, dann wollen sie unsere Frauen nämlich nicht mehr haben, weil sie alle so hässliche, verheulte Augen haben.« Er grinste und verschwand endgültig.

Gregor warf sich seinen wollenen Umhang über und schnürte die Schuhe. Dann rannte er durch die Nacht zu Annes Elternhaus. Es gab nur zwei denkbare Gründe, warum sie ihn hatte holen lassen: Entweder war ihre Zeit gekommen – oder ihr Vater hatte entdeckt, dass seine Tochter einen Bastard unter dem Herzen trug.

Im Wirtshaus saßen die letzten Gäste an den Tischen vor ihrem

Bier. Die Luft war geschwängert vom Geruch nach Pasteten und säuerlichem Schweiß. Einen kurzen Moment lang fragte Gregor sich, was Annes Vater wohl in seine Pasteten tat. Auch bei ihm konnte es nicht mehr viel Fleisch oder Gemüse geben ...
Suchend sah er sich um. Eine Schankkellnerin entdeckte ihn und winkte ihn zu sich. »Du bist Gregor?«
Er nickte.
Sie deutete nach oben. »Dann geh die Stiegen nach oben. Du kannst ihn gar nicht verfehlen, er schreit schon seit Stunden auf Anne ein. Als ob der Bauch davon verschwinden würde.« Sie schob ihn durch eine Tür zu den steilen Stufen hin. »Jetzt geh schon, das sollte sie nicht allein durchstehen müssen.«
Das Mädchen hatte nicht übertrieben. Schon auf den Stufen war das Geschrei von Annes Vater zu hören.
»Ausgerechnet jetzt, wo wir niemanden entbehren können und auf ein weiteres Maul zum Stopfen gut verzichten könnten, kommt meine Tochter mit einem Bastard an! Und hat auch noch die Frechheit zu glauben, dass ich diesen Bankert mit Begeisterung aufnehme! Nein, Anne, so schnell kommst du nicht davon. Du bist als Wirtstochter eine gute Partie – da wirft man sich doch nicht so einfach an einen Schreiner weg, der dir nicht einmal ein Haus bieten kann ...«
In diesem Augenblick betrat Gregor das Zimmer. Zum ersten Mal sah er die gute Stube des Wirtes. Es war ein niedriger Raum, in dem einige Stühle um einen großen Tisch herum standen. Im Kamin in der Ecke brannte ein Feuer. Annes Vater hatte sich drohend vor seiner Tochter aufgebaut, die in sich zusammengesunken auf einem niedrigen Hocker saß. Die beiden schienen nicht einmal zu bemerken, dass Gregor ins Zimmer gekommen war.
Er räusperte sich. »Seid mir gegrüßt. Ich sollte in dieser Angelegenheit vielleicht mitreden.«

Annes Vater fuhr herum und musterte ihn mit funkelnden Augen.
»Du bist also der Wicht, der meine Anne ins Unglück gestürzt hat?«
Gregor wich unwillkürlich einen Schritt zurück. »Als Unglück würde ich das aber nicht bezeichnen ...«, stammelte er.
»Ein Kind von einem Mann ohne Geld und offensichtlich ohne Ehre? Und das in Zeiten des Krieges? Du hast offenbar keinerlei Anstand im Leib und bist außerdem so dumm wie ein Holzscheit. Wenn das kein Unglück sein soll, dann kann ich ein Unglück nicht mehr erkennen!«
»Aber ich möchte Eure Anne ehelichen! Ich lasse sie nicht alleine, das verspreche ich.« Er hörte selber, dass seine Stimme unsicher klang, und ärgerte sich darüber.
»Als ob ich meine Anne jedem geben würde, der es schafft, sie in sein Bett zu ziehen. Habe ich es richtig verstanden, dass du nur ein Schreinergeselle bist, der nicht einmal sein Meisterstück gefertigt hat? Du besitzt nichts, und du kannst nicht viel, ist das richtig?«
Gregor merkte, wie er wütend wurde. Was bildete dieser Mann sich ein, dass er ihn derart beschimpfte?
»Ich besitze so einiges«, widersprach er. »Ich habe Talent für meinen Beruf. Ich bin fleißig und scheue keine Arbeit. Ich bin ehrlich und verabscheue jede Lüge. Ich liebe Anne aufrichtig und bin bereit, ihr mein Leben zu Füßen zu legen. Ich finde, das ist eine ganze Menge.« Er richtete sich auf und sah ihrem Vater in die Augen.
Leider war Annes Vater von seiner kurzen Rede nicht sehr beeindruckt. Im Gegenteil.
»Und ich glaube dir kein Wort, Bürschchen. Wenn du ehrlich gewesen wärst, dann hättest du wie ein anständiger Mann um die Hand meiner Tochter angehalten, bevor du sie verführst! Das

hat nämlich mit Anstand nichts zu tun. Meine Entscheidung steht fest: Anne bleibt hier bei mir, bis sie den Balg zur Welt bringt. Kann ja nicht mehr lange dauern, wenn ich ihren Bauch sogar unter ihren weiten Kleidern bemerkt habe. Dieses Kind wird sie dem Kloster auf die Schwelle legen. Von mir aus mit einer ordentlichen Spende, damit es dem Kind gut ergeht. Aber dann werden wir den Mantel des Schweigens über diese Angelegenheit breiten, und ich suche nach einem Mann für Anne, den es nicht schert, dass sie keine Jungfrau mehr ist. Da kann Anne sich nicht mehr unter den begehrten Männern der Stadt einen aussuchen, sondern muss nehmen, was sie noch kriegen kann. Aber ganz bestimmt wartet sie nicht, bis du Meister bist und deine Zunft dir eine Hochzeit genehmigt. Das kann ja noch Jahre dauern!«

»Aber ...«, setzte Gregor an, doch der Wirt ließ ihn gar nicht erst zu Wort kommen.

»Geh mir aus den Augen, du Würmchen! Sonst vergesse ich mich noch!« Er schrie so laut, dass die Adern an seinem Hals anschwollen.

Gregor war sich sicher, dass die letzten Gäste unten in der Wirtsstube alles genau mit anhören konnten. So konnte der Wirt das Geheimnis um den ungewollten Enkel wohl kaum bewahren.

Mühsam stand Anne auf und sah ihren Vater an. Ihre Augen waren geschwollen, und ein roter Abdruck einer Hand auf der Wange bewies, dass der Wirt auch nicht mit Handgreiflichkeiten gespart hatte. Gregor ballte die Faust. Was erlaubte sich dieser Mensch eigentlich? Angeblich liebte er seine Tochter, aber er schlug sie? Das konnte nicht rechtens sein!

»Vater«, begann Anne. Obwohl sie nicht so aussah, klang ihre Stimme fest und klar. »Du musst dich damit abfinden, dass ich mir selbst einen Mann gesucht habe, mit dem ich mein Leben

verbringen möchte. Ich weiß, dass ich keine gehorsame Tochter gewesen bin. Aber ich möchte dich bitten, dich nicht meinem Glück in den Weg zu stellen. Dafür verspreche ich dir auch, dass ich diese Stadt nicht verlassen werde und auch weiterhin die Pasteten in deiner Wirtsstube für dich backe.« Sie lachte leise auf. »Denn ich fürchte, niemand kann so gut wie ich diese Küchlein mit üblem Abfall füllen und dafür sorgen, dass sie den Menschen doch schmecken ... Aber dafür erwarte ich, dass du mir auch meinen Anteil am Glück lässt.«

Der Wirt starrte seine Tochter wütend an. »Was hast du denn für Forderungen? Du bist ein Nichts! Ich brauche dich nicht für mein Wirtshaus, mein Backwerk kriegt auch jeder mittelmäßige Bäcker hin, wahrscheinlich würde sogar dein Nichtsnutz hier in einer einzigen Woche lernen, wie man diese Dinger herstellt. Also: Drohe mir nicht! Du hast keine Forderungen zu stellen – und ich muss dir keinen einzigen Schritt entgegenkommen.«

Er holte Luft, bevor er seine abschließenden Worte sprach. »Also, zum letzten Mal: Du gehst jetzt in deine Kammer. Du sprichst mit niemandem ein Wort, bis dieses Kind da ist. Und das geben wir dann weg. Das ist mein letztes Wort!«

»Aber es ist auch mein Kind!«, rief Gregor. »Wie könnt Ihr es einfach weggeben?«

»Beweise doch, dass es von dir ist! Vielleicht nimmt es diese Wirtstochter mit der Moral ja nicht so genau. Sie lernt schließlich jeden Abend im Gasthaus genügend Männer kennen!«

»Das ist eine Frechheit! Wie könnt Ihr so von Eurer einzigen Tochter sprechen? Habt Ihr denn keinen Funken Anstand im Leib?«

»Das sagt der Richtige«, höhnte der Wirt. »Ich kann mit meiner Tochter jederzeit tun, was mich richtig dünkt. In diesem Fall habe ich meine Entscheidung gefällt. Und du kannst nichts dagegen tun, das kannst du mir glauben!«

Gregor sank in sich zusammen. Er wusste, dass der Wirt die Wahrheit sprach. Er hätte mit seiner geliebten Anne fliehen sollen, als es noch eine Möglichkeit gab. Aber jetzt waren sie ihrem Vater ausgeliefert. Und der kannte keine Gnade. Nicht, wenn es darum ging, seine einzige Tochter möglichst gut zu verheiraten.
»Vater«, begann Anne so leise, wie Gregor es gar nicht von ihr kannte. In ihrer Stimme war nichts mehr von ihrer Sicherheit und Entschlossenheit zu hören. »Was kann denn ein unschuldiges Kind dafür, wie es entstanden ist? Du kannst doch deinen Zorn nicht an einem wehrlosen Wesen auslassen. Strafe mich, wenn du willst, aber nicht mein Kind, ich flehe dich an. Vergiss nicht, es ist auch dein Enkel, dein Fleisch und Blut, das du verstößt.«
Der Wirt funkelte seine Tochter an. »Deine Strafe wirst du schon noch erhalten. Seit Eva die Sünde über die Menschen gebracht hat, leiden alle Frauen, wenn sie ein Kind gebären. Auch du wirst leiden müssen, das wird Strafe genug sein. Vor allem deswegen, weil du dein Kind hinterher nicht in Händen halten darfst. Ich sorge dafür, dass du es niemals sehen wirst.«
Anne senkte den Kopf. »Das kannst du nicht tun ...« Ihre Stimme war nur noch ein Flüstern.
»Doch.« Der Mann wandte sich Gregor zu. »Und dich will ich hier nie wiedersehen. Solltest du es wagen, einen Fuß in mein Gasthaus zu setzen, dann sorge ich dafür, dass du in einer dunklen Nacht im Fluss landest. Mit einem Stein an den Füßen. Und ich mache keine Scherze. Haben wir uns verstanden?«
»Diese Worte waren unmissverständlich«, erklärte Gregor. »Was mir hingegen nicht in den Kopf will, ist, wie ein solch brutaler und herzloser Mann eine so warmherzige und wunderbare Tochter zeugen konnte. Womöglich hat Eure Frau Euch auch nicht immer die Wahrheit ...«
Er konnte den Satz nicht beenden, da der Wirt sich mit einem

wütenden Schrei auf ihn stürzte und ihm mit seiner gewaltigen Faust einen Hieb direkt aufs Kinn verpasste. Er prügelte weiter auf Gregor ein, bis dieser sich nicht mehr rühren konnte. Dann stieß er ihn mit der Stiefelspitze in die Seite und rief nach dem Mädchen unten in der Wirtsstube.
»Komm her, Grethe! Es gibt Unrat zu beseitigen.«
Das Mädchen kam die Stiegen nach oben gerannt und erfasste mit einem einzigen Blick, was vorgefallen war. Die weinende Anne, der reglose junge Mann, der wütende Wirt zwischen ihnen. Grethe griff nach Gregors Arm und zog an ihm. Doch der rührte sich nicht. Hilfe suchend sah sie ihren Herrn an. »Er ist zu schwer!«
»Ihr taugt doch allesamt zu nichts«, polterte der Wirt. Er griff nach dem jungen Mann und zerrte ihn zu den Stufen. Achtlos stieß er ihn hinunter und stapfte mit schweren Schritten hinterher. Wie einen nassen Sack zog er ihn durch die Tür der Wirtsstube und ließ ihn in den Schneematsch fallen.
Gregor rührte sich immer noch nicht. Einige Flocken segelten vom Himmel und blieben in seinen dunklen Haaren hängen.
»Wenn er den morgigen Tag nicht erlebt, dann soll mir das nur recht sein«, knurrte der Wirt und schloss die Tür. Mit einem lauten Krachen legte er den Riegel vor und sah in die Runde.
Die meisten Gäste starrten so angestrengt in ihre Bierkrüge, als würden sie dort die Lösung aller Schwierigkeiten finden.
»Wenn ihm einer hilft, dann ist das euer letztes Bier hier gewesen. Ihr lasst ihn liegen, verstanden?«
Mit diesen Worten ging der Wirt wieder nach oben. Keiner wagte ihm zu widersprechen.

Vor der Tür senkte sich Stille über die Straße, während der Schnee eine dünne Decke über den reglosen Körper breitete.
Die Zeit verging.

Schmerzen. Unerträgliche Schmerzen unter dem rechten Auge und im linken Handgelenk. Vorsichtig bewegte Gregor den Arm und stöhnte auf. Die Schmerzen raubten ihm fast das Bewusstsein.
Er zwang sich, die Augen zu öffnen.
Anfangs sah er nur den Dreck auf der Straße direkt vor seinem Gesicht. Einen säuberlich abgenagten Knochen, an dem jetzt eine Ratte nach den letzten Fleischfetzen suchte. Die Scherbe eines Tonkruges, der bei einer Streiterei in der Wirtschaft zu Bruch gegangen war.
Mühsam richtete er sich auf. Seine Füße waren taub, und er war sich nicht sicher, ob das von der Kälte herrührte oder von den Schlägen, mit denen sein Körper malträtiert worden war. Es kam ihm vor wie eine Ewigkeit, bis er endlich aufstehen konnte. Er lehnte sich gegen die Wand des Gasthauses und wartete darauf, dass der Schmerz ein wenig nachließ.
Seine Gedanken wanderten zu Anne. Was mochte ihr im Moment widerfahren? Richtete sich der Zorn ihres Vaters nur gegen ihn, oder schlug der Alte auch seine Tochter?
Schwankend machte er sich auf den Weg. Er konnte Anne nicht helfen, nicht heute, da er nicht einmal sich selbst helfen konnte. Langsam tastete er sich an den Wänden entlang. Mehr als einmal war er versucht, sich einfach hinzulegen und den Schnee das Werk vollenden zu lassen, das der Wirt begonnen hatte. Aber das durfte er nicht. Er durfte nicht aufgeben.
Das konnte er Anne nicht antun.
Später sollte er sich nicht mehr daran erinnern, wie er seine Kammer erreicht hatte. Als er das nächste Mal zu sich kam, lag er auf seinem schmalen Bett, eine Decke über den Schultern. Hatte ihn eine freundliche Seele zugedeckt – oder hatte er das selbst geschafft? Er wusste es nicht.

Sein Magen knurrte, als er sich mühsam aufrichtete und über seine rissigen, aufgesprungenen Lippen leckte. Er nahm den metallischen Geschmack seines eigenen Blutes wahr und erinnerte sich an die vorangegangene Nacht. Vorsichtig bewegte er sein geschwollenes Handgelenk. Immerhin schien es nicht so schlimm verletzt zu sein, dass er es nicht mehr rühren konnte. Mit ein wenig Glück konnte er seinen Beruf in ein paar Wochen wieder ausüben.

Dann tastete er über sein Gesicht. Sein Auge war so geschwollen, dass er es nicht öffnen konnte. Die Haut spannte schmerzhaft über seine Wangenknochen und den Brauenbogen. Nun, mit seinem guten Aussehen würde er nie wieder ein ehrbares Mädchen verführen. Dafür hatte der Wirt gesorgt.

Da er ein dringendes Bedürfnis verspürte, stand er auf, fand den Nachttopf und sah wenig später im schwachen Licht, dass sein Urin rot verfärbt war. Annes Vater hatte ihn wahrlich nicht geschont.

Langsam öffnete Gregor die Tür. Ein schwaches Tageslicht beleuchtete die menschenleere Gasse. Er hatte keine Ahnung, ob es noch früh am Morgen oder bereits später Nachmittag war. An diesem eiskalten Tag war ohnehin niemand draußen unterwegs.

Auf der Stufe vor seiner Kammer stand ein Krug mit Wasser, daneben lag eine Pastete, in ein fettiges Tuch gewickelt. Ein Wunder, dass noch keine Ratte vorbeigekommen war, die ihm die Pastete abgenommen hatte. Lange konnten die Gaben hier noch nicht liegen. Neugierig sah er sich um, doch keine Spur verriet, wer ihm da geholfen hatte.

Durstig setzte er den Krug an seine Lippen und trank. Dann biss er in die Pastete. Wie er angenommen hatte, stammte sie von Anne. Durch ihre Backkünste schmeckte sogar die Füllung aus Rüben und billigem Schmalz wunderbar. Mit wenigen Bissen aß

er alles bis auf den letzten Krümel. Sein schlimmster Hunger war gestillt.
Er warf sich wieder auf sein Bett. Als er das nächste Mal aufwachte, herrschte finstere Nacht. Hatte ihn das Klopfen an der Tür geweckt? Er öffnete, so schnell er konnte. Vielleicht war es ja Anne?
Ein Schatten löste sich aus dem Dunkel der Hauswand gegenüber, und eine Gestalt kam auf ihn zu. Es war eine fremde Frau. Nicht Anne.
»Ich habe dir etwas mitgebracht«, flüsterte sie.
»Wie geht es Anne?«, fragte er. Seine Stimme klang drängend.
»Er hat ihr nichts angetan, wenn du das meinst. Sie darf die Küche allerdings nicht verlassen, damit niemand ihre Schande bemerkt. Deswegen hat sie mich geschickt. Sie hatte Angst, dass du die Prügel vielleicht nicht überlebt hast.« Ihr Gesicht lag noch immer im Schatten. Gregor konnte sich nicht erinnern, mit diesem Mädchen schon einmal gesprochen zu haben.
»Wer bist du?«, fragte er. »Ich bin dir in jedem Fall zutiefst dankbar für deine Hilfe.«
»Ich bin Grethe«, erklärte sie. »Ich habe dir vorgestern den Weg in die Kammer unseres Wirtes gewiesen. So wie du jetzt aussiehst, hätte ich dir wohl besser die Tür gewiesen.«
Nun erinnerte sich Gregor vage an die unscheinbare Frau. »Das hätte ich aber nie geduldet, das weißt du.« Er versuchte ein Lächeln und verzog vor Schmerzen sein Gesicht. »Dich trifft also keine Schuld.«
Sie seufzte. »Das mag sein. Als du auf der Straße gelegen hast, war ich mir nicht sicher, ob du den nächsten Tag noch erlebst. Ich habe zur Heiligen Jungfrau gebetet – und war erleichtert, als am nächsten Morgen die Gasse leer vor mir lag. So konnte ich Anne berichten, dass du die Nacht offenbar lebend überstanden hast.« Sie deutete auf einen Beutel. »Ich habe gehofft, dass ich dich hier

antreffe. Deswegen habe ich ein paar Sachen mitgebracht, die dir vielleicht helfen. Darf ich hereinkommen?«
»Gern«, sagte Gregor. »Ich bin dankbar für alles, was meinem Körper hilft, wieder zu Kräften zu kommen.«
Er ging ihr voran in seine Kammer, wo er mit einem Kienspan mühselig eine armselige Talgfunzel entzündete.
Erst jetzt konnte Grethe ihn genauer in Augenschein nehmen. Sie pfiff leise, während sie ihre kühlen Finger über sein Gesicht gleiten ließ. »Gut, dass es bei Männern nicht so sehr auf das Aussehen ankommt«, bemerkte sie.
Dann griff sie nach einem Tiegel und gab ein wenig von einer gelblichen Paste auf ein Tuch. »Das ist Arnika. Ich habe die Blüten im letzten Sommer gesammelt. Die Paste soll dafür sorgen, dass die Schwellung schwächer wird und alles schneller heilt. Aber das Nasenbein ist gebrochen, das kann nichts und niemand mehr reparieren.«
»Mein Aussehen ist mir egal.« Er hielt ihr das geschwollene Handgelenk hin. »Die Hand bereitet mir viel mehr Sorgen. Werde ich sie jemals wieder benutzen können? Und zwar so, wie ein Schreiner seine Hände gebraucht?«
Langsam ließ sie ihre Finger über die Schwellung gleiten. Ihre Augen hielt sie dabei geschlossen, als könnte sie mit ihren Händen sehen.
Es kam ihm vor wie eine Ewigkeit, bis sie antwortete: »Es wird eine Weile dauern, bis du damit wieder schwere Balken tragen kannst. Aber ich denke nicht, dass du einen dauerhaften Schaden davongetragen hast. Du hast haltbare Knochen.«
Er atmete tief durch. »Danke. Das ist das Beste, was ich jemals von einem Menschen gehört habe.« Er lachte leise auf. »Wenn ich mal von dem absehe, was Anne zu mir gesagt hat, seit ich sie kenne.«

»Das erzähle ich ihr besser nicht.« Jetzt hörte er auch ein Lächeln in Grethes Stimme. Behutsam strich sie auch etwas von der Salbe auf sein Handgelenk.

»Schon dich in den nächsten Tagen, hörst du? Ich komme wieder, um nach dir zu sehen – und ich werde dir auch etwas zu essen mitbringen. Bleib einfach in deiner Kammer. Es ist am besten, wenn dich keiner sehen kann.«

In diesem Augenblick schlug ein Geschoss direkt in die Wand hinter der Kammer ein. Grethe zuckte zusammen, und ihre Hände wurden eiskalt.

»Es wird noch schlimmer in den nächsten Tagen und Wochen«, flüsterte sie. *»Keiner von uns wird den Schweden entgehen.«* Sie bekreuzigte sich schnell.

Dann verteilte sie hastig den Rest der Salbe auf seinem Handgelenk, schnürte ihr Beutelchen und wandte sich zum Gehen. An der Tür drehte sie sich kurz um.

»Bis morgen. Mach keinen Unfug. Anne ist sicher in der Küche, und dir kann hier in deiner Kammer nichts geschehen. Das solltest du nicht aufs Spiel setzen, hörst du?«

Damit verschwand sie.

Stöhnend legte Gregor sich wieder auf sein Bett. Grethe musste sich keine Sorgen machen. In diesem Augenblick wollte er nur schlafen. Eine weitere Begegnung mit Annes wütendem Vater würde er nicht überleben. Jetzt ging es erst einmal darum, wieder zu Kräften zu kommen, denn wenn die Schweden den Sturm auf die Stadt begannen, musste er seine Hände und seinen Verstand wieder einsetzen können.

Er schloss die Augen und spürte, wie sich eine lähmende Müdigkeit in seine Glieder schlich, der er gerne nachgab. Im Schlaf spürte er wenigstens die Schmerzen nicht mehr.

Als er das nächste Mal wieder aufwachte, war Grethe wieder bei *ihm. Sie kümmerte sich auch in den folgenden Tagen um ihn, versorgte seine Wunden und brachte ihm Annes Pasteten, die ihm wie ein Festmahl erschienen, auch wenn sie in Wirklichkeit immer mehr mehlige Rüben und billiges Fett enthielten. Selbst ihrem weitblickenden Vater schienen allmählich die Vorräte zur Neige zu gehen.*

Jeden Tag fragte er Grethe nach Annes Befinden. Sie bemühte sich, ihm eine ehrliche Antwort zu geben, und erzählte von ihrem Bauch, der jetzt immer schneller anschwoll und nur noch schwer zu verbergen war. Grethe bemühte sich, ihn zu beruhigen, und doch konnte er mit jedem Tag mehr Angst und Sorge in Grethes Stimme erkennen.

»Der alte Geizkragen weigert sich, nach einer Hebamme zu schicken. Dabei ist ihre Zeit nicht mehr fern. Aber er möchte für die Geburt dieses ungewollten Bankerts keinen Heller ausgeben.« Grethe schüttelte den Kopf. »Dabei stimmt irgendetwas nicht, da bin ich mir sicher. Wenn Anne keine Hilfe bekommt, dann ist sie auf die Gnade der Jungfrau Maria angewiesen.«

Gregor lauschte ihren Berichten mit zusammengebissenen Zähnen. Viel zu langsam heilten seine Verletzungen – und er hatte auch keine Vorstellung, wie er helfen könnte, wenn er denn wieder gesund war.

»Ich muss Anne sehen!«, wisperte er Grethe zu, als sie ihn mal wieder besuchte. »Wir müssen uns überlegen, wie wir verhindern können, dass Annes Vater den Säugling vor die Klosterpforte legt.«

Doch Grethe schüttelte nur den Kopf. »Das wird nicht gehen. Anne darf nur in die Küche und in ihre Kammer. Seit deinem letzten Besuch lässt ihr Vater sie nicht einmal in die Schankstube. Er hat viel zu viel Angst, dass jemand ihren Bauch sieht und die richtigen Schlüsse zieht. Und so, wie Anne jetzt aussieht, merkt wirk-

lich jeder, dass sie ein Kind erwartet. Nein, du kannst sie nicht sehen. Du würdest nur dich selbst in Gefahr bringen.«

»Inzwischen haben wir schon Februar!«, rief Gregor wütend. »Es kann doch nicht sein, dass ich hier einfach meine Hände in den Schoß lege und darauf hoffe, dass sich vielleicht doch noch etwas zu unseren Gunsten verändert.« Er seufzte. »Nicht einmal die Schweden greifen an. Es fühlt sich an, als wären wir für immer in dieser Vorhölle gefangen. Ein Tag gleicht dem anderen, nur der Hunger der Menschen wird mit jedem Tag größer.«

»Du solltest nicht undankbar sein«, erwiderte die junge Frau. »Immerhin kannst du jeden Tag eine von Annes Pasteten essen. Weißt du eigentlich, dass sich ihr Preis verzehnfacht hat? Und das, obwohl kein Gramm Fleisch oder Speck mehr darin zu finden ist. Der Wirt lässt einfach alles in die Dinger backen, was er in seinem Keller findet. Wäre es ein Nest von Ratten, dann würden sie auch in den Pasteten landen.«

»Aber es muss doch einen Weg geben, Anne zu treffen«, sagte Gregor verzweifelt.

»Glaub mir, wenn wir keine Toten wollen, dann bleibt dir nur das Warten. Du kannst mir vertrauen: Ich lasse es dich wissen, sobald sich etwas ändert ...«

Gregor blieb keine andere Möglichkeit: Er konnte nur nicken und sich weiter in Geduld üben. So schwer ihm das auch fiel.

Am Morgen des 6. Februar verstummte plötzlich der Beschuss, der den Bürgern der Stadt seit Wochen den Schlaf geraubt hatte. Die schwedischen Soldaten formierten sich vor den Stadttoren, die in den letzten Wochen doch sehr an Wehrhaftigkeit eingebüßt hatten. Sie waren angekohlt und zersplittert durch den unablässigen Beschuss.

Jetzt hatte das eisenbeschlagene Holz den Rammböcken der

schwedischen Angreifer nichts mehr entgegenzusetzen. Die Tore gaben mit einem lauten Krachen nach – und es dauerte nicht lange, bis die Schweden durch die engen Gassen marschierten und hochmütig in die Gesichter der verängstigten Bürger blickten.

Gregor mischte sich unter die vielen Menschen, die auf die Straßen getreten waren, um die neuen Herren der Stadt in Augenschein zu nehmen.

»Die werden sich schon bald nicht mehr damit zufriedengeben, nur durch unsere Stadt zu laufen«, murmelte eine ältere Frau neben ihm. »Die werden uns schon noch zeigen, was sie von dieser Stadt wirklich wollen.«

Klammheimlich gab Gregor ihr recht. Auch wenn die Soldaten in diesem Augenblick recht friedlich wirkten: Ihr Handwerk war der Krieg und die Plünderei. Es würde nicht mehr lange dauern, bis sie ihrem Handwerk auch nachgingen.

Einige wenige Nächte verharrte die Stadt abwartend. Die Schweden forderten Essen, Wein und Bier. Aber es gab nichts mehr. Die Belagerung hatte dafür gesorgt, dass die Vorräte völlig erschöpft waren. Selbst in den wenigen Wirtshäusern gab es nur noch Dünnbier und erbärmliches Essen, das mühsam aus den letzten Resten und faulenden Abfällen zusammengekocht wurde.

Wütend forderten die Besatzer andere Güter: Geld. Gold. Möbel und Teppiche. Wertvolle Stoffe. Als die Bürger nur zögernd ihre Besitztümer abgaben, war die Geduld der Schweden zu Ende.

Es war der Morgen des 12. Februar, als ein gieriger Hauptmann in eines der Eichstätter Häuser eindrang und dem Besitzer drohte, es abzufackeln, wenn er nicht sofort all seinen Besitz ablieferte. Wortreich erklärte der Hausherr, dass er nichts mehr besitze, was über das Gebäude und das nackte Leben hinausging. Der Hauptmann glaubte den Versicherungen nicht, senkte ein langes Holz ins Ofenfeuer und schleuderte den brennenden Span unter die Treppe, die in das obere Stockwerk führte.

Das alte Haus fing sofort Feuer. Die Stiegen loderten auf, als hätten sie schon immer darauf gewartet, endlich brennen zu dürfen. Die hungrigen Flammen leckten an den mit Stroh gefüllten Bettdecken, an den Schränken, in denen das Leinen lagerte, und an den Truhen, in denen die Töchter des Hauses ihre Aussteuer aufbewahrten. Es vergingen nur wenige Minuten, bis deutlich wurde: Die Töchter waren mitsamt ihrer Aussteuer in den Flammen dem Untergang geweiht.

Ungerührt ging der Hauptmann ins nächste Haus, hielt erneut ein Stück Holz ins Ofenfeuer und wiederholte seine Drohung. Minuten später brannte auch dieses Haus. Die Besitztümer erschienen dem Schweden zu armselig. Leinen und ein Federbett, dazu noch ein letzter Krug verdünnten Weines – dafür wollte er die Einwohner des Hauses nicht verschonen. Das Dach ging in Flammen auf. Das Feuer sprang sofort aufs nächste Haus über.

Noch bevor Alarm geschlagen werden konnte, brannten fast hundert Gebäude. Gregor bekam von der Feuersbrunst anfangs nichts mit. Den aufgeregten Schreien vor seiner Kammer schenkte er keine Beachtung. Seit die Schweden in der Stadt waren, kam es ihm so vor, als gäbe es an jedem Tag einen neuen Grund zum Aufregen und Greinen. Meist ging es dabei um Gerüchte über verschwundene Kinder, geschändete Frauen oder getötete Männer.

»Feurio!«

Erst dieser Ruf weckte ihn aus seinem Dämmerschlaf. Feuer? In einer so engen Stadt, in der fast alles aus Holz gebaut war, konnte das eine Katastrophe bedeuten.

Er sprang auf und riss die Tür auf. Der beißende Brandgeruch drang ihm sofort in die Nase. Es gab kein langes Nachdenken für ihn: Jetzt musste er zum Wirtshaus.

Wenn Anne im oberen Stockwerk gefangen war oder es nicht wagte, vor dem Feuer zu fliehen, dann musste er helfen. Gregor dachte nicht einmal daran, sein warmes Wams überzuziehen, sondern rannte sofort durch die Gassen. Die Menschen standen so dicht gedrängt, dass ein Durchkommen kaum möglich war. Die einen wollten möglichst schnell fort vom Geruch nach Feuer und Tod. Die anderen wollten genau dorthin – entweder aus Sorge um Angehörige, die dort lebten, oder aus Neugier. Wer konnte schon glauben, dass auch die Häuser der Reichen und Mächtigen der Stadt nicht verschont wurden?

Rücksichtslos drängte Gregor sich an den vielen Rücken, Armen und Beinen vorbei, bis er endlich vor dem Wirtshaus stand. Er rang mühsam nach Luft. Anstrengungen war er nicht mehr gewöhnt, jetzt erst merkte er, dass seine Kräfte längst nicht zurückgekehrt waren.

Für einen Moment lang verschlug es ihm jetzt allerdings aus einem anderen Grund den Atem. Das Wirtshaus brannte bereits lichterloh gegen den dunklen Himmel. Die kleinen Fenster erinnerten an dunkle Löcher. Kein Mensch war dahinter zu sehen.

Was aber, wenn Anne noch im Haus war, weil sie es nicht schaffte, rechtzeitig zu fliehen?

Gregor sah sich suchend um und bemühte sich, jedes einzelne Gesicht in der Menge vor dem Haus anzusehen. Es konnte ja immerhin sein, dass seine geliebte Anne sich schon irgendwie aus dieser Hölle gerettet hatte. Aber sosehr er sich bemühte: Er fand sie nicht.

Es gab keine Wahl: Er musste in dieses Haus, bevor die großen Balken zusammenbrachen. Entschlossen riss er sich sein dünnes Hemd vom Leib, tauchte es in eine schlammige Pfütze und wickelte sich dann den Stoff um den Kopf und vor den Mund. Auf diese Weise konnte er in den Flammen bestimmt länger atmen.

So ausgerüstet rannte er die wenigen Meter bis zum breiten Eingang des Wirtshauses. Ein einziger Blick sagte ihm, dass im Schankraum kein Mensch mehr war – egal ob freiwillig oder gezwungen. Gregor durchquerte den Raum mit wenigen großen Schritten und sah die Stiege nach oben.

»Anne?«

Keine Antwort. Über seinem Kopf hörte er nichts als das Brausen der gierigen Flammen und das Knacken der nachgebenden Balken.

»Anne?« Rufend kletterte er auf der Stiege nach oben und rannte den schmalen Gang bis zum Wohn- und Esszimmer von Annes Familie. Die Erinnerungen an seinen letzten Besuch an diesem Ort überfielen ihn, und unwillkürlich griff er in sein Gesicht, wo er immer noch die Schläge spürte.

Aber er konnte seinen Gefühlen nicht lange nachgeben. Mit einem kleinen Seufzer gab ein Balken in der Decke nach und krachte ihm in einem Funkenregen vor die Füße.

Wenn er hier oben nicht ums Leben kommen wollte, dann musste er Anne finden. Schnell.

»Anne?« Er rannte in eine kleine Kammer, die direkt an den großen Raum anschloss. Ein Bett, ein kleiner Schrank, ein Tisch unter dem Fenster – aber keine Spur von einem lebendigen Wesen.

Er lief weiter und wich dabei erneut einem Balken aus, der in einem Funkenregen herunterbrach.

»Gregor?«

Bildete er sich das ein, oder hörte er ganz schwach die Stimme seiner geliebten Anne?

»Ich bin hier!« Seine Stimme klang gegen das Tosen der Flammen schwach, aber er rief immer weiter und folgte dem Rufen.

Am Ende des Ganges schob er eine Tür auf und fand einen kleinen dunklen Raum, in dem eine Gestalt direkt an einer mit dunklem Stoff verhängten Luke kauerte. Anne. Er war in wenigen Sprüngen bei ihr und schloss sie in seine Arme.
»Was machst du denn hier? Wenn du nicht sofort fliehst, dann wirst du hier verbrennen!« Er schrie sie fast an.
Anne schluchzte. »Ich kann nicht. Unser Kind ... Meine Zeit ist gekommen. Ich kann nirgendwo hingehen ...«
Im nächsten Augenblick krümmte sie sich wieder zusammen. Sie atmete schwer, und ihre Hände krallten sich in seinen Rücken. Die Balken über ihren Köpfen fingen Feuer, und Gregor spürte die Hitze auf seiner Haut, während er seine geliebte Anne in den Armen hielt, bis sie sich endlich wieder ein wenig entspannte.
»Hier können wir trotzdem nicht bleiben!«, rief er. »Du musst hier weg!«
»Das schaffe ich nicht!« Anne sah ihn verzweifelt an. »Ich sterbe hier! Mein Vater hat mich hier zurückgelassen, damit niemand seine Schande sieht. Dabei weiß er doch, dass ich hier dem Tod geweiht bin.« Hoffnungslos schüttelte sie den Kopf. »Am besten bringst du dich selbst in Sicherheit. Beginn ein neues Leben, bewahre mich in deinem Herzen ...«
Während sie diese Worte sprach, krampfte sich ihr Körper unter einer neuerlichen Wehe zusammen. Sie griff so fest an ihren Bauch, als wollte sie das Ungeborene herauspressen. Es kam Gregor wie eine Ewigkeit vor, bis sie endlich wieder Luft schöpfte.
»Ich lasse dich nicht allein!«, erklärte er und schob entschlossen sein Kinn nach vorne.
»Ich kann doch nicht ...« Mutlos schüttelte Anne den Kopf.
»Ich beweise dir, dass du es kannst! Und wir haben jetzt keine Zeit mehr zum Reden. Komm!« Gregor griff ihr unter die Arme und half ihr mühsam auf die Füße. Sein Blick fiel auf die Tür,

durch die er in die Kammer gekommen war. Der Holzboden dahinter brannte lichterloh – auf diesem Weg konnten sie unmöglich nach unten kommen.

Entschlossen riss Gregor den schweren Filzvorhang zur Seite. Dahinter befand sich eine Luke, durch die in Friedenszeiten allerlei Waren ins Haus geholt wurden. Er sah nach unten in den Hinterhof des Wirtshauses, wo Unrat und Abfälle gesammelt wurden und hoffentlich einen weichen Haufen bildeten.

Ohne viel Federlesen schob er Anne zur Luke. Sie sah ihn mit vor Angst geweiteten Augen an. »Das geht nicht. Auf gar keinen Fall.«

Wie bei solchen Luken üblich, war eine Kette an einer Seilwinde befestigt, um die Lasten nach oben zu ziehen. Gregor nahm die Kette und schlang sie Anne unter den Achseln entlang um den Körper. Dann stieß er sie kurzerhand ins Freie. Mit einem Aufschrei fiel sie ein oder zwei Meter in die Tiefe. Gregor ließ sie weiter nach unten, bis ihre Füße den Boden berührten.

Mit einem leisen Klirren löste sich die Kette und flog nach unten, wo sie neben Anne landete. Er sah ihr ängstliches Gesicht, als sie nach oben blickte – und nur Sekunden später sackte sie mit einem Stöhnen zusammen, als eine weitere Wehe die Kontrolle über ihren Körper übernahm.

Gregor sah sich noch einmal um und bemühte sich dann, sich am Rand der Luke möglichst weit nach unten zu hangeln. Einen Augenblick hing er zwischen Himmel und Erde. Dann rutschten seine Finger ab, und er krachte neben Anne auf den Boden. Die Wucht des Aufpralls raubte ihm einen Moment lang den Atem.

Dann sah er zur Seite. Anne atmete schwer und schien nicht einmal zu bemerken, dass sie auf einer Mischung aus schmutzigem Schnee und verfaulten Rüben lag. Tröstend legte Gregor ihr seine Hand auf den Rücken und sah dabei nach oben.

Mittlerweile schlugen die Flammen bereits aus der Luke.
Sie waren in letzter Sekunde entkommen. Aber in Sicherheit waren sie noch lange nicht.
Endlich konnte Anne wieder normal atmen. »Dein Kind hat sich einen ungünstigen Tag ausgesucht, um das Licht der Welt zu erblicken«, versuchte sie einen Scherz.
»Dann machen wir eben einen günstigen Tag daraus«, erklärte Gregor. »Komm, wir können um keinen Preis der Welt hierbleiben.«
Unendlich langsam richtete Anne sich auf. Dann zeigte sie auf eine verborgene, windschiefe Tür an der Seite des kleinen Hinterhofes. »Da müssen wir durch. Dann kommen wir auf der Straße hinter dem Haus heraus. Hoffentlich kann mein Vater uns dort nicht sehen.«
Gregor nickte nur. Er stützte sie, so gut es eben ging, und so schlüpften sie durch die Tür und erreichten die Gasse, die wie durch ein Wunder bis jetzt vom Feuer verschont geblieben war. Sie tasteten sich an den Mauern der Häuser entlang, um möglichst schnell ein wenig Abstand zwischen sich und das Wirtshaus zu bringen.
An der nächsten Querstraße blieb Anne wieder keuchend stehen und ließ die nächste Wehe über sich ergehen. »Ich kann nicht mehr lange laufen. Es kommt bestimmt gleich!«
»Du brauchst eine Hebamme.« Mit zusammengepressten Lippen sah Gregor sich um. Er hatte keine Ahnung, wo eine Hebamme zu finden war. Ihm war immer vermittelt worden, so etwas müsse er nicht wissen, das sei Weiberkram. »Kennst du eine hier in der Stadt?«, fragte er Anne, die sich weiter schwer auf ihn stützte und ihn in die nächste Querstraße schob.
»Was meinst du, wo wir gerade hingehen?«, stieß sie hervor, als die abklingenden Wehen es ihr wieder erlaubten, zu reden. »Ich

hoffe nur, dass sie noch nicht geflohen ist. Bei einer so klugen Frau würde es mich nicht wundern, wenn sie jetzt schon nicht mehr in der Stadt wäre ...«
Bald darauf klopfte sie an die Tür eines alten, schmalen Hauses. Nichts rührte sich. Anne klopfte erneut und lauschte hoffnungsvoll. »Bitte, liebe Jungfrau Maria, mach, dass sie zu Hause ist. Bitte!«, murmelte sie dabei leise.
Die Tür wurde einen winzigen Spalt geöffnet, und zwei von Fältchen umkränzte Augen blickten heraus. »Was wollt ihr denn?«, brummte die alte Frau. Dann sah sie in Annes Gesicht und riss die Tür auf.
»Du armes Mädchen! Einen üblen Zeitpunkt konntest du wohl nicht erwischen? Komm herein!«
Schwer auf Gregor gestützt folgte Anne der Aufforderung. Die alte Frau lief ihnen voraus in einen kleinen Gang und deutete auf eine steile Treppe. »Schaffst du das noch?«
Anne schüttelte den Kopf. »Nein. Ich habe das Gefühl, dass es mich zerreißt. Helft mir!«
Die Hebamme nickte nur und brachte ihre Besucher in einen Raum mit Kamin, der für behagliche Wärme sorgte. Esstisch und Herd zeigten, dass hier der Mittelpunkt des Hauses war. Mit einer Hand verscheuchte die Frau zwei Katzen von ihrem Schlafplatz vor dem Kamin und breitete eine Decke aus.
»Leg dich hier hin. Es ist nicht perfekt, aber es sollte reichen, um ein Kind zur Welt zu bringen.« Sie beäugte Gregor. »Ist das der Vater von dem Wurm? Oder ein Bruder?«
»Der Vater«, erklärte Anne, bevor ihr eine weitere Wehe den Atem raubte.
Mit geübten Griffen untersuchte die Hebamme Anne und nickte dann. »Das dauert nicht mehr lange, Mädchen. Wahrscheinlich ist dein Kind noch vor der Feuersbrunst hier bei uns.«

Sie wandte sich an Gregor. »Im Kessel drüben auf dem Herd findest du heißes Wasser. Dort hängen auch zwei oder drei saubere Tücher. Bring mir das alles. Und dann gehst du mir möglichst aus dem Weg, während ich meine Aufgaben erfülle.«

Gregor nickte nur und tat wie ihm geheißen. Dann setzte er sich zu Anne, um ihr immer wieder den Schweiß von der Stirn zu tupfen. Sie keuchte, stöhnte und quälte sich. Gleichzeitig biss sie sich immer wieder auf die Lippen.

Bis die Hebamme sie kopfschüttelnd ansah. »Dein Mann hat dich schon ganz anders gesehen, du musst ihm jetzt nicht vorspielen, wie tapfer du bist. Es ist gut, wenn du schreist, dann kommt dein Kind schneller zur Welt.«

»Er ist aber nicht mein Mann ...«, erklärte Anne mit einem letzten Quäntchen Widerspruchsgeist.

Bei der nächsten Wehe schrie sie allerdings mit voller Kraft – bis sie plötzlich verstummte. Ein leises Quäken ertönte.

»Habe ich es doch gesagt«, meinte die Hebamme zufrieden.

»Was ist es?«, flüsterte Anne.

»Ein Knabe. Gesund und munter!« Die Hebamme reichte Anne das winzige blutverschmierte Bündel. Dann sah sie nach draußen und runzelte die Stirn. »Aber wenn wir nicht bald verschwinden, dann ist heute Abend niemand mehr gesund und munter. Du musst jetzt sehr tapfer sein, mein Mädchen. Du darfst dich nicht erholen, sosehr ich dir eine kleine Pause wünschen würde. Aber die Flammen kommen näher. Und die kann nichts und niemand fernhalten ...«

Anne streckte Gregor seinen Sohn entgegen. »Du musst ihn halten!«

Vorsichtig nahm er das Kind in Empfang. Dieses winzige Menschlein erschien ihm so zerbrechlich, dass es kaum seinen Griff ertragen konnte.

»*Keine Sorge*«, ermunterte ihn die Hebamme. »*So ein Kind ist sehr viel widerstandsfähiger, als man denkt. Während ich Anne versorge, musst du das Kind ein wenig abwaschen und in ein Tuch wickeln. Und dann müssen wir los. Raus aus dieser Stadt, die heute Abend wahrscheinlich keine Stadt mehr ist, sondern nur noch ein Aschehaufen.*«

»*Aber wie ...?*« *Gregor deutete hilflos auf Anne.*

»*Sie wird es schaffen, weil sie keine andere Wahl hat.*« *Die alte Frau griff nach einem dicken Wollschal, den sie Anne um die Schultern legte.* »*Und jetzt steh auf, mein Mädchen. Du bist nicht krank, du hast nur ein Kind bekommen.*«

Suchend sah sie sich um und ging dann zum Herd. Erst jetzt bemerkte Gregor die Kräuter, die zu Sträußen gebunden unter der Decke hingen. Die Hebamme musterte sie kurz, griff dann nach einem großen Kräuterbündel und drückte es Anne in die Hand.

»*Nimm das, Mädchen. Es wird von deinem Kind alle Unbill fernhalten und auch über dich einen Schutz legen.*«

Gregor sog den harzigen, würzigen Duft des Krauts ein.

»*Was ist das?*«, *fragte er, während er mit einem Tuch seinen winzigen Sohn abrieb.*

»*Rosmarin. Normalerweise lege ich nur einen Zweig davon in die Krippen der Neugeborenen. Aber dieses Kind braucht jeden Schutz, den es kriegen kann.*« *Sie zuckte mit den Schultern.* »*Außerdem wird mein Haus noch heute ein Opfer der Flammen sein – mitsamt allem, was darin ist. Meine Kräuter sorgen höchstens dafür, dass es besser riecht, wenn alles brennt. Anne kann meine gesamten Rosmarinvorräte haben. Ich kann nur hoffen, dass der Schutz so groß genug für die beiden ist.*« *Sie griff in eine Kommode und warf ihm ein Hemd zu.* »*Zieh das über. Das nasse Ding, das du trägst, wird dich nicht vor der Kälte schützen.*«

Gregor wickelte seinen Sohn in eine Decke und sah, dass auch Anne mittlerweile auf den Beinen war. Eingehüllt in den dicken Schal stand sie aufrecht, den Strauß fest in den Händen. Ihm wurde es eng ums Herz. Sie sah so zerbrechlich aus.
In diesem Augenblick ertönte von der Gasse ein Schrei.
»Feurio!«
»Los!«, sagte die Hebamme in einem Ton, der keinen Widerspruch mehr zuließ, und schob Anne vor sich her in den Flur und auf die Straße. Die Häuser auf der gegenüberliegenden Seite brannten lichterloh, die Dachstühle leuchteten hell gegen den abendlichen Himmel. Gregor spürte die Hitze des Feuers in seinem Gesicht und drückte seinen kleinen Sohn an sich. Dann sah er sich suchend um. In welche Richtung sollten sie nur gehen?
Anne bemerkte seine Unsicherheit. »Wir müssen über die Brücke«, erklärte sie. »Wenn wir Glück haben, sind die Schweden so sehr mit Plündereien beschäftigt, dass sie nicht bemerken, wenn wir eben darüberhuschen. Schnell, wir dürfen keine Zeit mehr verlieren.«
Die kleine Familie und die Hebamme machten sich auf den Weg. Dabei wichen sie immer wieder den Horden der Schweden aus, die ihnen entgegenkamen und in die brennenden Häuser verschwanden, um noch die letzten Dinge von Wert zu stehlen. Andere Gassen waren versperrt durch brennende Balken oder die Einwohner von Eichstätt, die auf der Suche nach einem sicheren Platz für die Nacht waren.
Es war dunkel, als sie endlich die Brücke erreichten und erkennen mussten, dass die meisten Eichstätter die gleiche Idee wie Anne gehabt hatten. Mit dem Feuer im Rücken drängten sich viele über die Brücke, die von entschlossen aussehenden Schweden mit aufgestellten Lanzen versperrt wurde. Einige Verzweifelte sprangen bereits in die eiskalte Altmühl und wurden von der Strömung

fortgerissen. Bei den Temperaturen würden sie wohl nicht lange überleben.

Sie saßen in der Falle.

Mit panischen Augen sah Anne Gregor an. »Was sollen wir jetzt tun?«

Die Hebamme neben ihr sah kopfschüttelnd in das wirbelnde Wasser vor ihren Füßen. »Wir haben die Wahl: im Feuer verbrennen oder im Wasser erfrieren. Das muss die Hölle sein.«

Einen Augenblick lang dachte Gregor nach. Dann erinnerte er sich an die Mühle, die außerhalb der Stadt lag. Im Sommer hatten sie dort einen morsch gewordenen Balken ersetzt. War ihm da auf dem Weg zur Arbeit nicht ein kleines Boot aufgefallen, das versteckt im Schilf lag? Damals hatte er sich gefragt, wem es gehören mochte und ob es wohl noch einsatzbereit war.

Jetzt war ihm das egal. Ein löchriges Boot war besser als gar keines.

»Wir gehen zur Aumühle!«, erklärte er. »Kommt, das können wir schaffen!«

Die beiden Frauen waren verzweifelt genug, um keine Fragen mehr zu stellen. Er führte sie am Ufer der Altmühl entlang, dem Menschenstrom entgegen, der aus der brennenden Stadt floh. Alle wollten zur Brücke, nichtsahnend, dass sie damit in ihr Unglück liefen.

Sie kamen nur langsam voran. Anne verließen allmählich die Kräfte, und auch die Hebamme spürte die Last des Alters schwer auf den Schultern. Gregor stützte beide, so gut es ging – doch der Weg war eng und überfüllt. Immer wieder entglitt Anne seinem Griff und rutschte aus. Mit dem winzigen Säugling im Arm konnte er sie nur schwer stützen. Mehr als einmal stürzte sie auf die Seite. Dabei saugte sich ihr wollener Schal mit dreckigem Wasser voll und wurde immer schwerer.

Es kam ihm wie eine halbe Ewigkeit vor, bis sie endlich die letzten Häuser der Stadt hinter sich ließen und über die Auwiesen in Richtung Mühle liefen.

Gregor kniff die Augenbrauen zusammen und hielt im Schilf nach dem Boot Ausschau. Im Sommer war es im lichten Grün leicht auszumachen gewesen, doch nun lagen die Schilfgräser gelb und faulig im Wasser.

Außerdem war es längst dunkel. Nur der halb hinter Wolken verborgene Mond verbreitete ein milchiges Licht. Gregor fürchtete schon, zu weit gelaufen zu sein, als er mit einem Mal ein Stück ausgebleichtes, helles Holz zwischen den Gräsern schimmern sah.

»Da ist es!«, rief er aus. Er drückte der Hebamme seinen Sohn in die Arme und sprang die Böschung nach unten, um das Boot freizulegen. Während er am Schilfrohr riss, von dem das Gefährt fast vollständig überwuchert war, dachte er bei sich, dass seine Frage nach einem Eigentümer damit wohl beantwortet war. Dieses Boot war hier angetrieben worden, und es hatte sich niemand die Mühe gemacht, es zu reparieren und zu seinem Eigentum zu machen.

Schnell erkannte er, warum: Durch ein faustgroßes Loch in der Nähe des Kiels gluckste das Wasser. Er sah zu den beiden Frauen, die aneinandergekauert auf der Uferböschung saßen und sich um das kleine Kind kümmerten. Offensichtlich ermunterte die Hebamme Anne dazu, das Kleid ein wenig zu öffnen und dem Kleinen die Brust zu bieten. »Er muss jetzt ein wenig trinken, um zu Kräften zu kommen. Sonst überlebt er uns die Nacht nicht«, hörte Gregor die Stimme der alten Frau.

Gehorsam nestelte Anne an ihrem Kleid.

Gregor wandte sich wieder dem Boot zu. Mit einem Hammer, einigen Keilen und einem vernünftigen Stück Holz könnte er die-

ses Boot innerhalb kürzester Zeit halbwegs abdichten, davon war er überzeugt. Aber es fehlte ihm an allem Werkzeug, und nach dem Kampf gegen das zähe Schilfgras schmerzte das verletzte Handgelenk wieder stärker.
Er musste eine andere Lösung finden.
Seufzend sah er sich nach brauchbaren Materialien um. Ein paar Weiden und Gras. Damit musste er irgendwie zurechtkommen.
Entschlossen griff er nach seinem Messer, das er stets bei sich führte. Aus dem Schilfgras formte er eine Art verfilzten Ball, mit dem er das Loch am Kiel des Bootes stopfte. Dann schnitt er einige biegsame Weidenzweige von einem Baum und flocht daraus eine biegsame Matte, die er auf den Boden des Bootes legte und zwischen den Planken einklemmte. Wahre Handwerkskunst war etwas anderes – aber dieses Boot musste sich schließlich keine hundert Meter über Wasser halten. Sie würden nass werden, aber es könnte funktionieren. Er schob das Boot probehalber in die Strömung. Das schwarze Wasser wollte es schon gurgelnd mit sich reißen, aber er hielt es mit aller Kraft fest.
Mit der freien Hand winkte er den Frauen. »Kommt! Ich denke, wir können es wagen!«
Misstrauisch sah die Hebamme das kleine Boot an. »Wie kannst du dir sicher sein, dass es uns tragen wird?«
»Ich bin mir nicht sicher«, erklärte Gregor. »Aber wir haben keine Wahl. Wir müssen über den Fluss, um von den Schweden fortzukommen.«
»Und wie willst du das Ding lenken?« Offensichtlich war sie noch nicht von seinem Plan überzeugt.
»Mit dem dicken Ast, der dahinten unter der Weide liegt. Bringt Ihr ihn mir?«
Die alte Frau drehte sich um, schleppte ächzend den schweren Ast herbei und reichte ihn Gregor. »Ich komme nicht mit. Für

mich gibt es keinen Grund, aus dieser Stadt zu fliehen. Ich kann hier abwarten, bis die Brände gelöscht sind, und dann zurückkehren. Vielleicht ist mein Haus ja unversehrt und ich kann mein Leben einfach fortführen ...«

Gregor sah zur Stadt hinüber, die von der Feuersbrunst gerade in ein wahres Inferno verwandelt wurde. Der Himmel war von den Flammen hell erleuchtet.

»Meint Ihr wirklich, dass das Feuer auch nur ein Haus verschonen wird? Und was glaubt Ihr, was die Schweden mit den Überlebenden machen, die sie noch finden? Ihre Wunden verbinden, sie füttern und trösten? Wohl kaum. Hier gibt es keine Zukunft, glaubt mir. Wir müssen woanders nach einem neuen Leben suchen.«

Doch die Hebamme schüttelte den Kopf.

Er sah sie lange an, dann erklärte er: »Mir bleibt dann nichts anderes, als Euch zu danken. Am heutigen Tag habt Ihr uns das Leben gerettet, und ich hoffe, dass es Euch dereinst vergolten wird. Vor allem wünsche ich Euch alles Glück der Erde. Denn das werdet Ihr in den nächsten Tagen dringend brauchen.«

Sie nickte nur. »Wenn du eine Kerze für mich entzünden möchtest, dann tu das und denk dabei an die alte Käthe. Aber keine Sorge: Von einer alten Frau wie mir wollen die Schweden nichts. Und meine Heilkunst ist immer gefragt.«

Damit griff sie Anne unter die Arme und schob sie zum Boot, das Gregor immer noch festhielt. Schwerfällig stieg die junge Frau hinein und ließ sich auf die einzige Bank fallen.

Gregor kletterte hinterher und stieß sich mit dem langen Ast vom Ufer ab, während er gleichzeitig einen Fuß auf die Weidenmatte setzte. Er spürte, wie Nässe durch die Schuhsohle drang und das kalte Wasser in seine Haut biss.

Zusammengesunken saß Anne ihm gegenüber. Sie beugte sich über das winzige Bündel in ihren Armen und murmelte beruhi-

gend. Entsetzt sah er, dass an ihren Beinen das Blut in breiten Streifen nach unten lief. Ihre Knöchel und das Kleid waren besudelt.

Doch zunächst musste er sich darauf konzentrieren, das Boot ans andere Ufer zu bringen. Er stakte mit aller Kraft in die Mitte des Flusses, wo der Grund tiefer war. Dabei hoffte er nur, dass sie weder untergehen noch zurück ans Ufer getrieben würden. Und dieses eine Mal schien ihnen das Glück hold zu sein. Das Boot drehte sich fast elegant in einem Strudel und näherte sich dem richtigen Ufer. Gregor erreichte mit dem Ast wieder den Grund und sorgte dafür, dass das Ufer schnell näher kam. Gleichzeitig spürte er, wie das Wasser immer höher stieg. Inzwischen reichte es ihm bis zu den Knöcheln.

Ein Blick auf Anne bestätigte ihm, dass sie auf der Bank in Sicherheit vor dem kalten Wasser war. Es leckte nur an ihren Füßen und reinigte sie vom Blut.

Mit einem dumpfen Schlag erreichte das Boot schließlich das Ufer. Gregor sprang in den Fluss. Das eiskalte Wasser reichte ihm bis zu den Hüften. Er hielt das Boot mit der einen Hand fest, die andere streckte er Anne entgegen. »Komm, du musst da runter!«

Sie hob ihren Blick und reichte ihm ihre Hand, die erschreckend heiß war. Hatte seine Anne etwa Fieber bekommen? Oder war das üblich so kurz nach einer Geburt?

Sie kam auf ihn zugewankt, und er umfasste ihre Taille, um sie auf das trockene Ufer zu heben. Den Schmerz in seinem Handgelenk ignorierte er dabei. Er hörte das leise Quäken seines Sohnes, und sein Herz schlug vor Glück ein wenig schneller. Vielleicht wurde ja doch noch alles gut.

Dann holte ihn die Realität wieder ein. Sie mussten weg von diesem Fluss und die Sicherheit des nahen Waldes erreichen. Erst dann konnten sie sich Ruhe gönnen, wenigstens eine einzige

Nacht lang. Wer weiß, vielleicht fanden sie sogar die leer stehende Hütte eines Waldarbeiters? Gregor würde alles tun, damit seine Anne ein wenig zur Ruhe kam.
Sie ließen das Boot am Ufer liegen und machten sich langsam auf den Weg. Der Pfad war im schwachen Mondlicht kaum zu erkennen, immer wieder stolperten sie über Grasbüschel, Wurzeln und Äste. Gregors nasse Schuhe wurden klamm und steif, seine nasse Hose klebte an den Beinen und sorgte dafür, dass er erbärmlich fror.
Endlich wurden die Bäume dichter. Sie kamen an einer Eiche vorbei, die der Sturm umgerissen haben musste. Die mächtigen Wurzeln ragten in die Höhe. Gregor zog Anne in die erdigen Arme des Baumes.
»Du musst dich ein wenig ausruhen. Ich denke, hier können wir bis zum Morgen bleiben und ein bisschen zu Kräften kommen.«
Sie war zu schwach, um ihm noch zu widersprechen. Mit einem kleinen Seufzer ließ sie sich auf den Boden fallen. Im Schutz des Wurzelwerks konnte sie der Wind nicht erreichen.
Sie drängten sich eng aneinander, und Gregor bemühte sich, so gut es ging, mit seinem Körper seine Frau und sein Kind zu schützen.
»Wie geht es ihm denn?«, flüsterte er.
»Ich denke, es geht ihm gut«, murmelte sie müde. »Er hat vorher gescheit getrunken, und die Hebamme meinte, dass er jetzt erst einmal schlafen müsste. Und genau das tut er jetzt.«
»Und du? Es tut mir so leid ...«
Sie legte ihm einen Finger auf die Lippen. »Was soll dir leidtun? Ich sollte mich bei dir entschuldigen. Ich habe nicht glauben wollen, dass mein Vater so brutal reagieren könnte. Wir hätten fliehen sollen, als noch Zeit war. Aber ich habe den Mut nicht aufgebracht – und so muss ich jetzt in einer kalten Winternacht mit

einem Neugeborenen und einem zitternden Mann im Wald liegen. Die Strafe für meine Trägheit und meine Feigheit ...«

Sie klang verzweifelt. Dabei war sie so müde, dass ihre Worte nur noch verwaschen über ihre Lippen kamen.

Er beugte sich über sie und hauchte einen Kuss auf ihre geschlossenen Augenlider. »Wir fangen ein neues Leben an. Zu dritt. Morgen schon beginnt es, du wirst sehen. In ein paar Jahren erzählen wir unserem kleinen Sohn von dieser Nacht, und es wird sich für ihn anhören wie eine Geschichte aus einer anderen Welt. Wir werden an einem wärmenden Feuer sitzen, unsere Betten haben dicke Decken, und die Vorratskammer wird gut gefüllt sein. Wir werden uns Kastanien rösten, und du wirst deine Pasteten nur noch für unseren Erstgeborenen und seine vielen Geschwister backen. Wir werden glücklich sein. Und satt. Und im Warmen. Alles wird gut ...«

»Er soll Vitus heißen«, sagte Anne leise. »Wenn dieser Krieg vorbei ist, dann lassen wir ihn taufen. Vitus, der Lebendige. Eine Verheißung der Zeit des Friedens, die da kommen wird.«

»Vitus«, murmelte Gregor andächtig. »Das ist in der Tat ein wunderbarer Name. So soll er heißen.«

Sie antwortete ihm nicht mehr. Er hörte ihre tiefen Atemzüge und wusste, dass sie jetzt endlich eingeschlafen war. Er konnte nur beten, dass ihr Körper kräftig genug war, um sich von den Strapazen der Geburt zu erholen, und dass auch sein Sohn sich an sein junges Leben klammern und es nicht so schnell wieder loslassen würde.

Gregor beschloss, über seinen Sohn und seine Frau zu wachen. Er lehnte sich gegen einen Ast und lauschte auf ihren leisen Atem.

Im Wald waren in dieser Nacht keine anderen Geräusche zu hören. Es schien, als hätten selbst die Tiere sich von dem Wahnsinn der Menschen zurückgezogen. Nicht einmal ein Ast knackte.

Gregor wurden allmählich die Lider schwer. Er schloss seine Augen. Nur ganz kurz, nahm er sich vor, nur einen winzigen Moment wollte er sich Ruhe gönnen.
Doch dann übermannte ihn der Schlaf.

Ein Tritt in die Seite weckte ihn.
»Los, steh auf!«
Ein weiterer Tritt folgte.
Gregor fuhr auf. Er rieb sich die Augen. Erschrocken folgte er der Aufforderung.
Vor ihm standen vier Schweden in abgerissenen Kleidern. Der Anführer baute sich so dicht vor ihm auf, dass er im Licht des frühen Morgens die Läuse im Bart sehen konnte. Unwillkürlich trat er einen Schritt nach hinten – und spürte die Spitze eines Speeres an seinen Rippen.
»Hiergeblieben, Freundchen!«, knurrte ein weiterer Mann, den er bisher nicht gesehen hatte. »Bevor wir dich weiterziehen lassen, wollen wir Gold. Du hast doch sicher etwas dabei?«
»Sehe ich aus wie ein reicher Mann?« Gregors Hirn arbeitete fieberhaft. »Ich habe kein Gold. Ich habe nicht einmal eine Blechmünze.«
»Das sollen wir dir glauben? Jeder, dem es gelingt, aus der Stadt zu fliehen, hat all seine Reichtümer dabei. Und du willst ohne eine Münze in der Tasche auf der Flucht sein? Verkaufe uns nicht als dumm.«
Der Druck der Spitze in Gregors Seite verstärkte sich.
»Also?«
Verzweifelt hob Gregor die Hände. »Ich bin vor dem Feuer geflohen. Meine Frau ist krank. Wir haben nicht ...«
»Frau?« Ein begehrliches Leuchten tauchte in den Augen des Anführers auf.

Offenbar hatten sie Anne noch nicht gesehen. Sie lag in ihrem braunen Wolltuch so zwischen den Wurzeln, dass sie vollkommen vor den Blicken verborgen gewesen war – bis er diese Männer auf sie hingewiesen hatte. Gregor hätte sich selbst ohrfeigen können.
»Dann kann ja deine Frau vielleicht für euer freies Geleit zahlen?« Die Männer lachten, während der Anführer bereits an den Bändern seiner Hose nestelte.
Anne rührte sich nicht.
Einer der Männer beugte sich zu den wollenen Tüchern und riss sie zur Seite. Annes blasses Gesicht tauchte auf, die Augen blieben weiter geschlossen.
»Sie hat gestern erst unseren Sohn zur Welt gebracht«, rief Gregor. »Ihr müsst sie verschonen!«
»Wir müssen gar nichts!«, erklärte der Anführer und beugte sich über Anne. Er riss an ihrem Kleid, wollte die Röcke nach oben schieben.
Sie rührte sich immer noch nicht.
Endlich gelang es dem Schweden, einen Knöchel von Anne zu greifen. Mit einem Fluch zuckte er zurück.
»Die ist ja schon ganz kalt. Willst du uns etwa eine Tote verkaufen?«
»Tot?«
Für einen Augenblick stand für Gregor die Welt still. Er warf sich über Anne und merkte, wie kalt sie war, wie leblos. Er suchte an ihrer Brust nach seinem Sohn und spürte seine warme Haut. Aufschluchzend nahm er ihn zu sich. Wollte ihn an sich drücken, ihn wärmen, ihn schützen, ihm die Kraft zum Leben geben. Sein Sohn wimmerte leise.
In diesem Augenblick drang die Spitze des Speeres durch seine Haut, glitt an den Rippen vorbei und durchbohrte sein Herz.

Gregor sank zusammen, und sein warmes Blut floss über seinen Sohn und seine Frau. Als der Schwede ihn noch einmal in die Seite trat, rührte er sich nicht mehr.
»Von denen war wirklich nichts mehr zu holen«, knurrte der Schwede. »Kommt, wir suchen woanders nach lohnender Beute.«
»Oder nach einer Frau, die noch warm ist!«, rief einer seiner Kameraden. Die anderen stimmten in das Gelächter ein, während sie durch den winterlichen Wald verschwanden.
Zurück blieben die zwei reglosen Gestalten und das Kind, das leise wimmerte. In der Hand der Frau lag immer noch der Strauß Rosmarin, den ihr am Vortag die Hebamme gegeben hatte. Ihre Finger krallten sich im Tod so fest darum wie im Leben.
Einige Schneeflocken segelten herab und legten sich über die kleine Familie. Fast so, als wollte der Himmel ihr so den Schutz gewähren, den sie im Leben nicht gefunden hatte.

25

Langsam lehnte Anne sich zurück und hob die Augen.

Es war dunkel geworden in dem großen Redaktionsraum – und sie war allein.

Sie hatte in den letzten Stunden weder bemerkt, wie die anderen gegangen waren, noch dass ihr irgendjemand ein Glas Wasser hingestellt hatte. Oder hatte sie es sich selbst geholt? Auf einem Teller lag ein angebissener Keks, an dessen Geschmack sie sich nicht mehr erinnerte.

In den letzten Stunden war sie in einer anderen Welt gewesen, die noch immer in ihr nachwirkte. Sie konnte die Kälte und den Schmerz spüren – fast so, als hätte sie selber Geburt und Tod durchlitten. Beim nochmaligen Lesen der letzten Zeilen empfand sie eine unendliche Trauer über das Kind, das wohl nur noch wenige Stunden zu leben gehabt hatte.

Sie schüttelte den Kopf, um diese Gefühle loszuwerden. Dann druckte sie die Geschichte aus. Der Text war zu lang für einen Zeitungsartikel, zu kurz für ein Buch und zu düster für einen Band über die Geschichte Eichstätts. Wahrscheinlich würde es für immer eine Reportage bleiben, die niemand wollte. Aber endlich hatte Anne das Gefühl, als hätten die Geister der Skelette ihre Ruhe gefunden. Ob sich all das damals wirklich so abgespielt hatte, würde sich nie beweisen lassen, aber es war immerhin wahrscheinlich. Das musste für den Augenblick reichen.

Mit einem leisen Quietschen schob der Drucker die letzte Textseite aus dem Papierschacht, dann wurde es wieder leise in der Redaktion. Langsam stand Anne auf, zog sich ihre geliebte Jeansjacke wieder an, nahm den Stapel Papier und stopfte ihn in ihre große Handtasche. Dann löschte sie die Schreibtischlampe. Die Treppenstufen ächzten leise, während sie hinunterging, am Portier vorbeilief und auf die Straße trat.

Sie ließ ihren Blick über den menschenleeren Platz gleiten. Es war spät, selbst die letzten Kneipenbesucher waren längst in ihren Betten. Vor wenigen Stunden hatte sie diesen Ort ganz anders erlebt – voll von panischen Menschen, die auf der Flucht vor einem Feuer waren, das sich von Haus zu Haus fraß und niemanden verschonte. Jetzt hingegen wirkte der Platz fast unwirklich friedlich. Ein einsamer Radfahrer überquerte ihn, dann war es wieder still.

Anne schloss ihr Rad auf und machte sich auf den Heimweg. Die Gerüche der Sommernacht umfingen sie: trockenes Gras, taufeuchte Erde und hin und wieder der schwere Duft einer nachtblühenden Pflanze. Eine andere Welt als am Tag, voller Geheimnisse und Versprechungen.

Zu Hause wurde sie von einer begeisterten Tinka begrüßt. Schuldbewusst gab sie ihr etwas zu essen und nahm sie dann mit auf einen langen Spaziergang entlang der nächtlichen Altmühl. Fast meinte sie dabei ein kleines Boot auf dem Fluss zu sehen. Ein Boot, in dem ein verzweifelter Mann, eine völlig erschöpfte Frau und ein Neugeborenes ums Überleben kämpften.

Tinka, die in der Uferböschung nach Mäusen jagte, brachte ihr Frauchen wieder in die reale Welt zurück.

»Tinka! Bei Fuß!«, rief Anne. Die Hündin gehorchte nur für wenige Schritte, dann entfernte sie sich wieder. Mit einem Seufzer beschloss Anne, in dieser Nacht nicht auf die Erfüllung ihrer Befehle zu bestehen. Stattdessen ließ sie ihren Gedanken freien Lauf.

Dieses Mal wanderten sie nicht zurück in die Vergangenheit, sondern zu Joris. Schon bald würde er in das Flugzeug steigen, das ihn in sein neues Leben bringen sollte. Heimlich rechnete Anne nach: Wann wollte er aufbrechen? Morgen früh? Sie biss sich auf die Lippen. Er würde ein neues Leben beginnen. Und sie blieb hier in Eichstätt.

Als sie mit Tinka in ihr Haus zurückkehrte, kochte sie sich noch einen Berg Nudeln, über die sie Butter, Parmesan und eine Handvoll Kräuter aus dem Garten warf. Sie kaute so langsam und mit Bedacht, als würde sie das erste Mal in ihrem Leben all diese Dinge schmecken.

Dabei musste sie an Anne und Gregor denken. Wie hätte ihr Leben verlaufen können, wenn sie an diesem grauen Morgen nicht in die Hände der Schweden gefallen wären? Wie wäre das Leben ihrer Eltern weitergegangen, wenn sich ihnen nicht ein großer Laster in den Weg gestellt hätte? Gab es womöglich in jedem Leben einen solchen Wendepunkt, an dem sich alles zum Guten entwickeln oder eben auch ins Gegenteil verkehren konnte?

So viele Fragen – und keine einzige Antwort. Es wurde Zeit, ins Bett zu gehen. Ihre Augen brannten, und ihre Gedanken wurden immer verworrener.

In dieser Nacht schlief sie traumlos und wachte so erholt auf, wie schon lange nicht mehr. Als die ersten Sonnenstrahlen ins Zimmer schienen, stand sie auf, bereitete sich einen frischen Tee und setzte sich unter ihren Baum im Garten.

Tinka kam, um ihr Gesellschaft zu leisten. Sie legte sich zu ihren Füßen hin und sah mit gespitzten Ohren hinaus auf den Fluss.

Da war ein leises Quietschen vom Gartentor zu hören. In der nächsten Sekunde sprang Tinka auf und hetzte bellend in die Richtung des vermeintlichen Eindringlings.

Anne erhob sich, um nachzusehen, wer sie so früh am Tag wohl störte, und war mehr als überrascht, als sie Lukas erblickte. Er sah unsicher auf die kläffende Hündin hinunter.

»Verzeih meinen Überfall. Ich wollte dich nicht erschrecken – und erst recht nicht deinen aufmerksamen Wächter hier.« Er versuchte ein Lächeln. »Ich hoffe, sie beißt nicht?«

»Kommt drauf an«, erwiderte Anne grinsend. »Wenn du mich jetzt angreifen würdest, dann könnte sie ziemlich unangenehm werden.«

»Nichts liegt mir ferner«, winkte der Wissenschaftler ab. »Ich habe so lange nichts von dir gehört, da wollte ich mich melden. Und ich nahm einfach an, dass du um diese Zeit in deinem Garten sitzt und frühstückst.« Er hob eine prall gefüllte Papiertüte. »Ich habe Semmeln und Croissants mitgebracht. Also, wie sieht es aus? Kann ich dich zu einem gemeinsamen Frühstück überreden?«

»Für ein frisches Croissant mache ich fast alles«, erklärte Anne lächelnd. Als Tinka merkte, dass ihr Frauchen keineswegs bedroht wurde, verzog sie sich auf ihren Platz unter dem Baum, von wo aus sie Lukas und Anne aufmerksam beobachtete.

Anne holte Geschirr aus der Küche. Dann ging sie noch mal zurück und kam mit dem Ausdruck ihres Textes wieder. »Du kommst gerade zum rechten Zeitpunkt«, sagte sie lächelnd. »Ich habe gestern die Geschichte der beiden Skelette fertig geschrieben und hätte jetzt gerne deine Meinung dazu. Vielleicht ist mir ja an der einen oder anderen Stelle die Fantasie ein wenig durchgegangen. Du kannst also gern alles anstreichen, was deiner Meinung nach nicht in diese Zeit passt.«

»Das mache ich gern«, meinte Lukas und streckte seine Hand aus. »Soll ich es gleich lesen?«

»Wenn es dir nichts ausmacht?«

In den nächsten Minuten sah sie Lukas gespannt zu, während er mit konzentrierter Miene die Seiten durchsah. An der einen oder anderen Stelle rieb er sich nachdenklich die Nasenwurzel, um dann schweigend weiterzulesen. Schließlich ließ er die Papiere sinken und lächelte sie an.

»Das ist wirklich sehr gut. Ich war mir gar nicht sicher, ob ich dir die Sachen mit dem großen Brand und der Plünderung am Ende der Belagerung erzählt hatte. Aber es stimmt – damals fielen in der Tat fast vierhundert Häuser der Feuersbrunst zum Opfer. Eichstätt wurde um Jahrhunderte zurückgeworfen. Schrecklich. Die Schweden haben das Feuer tatsächlich aus Habgier entzündet, wie hier in deiner Geschichte. Das hast du also ganz richtig beschrieben.«

Er fuhr sich wieder mit der Hand über das Gesicht und griff verlegen zu dem Tee. Dann sah er Anne direkt ins Gesicht.

»Was ich aber nicht verstehe: Warum hast du der Frau deinen Namen gegeben?«

Anne zögerte. »Mir kam es richtig vor. Ich habe nicht lange darüber nachgedacht. Wieso? Gab es den Namen damals noch nicht?«

»Doch, sicher. Maria, Anna, Margarethe ... das sind die alten Namen. So hätte eine Frau während des Dreißigjährigen Krieges durchaus heißen können. Was mich noch viel mehr wundert, ist allerdings die Tatsache, dass du der Anne aus dem 17. Jahrhundert deine eigenen Wesenszüge verliehen hast.«

»Das habe ich doch gar nicht! Was habe ich mit einer schwangeren Wirtstochter und Pastetenbäckerin aus der Neuzeit gemeinsam?« Anne schüttelte den Kopf. »Da ist wirklich deine Fantasie mit dir durchgegangen. Wie kommst du denn auf diese Idee?«

»Na ja«, begann Lukas vorsichtig. »Ich finde es sogar recht offensichtlich. Diese Anne ist wie du: Sie fällt lieber keine eigenen Entscheidungen, sondern überlässt das Handeln den anderen. Sie möchte die Stadt nicht verlassen und hofft einfach auf das Beste. Was sie dabei nicht berücksichtigt: Nichts zu tun ist auch eine Wahl, die man getroffen hat. Genau wie die Anne aus vergangenen Zeiten entscheidest du dich nicht aktiv, sondern reagierst nur auf Veränderungen.« Er lachte. »Jetzt bin ich aber erst recht neugierig. Wer ist dieser Gregor? Gibt es den auch?«

»Nein«, murmelte Anne. »Ich habe in letzter Zeit nur drei Männer getroffen. Oder vier, besser gesagt. Das sind Fynn, mein unausstehlicher Volontär, du, mein Therapeut Thomas und Joris, der kräuterverrückte Bruder meines Therapeuten. Du siehst: Kein Gregor weit und breit. Keine Ahnung, wie ich auf diesen Namen gekommen bin.«

»Ein sehr alter Name, in der Tat«, murmelte Lukas. »Es gibt sechzehn Päpste mit diesem Namen. Er bedeutet Wächter oder Hüter. Diesen Namen gibt es in allen Regionen der Welt. Die russische Version des Namens lautet Ryhor, auf Finnisch heißt er Reijo und auf Französisch Grigaut.« Lukas sah sie nachdenklich an. »Und Gregor heißt im Friesischen und Niederländischen Joris. Du hast also einen Mann eingebaut, den du kennst, und zwar offenbar, ohne zu wissen, was du da tust.«

»Aber …« Anne stockte. Was, wenn Lukas recht hatte mit seinen Vermutungen? Auch die Mädchen in den Fantasiegebilden während ihrer Hypnosesitzungen hatten den Namen Anne getragen. Sie alle hatten sich mehr oder weniger bewusst entschieden, kein Risiko einzugehen, sondern im erwarteten gesellschaftlichen Rahmen zu verharren. Das Mädchen aus dem 6. Jahrhundert, als die Sonne monatelang nicht schien, wollte nichts vom Christentum wissen, sondern verließ sich lieber auf die alten Götter. Die mittelalterliche Ordensschwester verkaufte lieber weiter das Walburgisöl, statt dem Mann mit den neuen Ideen über Hygiene zu folgen und ihr Leben von Grund auf zu ändern. Die Gattin des Grafensohnes beugte sich lieber den gesellschaftlichen Zwängen, als an ihre Liebe zu glauben. Und die Anne des Dreißigjährigen Krieges handelte erst, als es viel zu spät war und sie keine andere Wahl mehr hatte als die Flucht – und bezahlte letztlich mit ihrem Leben.

Gewiss, die Vergangenheit ließ sich nicht mehr zurückdrehen und ändern, dachte Anne, aber die Gegenwart und die Zukunft lagen fest in ihrer Hand. Sie selbst konnte und musste entscheiden, was in ihrem Leben passieren sollte. Joris wollte sie mit auf seine Reise in eine aufregende Zukunft nehmen. Er wollte dazu beitragen, den Dämon der Demenz zu besiegen, und sich einen Platz in der Welt der Wissenschaft sichern.

Wenn sie mitreiste, konnte sie dafür sorgen, dass nicht nur die Bewohner des Altmühltals in den Genuss ihrer Texte kamen. Sie könnte ihrer Liebe eine Chance geben. Einzige Bedingung war, dass sie den festen Boden des Vertrauten, des Bekannten verließ.

Und den Sprung wagte.

Einen Moment hielt sie die Luft an. Sie sah hinüber zu ihrem geliebten Platz unter dem Baum. Und spürte gleichzeitig noch einmal Joris' Küsse auf ihrer Haut.

Sie musste endlich den Fluch der Jahrhunderte brechen.

Erst als sie wieder ausatmete, bemerkte sie, dass Lukas sie immer noch ansah.

Lächelnd stand sie auf. »Ich hoffe, es wirkt nicht zu unhöflich, Lukas, aber ich muss etwas Dringendes erledigen. Etwas, das ich schon viel zu lange vor mir hergeschoben habe. Ich bin mir sicher, wir sehen uns wieder – und ich kann dir gar nicht sagen, wie sehr du mir geholfen hast! Vielen Dank dafür!«

Etwas überrumpelt sprang Lukas auf und griff nach seiner Tasse. »Ich kann dir noch eben beim Aufräumen helfen, das ist doch überhaupt kein Problem«, beteuerte er.

Anne schüttelte den Kopf. »Nein, ich muss jetzt los. Lass einfach alles stehen, ich werde es später aufräumen. Ich bin mir sicher, dass niemand etwas klauen wird.«

Sie schob sich an Lukas vorbei und schwang sich auf ihr Fahrrad. Während sie in die Pedale trat, winkte sie Lukas zu.

»Danke! Und bis bald!«

Mit einem Pfiff rief sie Tinka an ihre Seite – und schon war sie um die nächste Ecke verschwunden.

Lukas blieb noch einen Moment in ihrem Garten stehen. Dann setzte er sich kopfschüttelnd wieder hin und beschloss, erst mal den Pfefferminztee in Ruhe auszutrinken. Dabei fragte er sich, was Anne so überstürzt in die Flucht getrieben haben mochte.

26

Anne fuhr, so schnell es ging, über die vertrauten Wege zu Thomas Seeger. Vielleicht war sein Bruder ja doch noch nicht losgefahren. Verzweifelt versuchte sie sich an den genauen Abreisetermin zu erinnern, aber sie hatte Joris am Ende ihres Gesprächs kaum noch zugehört, so perplex war sie gewesen.

Tinka schien sich über den Auslauf zu freuen und jagte neben dem Fahrrad her. Endlich erreichte Anne die Brücke und stellte ihr Rad an die Hauswand. Hektisch klingelte sie.

Nichts rührte sich.

Noch einmal drückte sie den Klingelknopf, diesmal länger.

Nach einer gefühlten Ewigkeit wurde die Tür geöffnet. Thomas Seeger sah sie verschlafen an.

»Ich habe jetzt keine Sprechstunde, tut mir leid. Oder handelt es sich um einen Notfall?« Erst jetzt schien er sie zu erkennen. »Ach, Sie sind es. Ist es etwas Dringendes?«

»Ja, ich bin auf der Suche nach Ihrem Bruder Joris. Ist er da?«

Sie sah über seine Schulter und hoffte, dass Joris einfach hinter seinem Bruder auftauchen würde. Aber der schüttelte nur bedauernd den Kopf. »Joris ist vor einer halben Stunde abgereist. Wir haben gestern noch seine Abreise und seinen neuen Job gefeiert, deswegen bin ich noch nicht ganz auf der Höhe, fürchte ich ...« Er lachte, und ihr fiel zum ersten Mal eine gewisse Ähnlichkeit mit seinem jüngeren Bruder auf. »Aber es ist ja auch noch früh am Tag, oder?«

»Wann geht sein Zug denn?«, fragte Anne ungeduldig. »Er fährt doch mit dem Zug, oder?«

Seeger nickte. »Ja, nach Frankfurt. Der Direktflug nach Chicago geht heute Nachmittag.«

»Und wann fährt der Zug ab?«

»Äh ...« Thomas Seeger fuhr sich durchs Haar. »Um 8:23 Uhr? Oder war es 8:32?« Er sah auf seine Uhr. »Auf jeden Fall in der nächsten halben Stunde. Wenn Sie ihn noch sehen wollen, müssen Sie sich beeilen. Aber ich verstehe gar nicht, was Sie von ihm wollen. Oder hat er womöglich ...? Dabei habe ich ihm doch gesagt, dass er seine Finger von meinen Patientinnen lassen soll!«

»Er hat bestimmt nichts Verbotenes getan, machen Sie sich keine Sorgen!«, rief Anne über ihre Schulter, während sie wieder zu ihrem Fahrrad rannte und in Richtung Bahnhof davonschoss.

Verwirrt blickte Thomas Seeger ihr hinterher. Die lebendige, junge Frau, die da eben vor ihm gestanden hatte, erinnerte ihn so gar nicht an seine von Albträumen gequälte Patientin. Kopfschüttelnd verschwand er wieder in seinem Haus, das er seit wenigen Minuten endlich wieder für sich allein hatte.

Merkwürdigerweise fühlte sich das gar nicht befreiend, sondern ziemlich einsam an. Vielleicht sollte er ein wenig intensiver nach einer neuen Frau suchen ...

Anne raste mit ihrem Fahrrad gegen Einbahnstraßen und über Kopfsteinpflaster zum fünf Kilometer außerhalb der Stadt liegenden Bahnhof. Dort angekommen, vergeudete sie keine Zeit mit ihrem Schloss, sondern ließ ihr Fahrrad einfach stehen. So schnell es ging, rannte sie durch die Bahnhofshalle und auf den Bahnsteig, immer mit Tinka an ihrer Seite.

Hier stand der Regionalexpress nach Ingolstadt, aber das piepende Signal zeigte an, dass sich die Türen gleich schließen würden. Ohne eine Sekunde nachzudenken, sprang Anne in den nächsten Wagen. Tinka folgte ihr auf den Fersen. Wenig später setzte sich die Bahn in Bewegung. Anne konnte nur hoffen, dass sie den richtigen Zug erwischt hatte und Joris auch mit an Bord war. Suchend machte sie sich auf den Weg.

Unbekannte Gesichter, Familien mit Kindern, Studenten, Touristen.

Und dann sah sie ihn. Unverkennbar mit seinen dunklen Haaren, die in alle Himmelsrichtungen abstanden, und den wasserhellen Augen, in denen sich der Himmel spiegelte. Er sah aus dem Fenster und sah dabei alles andere als glücklich aus.

Einen Moment lang zögerte Anne. Noch konnte sie sich einfach umdrehen, an der nächsten Station aussteigen und wieder in ihr altbewährtes Leben in Eichstätt zurückkehren.

Dann lächelte sie. Nein, das wollte sie nicht. Auf gar keinen Fall.

Sie trat näher und legte ihm vorsichtig ihre Hand auf die Schulter.

»Ich habe gehört, du suchst noch eine Begleitung für

deine Reise in die Zukunft. Ich hoffe, die Stelle ist noch frei?«

Das ihr schon so vertraute Lächeln breitete sich auf seinem Gesicht aus. »Für dich würde ich diese Stelle mein ganzes Leben frei halten.«

»Ich denke, es ist an der Zeit, das ewige Muster zu durchbrechen«, erklärte Anne und lachte. »Diesmal werde ich nicht vor meinem Glück fliehen, versprochen.«

Joris zog sie zu sich und gab ihr einen langen Kuss. »Auf unsere Liebe im Hier und Jetzt!«

Nachwort

Warum Eichstätt?

Keine Frage musste ich in den letzten Monaten so oft beantworten. Warum eine kleine Universitätsstadt irgendwo in der Oberpfalz? Die Antwort ist einfach: Die Geschichte einer Frau, die sich in verschiedenen Jahrhunderten immer wieder gegen das Risiko eines Neuanfangs entscheidet und den vermeintlich einfacheren Weg wählt, sollte immer am gleichen Ort stattfinden. In den ersten Versionen der »Rosmarinträume« spielten die ersten Rückblickszenen in der Keltenzeit und führten über die Römerzeit durch das Mittelalter in die Neuzeit. Dafür war Eichstätt perfekt: Schon vor Tausenden von Jahren haben hier Menschen gesiedelt, an jeder Ecke finden sich Zeugnisse ihres Lebens und Wirkens.

Im Lauf der Arbeit am Manuskript habe ich die etwas verwirrende Reise durch die Jahrhunderte ein wenig verkürzt – aber immer noch erschien mir die Stadt an der Altmühl wie gemacht für meinen Roman. In Eichstätt spiegelt sich auf besondere Weise die bewegte Geschichte dieser Region wider: von der ersten Besiedlung über die Klostergründungen bis zum sogenannten Schwedensturm. Dieser Ort wurde vom Dreißigjährigen Krieg besonders getroffen: Die Schweden brannten die Stadt nieder und verschonten kaum jemanden.

Wie in allen meinen Büchern sind die historischen

Fakten genau recherchiert und so korrekt wie möglich dargestellt. Dabei konnte ich mich auf die bewährte Hilfe von Dr. Britta Hallmann-Preuß verlassen, die für mich in Archiven und Bibliotheken vor Ort nach den nötigen Informationen gesucht hat.

Die Geschichte von Anne ist allerdings reine Erfindung. Ihr Elternhaus am Fluss existiert ebenso wenig wie die Donaupost. Für den Roman habe ich kurzerhand die Redaktionsräume einer Münchner Zeitung, bei der ich vor Jahren gearbeitet habe, nach Eichstätt verlegt. Die Arbeitsweisen in der Redaktion einer Tageszeitung ähneln sich – unabhängig von der Größe des Blatts –, und auch einen bestimmten Typus von Chefredakteur scheint es in vielen Redaktionen zu geben. Ich muss das wissen, schließlich bin ich selbst Chefredakteurin, wenn auch nicht bei einer Tageszeitung.

Mein Dank gilt (wie so häufig) Martina Kuscheck und Gerd F. Rumler von der Agentur Rumler. Sie hören sich geduldig mein Gejammer über schwierige Handlungen und sperrige Charaktere an – und glauben immer fest daran, dass ich auch dieses Buch pünktlich abgeben werde. Womit sie recht haben. Aber das glaube ich immer erst, wenn ich diese Zeilen schreibe.

Und dann ist da noch mein Mann, der keines meiner Bücher gelesen hat, aber trotzdem davon überzeugt ist, dass sie alle großartig sind. Wenn das nicht blindes Vertrauen ist ... Dafür danke ich ihm von Herzen.

Dort, wo die Mandelbäume blühen ...

Katrin Tempel

Mandeljahre

Roman

Piper Taschenbuch, 448 Seiten
€ 9,99 [D], € 10,30 [A]*
ISBN 978-3-492-30497-9

Als Katharina die Jugendstilvilla ihrer Familie an der pfälzischen Weinstraße entrümpelt, findet sie Fotoalben und Erinnerungsstücke ihrer Urgroßmutter Marie. Die empfindsame Ehefrau eines gnadenlosen Großunternehmers erlebte den Aufstieg und Fall einer deutschen Kaffeeröster-Dynastie in der ersten Hälfte des letzten Jahrhunderts – und sie verheimlichte ihre wahren Gefühle für den Mann, den sie nicht lieben durfte.

Leseproben, E-Books und mehr unter www.piper.de

- - AUG 2018

1 - MAI 2019

- - NOV 2020